Career Promotion

# 黑裙

李倩 / 著

北京燕山出版社
BEIJING YANSHAN PRESS

# 目录 CONTENTS

Chapter 1

# / 职场萌芽：理想比什么都重要 /

# 1

三亚凤凰机场的取票口，端庄秀丽的服务员将安倩的身份证号码输入后，微笑着对她说："安小姐，因为您是猫图旅游的专栏作家，且在我们航空公司的积分已达到5000分，我们给您升到头等舱了。恭喜您，希望您本次旅途愉快！"

穿着一件再普通不过的粉色T恤，一条白色的牛仔裙，没有多余的修饰，甚至连皮带都没有系，随意扎着马尾的安倩看了看手表，离飞机起飞还有一小时，她走到贵宾厅，选了个靠窗的位置坐下，从她的大背包里掏出一副刚买的蓝牙耳机。《G弦上的咏叹调》响起，安倩摆了一个舒服的姿势，想想美丽的巴厘岛，她的脸上洋溢着沉醉的笑容。

贵宾厅进来一个30岁左右的男人，看上去干练而敏捷，小麦色的皮肤，黑色休闲T恤衫，恰到好处地勾勒出他健美魁梧的身材。他先是坐到第一排，又提包起身。

"1、2、3，come on baby！"安倩经常玩这种直觉游戏。

男人瞟了一眼安倩，一屁股坐了下来。这时，他接到一个电话，说着一口纯正的美式英语，从他的对话内容中，安倩知道了他的名字——马汀。

安倩抱着那个硕大的背包，旁边还放着她的大水壶。虽然偷听不是一个好习惯，但是，这是多好的听力练习啊。

贵宾厅除了椅子比较舒适，每张椅子的间隔也比较远，安倩注意到，大厅前方，有一个交通银行的快捷取款机；大厅右侧，有一个功能强大的刷鞋机；左侧，有一个自助的饮料区，里面有咖啡、豆浆和茶。同时，安倩也看到这里有好几种皮肤，黑的、白的和黄的。

为了充分地享受“贵宾”的待遇，安倩决定一一体验一番。

“哇哦？”马汀突然站了起来，原来安倩的水壶没有拧紧，在她起身时，水壶倒在桌上，早上泡好的红枣蜂蜜茶把他的一边裤脚都浸湿了。

“不好意思，不好意思。”安倩有礼貌地道歉，慌忙拿出手纸递给他。

马汀一边擦拭，一边礼貌地回应没有关系。可是一转身，安倩的大背包又狠狠地把他的笔记本电脑甩到了那摊水上。

现场气氛有点尴尬，服务员赶紧拿了一卷纸跑过来，帮忙收拾残局。

机场的广播开始播报了，马汀低着头站在队伍的后面，一脸的冷峻和焦虑。安倩想等他抬一下头，好让自己的眼光迎上去，顺便道个歉，但马汀一直板着脸，低着头，偶尔看看穿梭的人群，一脸的怅然。

安倩只好随着服务员走到头等舱，头等舱位于飞机的前端，看上去比普通舱要宽敞不少，只有七八个座位，安倩的座位，正好靠着机窗。服务员帮安倩调了一下座位，并提供了一些食品，供安倩挑选。安倩挑了满满一桌，感觉有点不好意思，这毕竟是有钱、有素质的人坐的头等舱，怎么能让人家一下就看出她是一只菜鸟呢？想到这儿，她下意识地把二郎腿也收了起来。

她的手机上跳出一条信息：安倩，你在哪儿，怎么不回我的信息？

安倩盯着屏幕想了好一会儿，回复：我想一个人静静，凯文。然后关机。

正前方的座位上，有一个12英寸的显示屏，上面自动播放着香港电影《黄飞鸿》，关之琳扮演的十三姨好美，一颦一笑都那么具有杀伤力，李连杰扮演的黄飞鸿，一招一式都那么神勇英武。

一个穿着花短裤、平底鞋、粉色花T恤的男人坐到了安倩的前排。马汀换了一套行装，从他的神色看，似乎已切换到了度假的频道，他看着安倩惊讶地问：“哈喽，是你？你也去巴厘岛吗？”

安倩礼貌地点了点头。

马汀不再说话，他手上拿着一个精致的首饰盒，又放回了行李箱。他打开笔记本电脑，电脑却总是黑屏。

这似乎早在他的预料之中，但估计是里面的东西太重要了，马汀仍然不死心，反复试了几次，电脑都不灵光。

看到他着急的样子，安倩其实很想解释点什么。

安倩一直有旅行带书的习惯，此时，她捧着随身携带的一本*Eat, Pray, Love*，心里有种莫名的惆怅。马上要毕业了，从来没有像现在这么迷惘，大家都在忙着找工作，她却独自跑出来旅游，这算是洒脱，还是逃避呢？她多么希望在书里找到一个答案。那个巴厘岛著名的智慧老人Ketut Liyer，真的有那么灵验吗？

三个小时后，飞机抵达巴厘岛，还未开舱门，安倩已感觉到一股冷风袭来，巴厘岛突然下起了雨，让人猝不及防，安倩的行李包里装了很多东西，防晒油、遮阳帽、游泳衣……独独就是没有带伞！

*Eat, Pray, Love*是一本现代版游记，后来被成功地改编成了一部非常有名的电影，在全球风靡一时，茱莉亚·罗伯茨的表演很有魅力。文中提到的意大利、印度和巴厘岛都因书中的描述而成为热门的旅游胜地，美剧在好莱坞模式的推动下，对全球的影响力都大于任何一个国家的电影作品。不单是美国人和北美人因影片而喜爱这几个旅游目的地和旅游主题，亚洲人也对这些充满异域风情的景点无限神往。

电影的女主人公伊丽莎白·吉尔伯特是一名记者，在匆匆结束了八年的婚姻之后，来了一场说走就走的旅行。她在意大利享受美食，去印度练习瑜伽、冥想，体验身心合一的愉悦，最后，她来到巴厘岛，在这个什么都可能发生的美丽岛屿邂逅了生命中的真爱，并真正回归了内心的平静。

对于安倩而言，她只能在找工作之前给自己几天很有限的假期，意大利太远，况且去意大利，一定是要欧洲七国打包游的，否则如何心甘？印度太大，想玩的地方太多。所以三站中唯一可以选择的只剩下巴厘岛了，当然，最重要的是，她决定要去找那位Ketut Liyer聊聊。自从实习时偶然听一位印度尼西亚的客人提起过，Ketut Liyer确有其人，且关于他的评价也褒贬不一，这更引起了安倩的好奇。

出了机场，安倩准备首先赶往乌布，按照攻略上的显示，大概需要一个小时的车程。好不容易坐上一个小面的，半路还抛了锚，安倩只好下了车，租了一辆小摩托车，最后她完全被雨淋成了落汤鸡，白色的T恤湿漉漉地黏在身上，把她清瘦的身子裹了起来，她的头发淋成了麻花状，颇为狼狈。

穿过乌布繁华的艺术市场，摩托车又轰隆隆地走了20分钟，终于到了Ketut Liyer的住所门口。这是个典型的当地院落，外围由一圈形状不规则的大石头垒成，院子没有门，连个最简朴的木门都没有。庭院中间有一个巴厘岛风格的凉亭，上面有顶，下面是八九平方米的亭台。客人很多，围坐在这个凉亭之中，什么样的肤色都有，大家把自己的鞋子脱了，整齐地放置在凉亭前。Ketut本人并没有坐在凉亭中，他盘腿坐在主屋的房檐下，正好面对着等候他算命的客人，看来这位有趣的老头，除了在*Eat, Pray, Love*一书中有详细的描述，在当地也颇有些名气。这令Ketut Liyer端坐在那里的时候，散发出一股强大的气场。远远看来，倒觉得老头是在舞台上表演节目，而一院子的客人都是他的粉丝。

不过这画面实在是太过真实了，Ketut头围巴厘岛原住民的头巾，上身穿一件被浆洗得发灰的白色T恤，下身是一条花色粗棉布围裙，牙齿全都已经掉光了。安倩记得书中曾写道，每次有人问他多少岁了，Ketut本人都推说因为100多岁，记性不好，自己已经记不起具体年龄了。只是第一任老婆90岁左右去世了之后，没有人照顾他的饮食起居，他就只好找了现在这位老婆，也就是门口那位黑胖、60岁上下的巴厘岛女人。女人看上去样子有点凶，没有一丝笑容，她以抱怨的语气告知安倩时间太晚，她老公今天已经不看手相了。

明明时间才下午3点啊，安倩觉得不可思议。

可是胖女人解释说，算命其实是个很辛苦的事情，所以他们每天下午3点就关门了。

安倩委屈得要哭了，她用英语告诉那个胖女人，自己浑身都淋湿了，走了好远才找到这个地方，请她一定要给自己排个号，最后一个号！

胖女人显得有些为难，她刚拒绝了一位来客，而这位来客已在不远的酒店住下。

有几位访客从房间里走出来，都是慕名而来的，胖女人一边跟他们打着招呼，一边心不在焉地敷衍安倩。

“我来自中国，嗯，我第一次来到美丽的乌布，嗯……”看到胖女人毫不松口，安倩想了想，索性哼唱起那首印尼民歌《星星索》：

呜喂，风儿呀吹动我的船帆，船儿呀随着微风荡漾，送我到日夜思念的地方。

呜喂，风儿呀吹动我的船帆，姑娘呀我要和你见面，诉说我心里对你的思念。

胖女人笑了，她虽然听不懂中文，但她听懂了旋律。她请安倩等一会儿。过了一会儿，胖女人从房间里走出来，向安倩招手。

安倩虔诚地在门口换了鞋。房间里，Ketut Liyer满目慈祥地团坐在一个彩色的布榻上，腰上还裹着一条花色的裙子，黝黑的皮肤，衬得他的头发愈发花白。这场景，跟小说里的一模一样，老头的牙齿几乎掉光了，眼角有些塌陷，常年微笑让他的眼睛像一条又细又长的沙丁鱼。

这时，门外响起一位访客的声音，胖女人冲了进来：“刚才那位访客说，他看到这位小姐进来了，而他是先来的，所以坚持也要进来。”

话没说完，一个穿着粉红色花T袖的男人冲了进来，他看到端坐在内的Ketut Liyer，面带歉意地笑了笑。

Ketut Liyer看了看这两位年轻人，用英语说：“既然这么有缘，就一起吧！”

那位访客不是别人，正是马汀。

原来他下了飞机后，打了一辆计程车，五十分钟就到了这里。

两个人都觉得很诧异，像熟人一样互相给了一个尴尬的微笑。

待安倩坐了下来，Ketut Liyer温和而专注地看着安倩说：“你是一个坚强的女孩，虽然表面上看起来比较柔弱，但遇到事情却很有主见，并且不容易被改变。你的事业线很长，你会在一个固定的行业做很久很久。”

“老先生，那我适合去哪个城市发展？我和男友会怎么样？我们合适吗？他会是我未来的丈夫吗……”安倩把心里所有的困惑都一股脑儿讲了出来。

“踏破铁鞋无觅处，得来全不费功夫。年轻人，从今天开始，你将开启一段人生中最美好、最充满斗志的时光，只要不怕坎坷，一切都会非常美好的。”老先生握着安倩的手，神秘地笑了一下。安倩听着，却满心疑窦，老先生似乎给她按下了一个过山车的开关，接下来，将是充满了跌宕起伏的人生等着她去开启。

胖女人原本坐下了，又跑到门口去关门，短短几分钟，门口又站了两个初来的访客。胖女人果然没有撒谎，她又像刚才一样，反复跟访客说明原因，并指着前面的牌子说：“上面写着营业时间了。”

安倩的心里涌起一股暖流，虽然今天比较狼狈，但总算没白来。

她跟Ketut Liyer聊了十几分钟，Ketut Liyer说着英语，却有些含糊，她大致还是听懂了。旁边的马汀倒还绅士，一直默默地等着，没有丝毫催促的意思。

安倩在出国前兑换了500万印尼盾放在她的钱包里，听上去挺吓人的，其实也就只有2000多元人民币。她知道老人其实是不收费的，但一般慕名而来的人，都会拿些钱来。可她在行李包里翻来找去，却怎么也找不到自己的钱包了，护照也不见了!

这一下，安倩的脑子里有些混乱了，是在刚刚赶路的时候，不小心被偷了吗?

Ketut Liyer似乎意识到了什么，他看了看马汀，他感觉两个人似乎是认识的，又似乎并不太熟。马汀无奈地摊开双臂，摇了摇头，表示这与他无关。

胖女人看安倩慌乱地把行李包里的衣服全都翻出来了，也陪着她细致地寻找，甚至打开房门顺着那条来时的路走了好几百米，却一无所获。护照和钱包丢了意味着在这里将寸步难行，安倩甚至想：神算老头，能否开个天眼帮我找找东西在哪儿呢?

正当她们一无所获而沮丧的时候，马汀从里面出来了，看得出他比进去的时候放松了些，想必这个神秘的老头打开了他的心结。

安倩飞奔到门外，叫住马汀：“请等一下。”

马汀停了下来：“怎么了？”

“你可以借我一点钱吗？我叫安倩，我回国后就马上还给你。”

“什么？刚刚你们是去找钱包了吗？老天，这可是很重要的东西。”马汀打量了一下安倩，满脸狐疑。

“是的，就是刚才，我坐在小面的上时钱包还在，下了摩托车就发现不见了，这边要支付一些费用，回酒店也得一笔车费，总共……你给我100万印尼盾吧，不过请你相信我，我真的会还给你的，我不是骗子，你留个电话号码和邮箱地址给我。”

马汀看了看她，迅速拿笔写了电话号码和邮箱地址，老练地说：“巴厘岛有很多飞车党，自由行不是很安全哦！”

所谓的“飞车党”，安倩只在旅行书上见过，以菲律宾人、柬埔寨人及印尼人为主，他们习惯骑着摩托车，专抢外来游客的包。中国旅客喜欢带现金，又喜欢动不动炫富豪掷，所以经常成为飞车党的目标。

安倩叫了辆车赶到酒店时，已是傍晚，因为没有护照又没有银行卡，她做了很多解释也无法登记。她开始后悔刚才为什么不多问马汀借点钱，其实她的脑子里是闪过了这个念头的，想到有可能会有住宿问题，借个1000元救个急也是必需的，无奈最后还是没开这个口，现在想想真是死要面子活受罪了！

安倩想给男朋友打电话，可是这么远，他救不了自己，还有可能嘲笑自己是个笨蛋。她想给爸妈打电话，但又怕他们太担心，一直以来，她都是一个让父母很省心的孩子。她想着总会有办法吧？可是，在这陌生的巴厘岛，谁能帮自己呢？

巴厘岛不愧是旅游岛，安倩走出酒店，看到一排热闹的街市，接着，她看到这里其实是有些很有特色的酒吧的。她努力地回忆，自己的包在仓皇之中应该是被抢了，本来是为了方便，她弄了个小斜挎包背着，没想到飞车党这么厉害，她都没有任何感觉就被抢走了包。包里有些现金，抢了就抢了吧，可护照被抢了就麻烦大了。但护照人家拿了也没用呀，有没有可能丢在哪个角落了呢？她一路走一路想着。她看到人群中有一些中国人，似乎看到了一线希望，她想找个人借点钱，但又觉得这实在有些唐突。在这个陌生的地方，即使是同胞，谁又知道你是不是骗子呢？

安倩忽又想到：对了，或者，这里会不会有一些华人开的旅店，也许他们不必非得看护照也是可以让我住的，我可以让他们直接查我们校方的网站，查到我的名字和照片，这总没法作假了。

一件粉红色花T恤从安倩眼前闪过。

马汀一边接着电话，一边拿着一瓶黑啤从酒吧里走出来。

“马汀！”安倩像是看到了救星，毕竟在巴厘岛，马汀是她唯一的“亲人”了。

马汀见到安倩，似乎一点都不意外，或者，安倩就是意外的代名词。

“找到护照了吗？”马汀笑着问。

“我的钱包和护照都丢了，酒店也不让我登记，你能不能帮我想想办法……”

“哦，这么巧，恰好钱包和护照都放在一起了？”马汀问。

“这……如果我早知道它们会丢，我宁愿把钱分在十个口袋里装着。”安倩像是回答，又像是自己对自己说。

马汀暗想，怎么会有这样的女孩呢？所幸人还没丢，不过眼前这个女孩还蛮可爱，除了有些粗心，实在不像是一个熟练的骗子，自己经常在国外旅行，骗子也见得多了，坐个头等舱来骗人的除非是金融大亨。

“我能有什么办法呢，要不你去Komaneka Monkey Forest Ubud看看吧！”马汀说。

“那里不需要护照吗？那里好像是这里最豪华的酒店呢！”安倩问。

“去了再说吧，你还有别的选择吗？”马汀笑着说。

安倩想了想，说：“那好吧，我等你把这瓶酒喝完。”

马汀笑着露出八颗牙：“估计你晚饭也没吃吧？要不要来份鸡翅或意大利面？”

安倩想，反正已经这样了，也没必要再装了。她便点了一碗海鲜炒面。她吃面时那个大包也一直背着，那里还有几套换洗衣服，以及那本*Eat, Pray, Love*。钱包和护照丢了，她也只剩下这些行头了。

20分钟后，安倩背着那个大包站在了Komaneka Monkey Forest Ubud的门口。虽然她把头发简单地梳理了一番，但脸上的表情仍然写着大大的“狼狈”，以至于她想自拍一下的冲动都没有。收银员看着他们俩，感觉有点奇怪，却欲言又止。马汀若无其事地把手续办好，转过身看了看一脸懵懂的安倩，把一张房卡递给了她。

“要不，就住我的总统套房吧！你睡地上，我睡床上。”

“啊，不，我……”安倩感觉有点不对，又不知道该如何拒绝。

“总统套房，我一个人住也浪费了，再说了，我怎么知道你会不会还钱呢？”马汀狡黠地说。

不知道如何证明自己的诚信，安倩感觉有点词穷。

“这，我的确没什么可证明自己的，但是……只有你一个人吗？”

“相信我，就跟我走呗！”马汀露出一个调皮的笑容。

还能有更好的选择吗？披头散发的安倩实在是太疲惫了，心想，豁出去了，真遇到个不正经的人就算自己倒霉吧。

不过看到他有些女性化的花短裤时，安倩又减少了一点戒备心。

不一会儿，安倩被带到了马汀订的大套房。

房间是巴厘岛风情的装潢，整个房间看上去通透明亮，简约而原生态的木质花纹，扑鼻而来的是沉香的芬芳。窗帘是白色的，全景的落地窗让窗外的风景尽收眼底；床的蚊帐也是同样的白色，像一朵花瓣一样，绽放在四个床架上。户型很正，不像有些酒店房型怪异；蓬松的被子上面，用黄色和红色的鲜花铺了一个大大的心形。

这个房间看起来有点像婚房，安倩感觉有点不自在了。如此奢华、漂亮的房间，却是两个萍水相逢的人，以这样的方式入住。

马汀推开衣柜，取出一件厚厚的浴袍，扔给安倩：“这套房间里有三个浴室，你可以在这里拿一套浴袍。”他显得熟门熟路，举手投足都有点“霸道”，“还有，你的房间是里面那间。”

原来他让我睡地板只是开个玩笑？安倩想，自己好歹是个学酒店管理的，要不是搞蒙了，怎么会把总统套房跟睡地板扯上关系？

必须要说，“总统套房”这个词，听起来好像高端到顶了。虽然能付得起钱的人都可以住总统套房，但一年当中这种房型的出租率实在是低之又低。安倩想，大学课上老师在讲收益管理课时，介绍过一些酒店为了提高总统套房的平均出租率，也会将它作为VIP开派对的场所，收取客人的场地租金，这确实是个好主意。马汀订的这间总统套房绝对是酒店里最奢华的超级无敌好景房，几乎是180度角的海景视野。

很多人住临海的度假酒店，总觉得低楼层一定是面海的，这是经验不足的海岛游客才会有的误区。其实，像巴厘岛这种旅游胜地，国家规划海边的酒店都不可以超过5层，所有景色最好的房间一定是4层以上，而一二层有的只是园林景观。再说说这总统套房，因其每晚房价达到几万元，所以房间里的迷你小酒吧都是免费的，冰箱里的所有酒水和饮料也都是免费的，甚至还有一些酒店提供了24小时贴身管家服务，两名员工轮流值班服务总统套房里的客人。

洗完澡出来的安倩，浑身热气腾腾，如出水芙蓉一般，宽大的浴袍反而衬托出她的玲珑曲线。虽然安倩裹得很严实，但还是可以看到她美丽的长腿，以及玲珑的线条。

马汀原本在大阳台上拍照、看夜景，一不留神，看到了湿漉漉的安倩。

“看什么看！”安倩立马捂住胸前，脸上飘过绯红的云彩。马汀立马收回眼神，换回一副漫不经心的表情，他可是一个正常的直男，如果不是被女友放了鸽子，原本计划的求婚也不会被搞砸，自己也不会独自跑到巴厘岛，独自住这么个总统大套房。

“哈，中国女孩。我想想，头发淋湿了和洗了头发，视觉效果似乎很像，又有点不同。”马汀挂着相机，打量着安倩，像是在给一个久经沙场的模特做发型分析。

“别以为我住在这儿，你就可以随便寒碜我！”安倩很担心马汀会随手给自己拍个照，那她可跳进黄河都洗不清了。她迅速抓起床上的衣服，冲往里面的房间。

“哈，中国女孩，至今为止，我可连半点寒碜的意思都没有，其实我就是想说你很美啦！”马汀大大方方地说。

“放心，我可没有半点邪念，再说了，你看这四面墙，有两面都是落地窗啊，外面还有监控，所以，你是安全的。哈。”马汀对着安倩的背影说着，然后他从电脑包的夹层里，拿出一张七寸大的照片。

“喏，这是我女朋友，加州选美冠军。”

加州选美冠军，听起来似乎很厉害的样子。安倩好不容易建立的自信瞬间崩塌。她的脑子里浮现出一个唇红齿白、蓝眼睛、超长美腿的美女形象。她忍不住看了照片一眼。

照片上的美女，咖啡色的皮肤，雪白的牙齿，眼睫毛长长的，很有层次的深蓝色眼影把一双眼睛描摹得像两个鱼形的黑洞，她从一群美女中走出来，披着一条黑白相间的肩带，手里捧着一束鲜花，头上顶着一个亮晶晶的皇冠。

安倩有那么点小失落，虽然自己跟加州美女没有丝毫关系，但明显人家那气场，就是秒杀她这个扎着马尾的学生妹啊！

窗外的巴厘岛像一颗情人的眼泪，海水和天空那般湛蓝，落日的余晖染红了半边天。

“那她怎么不来陪你啊？”安倩好奇地问。

“我想回中国发展，现在中国的机会多好啊！”马汀一边说，一边翻看着相机里的照片，不时删除几张。

安倩想，在中国，大家都向往走出国门，但在其他人的眼里，中国却是他们向往发展的地方。

“未来10年是中国的，《卧虎藏龙》是我读小学时在美国看的，我觉得李安很了不起。我的同学好奇地跟我交流中国的电影、中国的艺术，我都会很有兴趣。但我的女朋友是美国人，她不愿意陪我回中国。”

安倩不说话了，心想，马汀为什么想回中国，除了机会好，还有别的什么特别的原因吗？

马汀从酒柜里拿出一瓶酒，熟练地调出了两杯鸡尾酒，又各自放了一块柠檬片。他递了一杯给安倩，也没问她能不能喝。

“对了，你在美国长大的，唔，那就是一个外黄内白的香蕉人。”安倩接过酒杯说。

“外焦里嫩啊！”马汀说。

“还有，你的中文为什么可以说得这么好？”安倩继续问。

“我父母可是中国通啊！嗯，我美国的父母。”马汀说。

“美国的父母？”安倩心想，难道他还有很多父母？

“你一定觉得奇怪，为什么我会说美国的父母。我的身世好像挺复杂的，是吗？”马汀说。

“是啊，一般，除非父母都不在了，否则……哦，不好意思，我好像提了一个不该提的问题。”安倩说。

马汀笑了笑，说：“这是自我记事起，就已成事实的问题，对我并不会有什么影响，放心好了。况且，我的父母对我很好。”

这个问题好像有点沉重，听上去并不是三言两语就可以解释得清的。还是继续聊加州美女吧，尽管安倩并不怎么愿意聊她。

“你们怎么认识的啊？”安倩继续问，“她为什么不愿意陪你回中国呢？”

“我们是在加州读大学时认识的，她在美国的事业刚有起色，她虽然也喜欢吃中餐，但她觉得中国人太闷，不善于沟通。但我觉得自己还是一个中国人，虽然我对那里几乎没有什么印象了，但我对中国了解得越多，就越想探究我的身世。我很喜欢读中国的历史，我觉得美国人一直喜欢打所谓的正义战争，而中国的孔子却一直提倡‘仁治’，《孙子兵法》里也提到‘上兵伐谋，其次伐交，其次伐兵，其下攻城’。我认为中国的治国理念更具有智慧和远见。”

安倩瞪大眼睛看着马汀，看起来他和她接触过的同龄人很不一样，他眉目间闪耀着一种光芒，吸引安倩想要进一步去探究。

“你多大去的美国？”安倩问。

“几岁的时候吧，我不太记得了。我父母当年受邀来中国访问学习，他们在福利院看到了我，把我带到了美国。”马汀说。

“福利院？你的亲生父母不在了吗？”安倩问。

“嗯，其实，我也不知道。但我很想知道。”马汀说。

“那你觉得自己到底是中国人还是美国人？”安倩问。

“哈，耶稣说‘我虽然为自己作见证，我的见证还是真的，因我知道我从哪里来，往哪里去，你们却不知道我从哪里来，往哪里去’。从小，我就知道自己与真正的美国人是不同的，一直以来，我也很想知道，我是谁，我从哪里来，要往哪里去。”

我是谁，我从哪里来，要往哪里去？安倩反复思考着这个问题，似乎太深奥了，又似乎太简单了。

“回中国，你打算做什么呢？”安倩问。

马汀眼睛里散发出一种创业者才有的光芒，他说：“做投资吧，中国的企业对私募基金、风险投资，都知之甚少，他们需要专业人士为他们操盘。你知道美国著名投资家罗杰斯给他两个女儿的信中写了什么吗？‘这是中国的世纪，无论住在这个世界上任何一个地方的任何人，我所能给予他们的最佳忠告可能是：让你的孩子学习中文。’”

他看了看安倩迷茫的双眼，突然感觉到自己说的这些，不知道对一个大学生来说，是不是有点不合时宜。

但这番话却让安倩陷入了沉思，她终于理解，为什么自己的大学老师会放弃在国外安逸的生活回到国内了。她也终于理解，为什么那么多外国人开始选择离开自己的国家，娶中国老婆，学做中国菜，甚至说一口京片子。

中国现在国门大开，无数中国人都以能在外国定居为荣，殊不知，在中国，越来越多的机会正吸引着外国投资商的目光。

马汀给安倩加了点酒，房间里放着爵士乐。安倩心想反正自己千杯不倒，便有些放松了。两个年轻人，都同样面临事业与爱情的抉择，貌似轻松的旅行，却带着万般愁绪。

“你学什么的？”马汀问。

“酒店管理和英语双学位。”安倩说。

“不错呀，有机会可以给我打工。”马汀说着，像孩子一样大笑了起来。

“好啊，不过，我很贵的！”安倩自信地说。

清晨的巴厘岛，散发着淡淡的青草香和花香，屋外是热带雨林中的鸟叫。安倩一觉醒来，发现自己睡在床上，而什么时候睡在床上的她自己却完全没有记忆，她不是在和马汀喝酒吗？天啊！安倩上上下下自我检查了一遍，并未发现有什么异常。床边有一沓钱，还有一张字条，上面写着中国使馆的电话，以及办理临时护照的时间。

一觉醒来已经是十点了，安倩想出门先找一点吃的。她立马下楼，看到一个古铜色皮肤的少年站在马汀的身边，帮他提着行李，马汀则在酒店前台办理退房。她听到那个孩子称马汀为爸爸。

“他居然是个有孩子的人了，还在外面谈女友，美国人真是放得开啊……”安倩一脸迷惑。

第二天，安倩到中国使馆办了临时护照，去海南没有直飞，须在香港转机，安倩迅速把手续办好，匆忙收拾行李赶回海南。

安倩回国后，给马汀的账号打款，却发现根本无法往那个账号转账。

这时，蔷薇发短信来了：下周三拍毕业照，切记！

# 2

又是一年毕业季，海南大学的校园里很热闹，都是毕业生们的身影。今年的海南无比炎热，但似乎兴起了一股复古潮。酒店管理专业193班的本科生们借了特别的毕业装拍合影，男生全部穿着黑色燕尾服，女生全部穿着黑色西装。比较戏剧化的是，安倩跟其他五位同学还分别找来两套上海旗袍，一套长袍，两套军统服。他们似乎不是在拍毕业照，更像是在拍新版《上海滩》的定装照。

毕业生们即将离开校园，除了因拍毕业照而兴奋的喧闹声，更多的是无处可去的哀号和即将分别的愁绪。曾经的浓情蜜意最后可能变为心照不宣的分手，有几个学霸已经收到了三亚国际品牌酒店的录用函，还有一些同学有出国的打算，正在抓紧时间准备托福考试。有些同学已经决定留在海南了，虽然家乡有熟悉的圈子，但海南作为全国的旅游热点，事业上的发展还是很值得期待的。全科优异的安倩手上拿着几个酒店发来的offer，似乎并不需要那么忧虑。她坐在离教室不远的一棵凤凰树下，看着眼前熟悉的一切。就要离开这里了，她既有一份解脱，更有一份不舍。她曾经无数次希望摆脱学校的束缚，在高空中飞翔，然而当这一切即将离自己远去的时候，她的内心仍然是惆怅的。

室友蔷薇挽着一个成熟男人的手，走出了校门。

快到中午了，同学们陆续往食堂里跑，嚷嚷着叫班长请客吃饭。安倩想到她刚来的时候，特别吃不惯这里的伙食，第一个月就瘦了五斤呢！可是这四年，她学会了摘椰子，学会了露出八颗牙微笑，学会了不同国家的礼仪，她觉得自己像是经过了特种兵的训练，是时候考验一下自己的能耐了。

海南的风吹得人有点慵懒，把安倩烦乱的思绪也吹散了些。每年暑假，她都会在海南的一个小酒店实习，顺便赚一点点生活费。她良好的文笔，也曾给她带来零星的稿费，甚至因为给一家旅游杂志投稿，她还意外地获得了一次去巴厘岛旅游的机票。大一的时候参加全国大学生英语大赛，她和现在的男友凯文分别获得两个项目的冠军。现在毕业了，她是回重庆跟父母一起生活，还是说服男友到海南来？妈妈说得对，重庆是最具幸福感的城市，可是凯文怎么办？

《隐形的翅膀》从腰间飘了出来，安倩的思绪被突然响起的手机铃声打断，是男朋友凯文的来电。

“安倩，对不起。”电话那头，凯文的声音有些低沉。

安倩预感到有什么要发生了，问：“怎么了？”

“我和家里商量过了……我是家里的独子，妈妈不让我离开上海。”

“又是你妈妈，那我呢？”

“我也很为难，待在上海，对我发展好一些。全中国再好的城市，也不能跟上海比啊！再说我妈妈也不放心我去外地工作。所以，我没法跟你留在海南，更不可能去重庆了……”

安倩有点失望，但凯文的回答也在她的预料之中。其实去上海也没什么不好，虽然并没有见过凯文的妈妈，但从他打电话回家的样子，就知道他妈妈的地位，可不只是他家的半边天。

“我理解，你投简历了吗？投得怎么样？”安倩其实已经收到好几个公司的邮件了，那些公司主要集中在深圳和海南。安倩喜欢深圳那样开放的城市，全是移居过去的人，大家也就没什么主客之分了。深圳的早茶也极为好吃，和海南的温差也不大。安倩外表精细得像个上海女孩，骨子里却是那种干净利落的火辣性格，深圳这种城市，更适合安倩的性格。

凯文说：“不太理想，一直在改简历和投简历，面试了几家公司，都告诉我再等通知。他们都更希望招有工作经验的，有几家公司的管培，我会再投一下。”

安倩说：“哦，我也在改简历，每天跟同学模拟面试，做案例分析。”

凯文说：“其实你可以跟我回上海的，别以为学酒店管理的人每天都是西装革履，其实进去以后，可能就是给人刷皮鞋、端盘子什么的，可惜了你这英语专八。不如你再去读个金融专业的研究生，在我们上海还蛮吃香的。”

安倩问：“怎么没用了？没有学好英语，你怎么会认识我呢？再说了，上海那边老外多，英语好，找个工作应该不难吧？”

凯文说：“那倒也是，我就是觉得去酒店这种地方吧，怎么说呢……还得看人脸色，对吧？”

“海南大学的酒店管理专业在国际酒店很吃香呢！我们服务的可不是一般的客人。”第一次听到凯文对她的专业原来是这么理解的，安倩觉得有些沮丧。

上海当然是一个好地方，况且安倩也曾在那里实习过。也许是上海人排外的心理早已根深蒂固吧，安倩对上海还是有些本能的拒绝。可是轻易让自己去改专业不是一个明智的想法，也许凯文觉得酒店的工作都是伺候人的，即使西装革履也低人一等。而金融专业的俊男靓女们都是有机会跟索罗斯、巴菲特这种国际大鳄近距离对话的，不得不说，这足以满足一个职场人所有的虚荣。

她需要做出选择了，生活并不全是甜蜜的，在这个毕业选择的节点，安倩希望凯文能拿出舍我其谁的勇气，抑或是一个务实的建议。

“好吧，我投几份简历去上海试试。”安倩无奈地回答道。

聊的内容太沉重，彼此连亲热的话都没有多说，就匆匆挂了。

操场上的人越来越少了，安倩回到宿舍，室友们都出去了，蔷薇的床上还躺着一款没拆包的迪奥香水，想必又是哪个公子哥送的吧。

这么清静的一个下午，于这个曾经凌晨两三点还在议论男生的寝室来说，真是太难得。

安倩打开一个古色古香的提袋，那是她上次去北京时淘的一个缎面的提袋，上面还有几朵刺绣的芙蓉花，里面有个小信封，装着大学四年的火车票。第一年的火车票，都是海南至重庆，重庆至海南的，有一张还是春运高峰期的站票。那时候为了省钱，安倩没买到坐票，硬是选择了站票，她想，中间总有人下车吧。的确，总会有空座，但又会在下一站被人买了。于是，她就这里坐坐，那里坐坐，就这样回到重庆的家。每当她的脚踏上重庆的土地，她都有一种胜利者的感觉。

从第二年开始，她有了海南至上海，还有海南至云南，至成都，还有去国外的机票。当她拿着这些票，甚至都能回忆起哪一次她和凯文错过了最后一班车，哪一次他们去吃了巷口的灌汤包，哪一次他们一起去看了小野丽莎的演出。想到这里，安倩的内心是温暖的。虽然现实有些残酷，但那些付出的感情，却是真真切切的。不是吗？

*Eat, Pray, Love*里夹着一张他们在北欧住冰房子的照片。

凯文是同济大学的高才生，清瘦、纤细、文弱、精致、体贴，是典型的上海男人，他的眉目间有那么点他父亲年轻时的影子。他学的是桥梁工程，后来修了经济学的双学位，作为交换生到英国UCL学习一年。这三年，他们两年异地，一年异国，都坚持下来了。凯文在英国那一年，安倩一放假就去欧洲陪男友旅游。旅行中他们住过青旅，在北欧也住过万豪和有趣的冰房子。

毕业是一个分水岭，从此大家都要离开襁褓，步入社会，就像刚出生的小马驹，即使四肢柔软无力，但几次摔倒之后，还是要努力站起来。

可能，大家对维持这段异地恋都有些疲惫了吧，否则为什么不愿意为了对方做任何一点点努力呢！

一串熟悉的高跟鞋声传来，蔷薇提着一大包进口零食走了进来，脸上带着笑意。

“安小姐，今天怎么一脸不高兴，和男友吵架了？”

还不止零食，蔷薇把一个印着Logo的LV包扔到床上，拿出一盒薯片来，倒了一把给安倩。

安倩把刺绣袋的拉链拉上，重新放到衣柜里，嘟囔着说：“关你什么事？”

“今天我看到了EL Bench酒店集团的招聘帖子，要不我们一起投？”蔷薇问。

安倩翻眼看了看她，问：“什么时间？”

“先是网投，公告上写着一个月以后他们的工作人员会过来举行一个宣讲会，通过学校内部会推荐一批人给他们。安小姐可是我们寝室的室花，班上的班花，英语伦敦腔，肯定能亮瞎他们的眼。”

安倩瞥了她一眼，说：“就你最能来事儿。”

“他们也招聘财务，我可以做财务，你就去做销售，你管业务，我管钱财，我俩以后就无敌了。我一定会‘包庇’你的。”蔷薇越说越兴奋，一副志在必得的样子。

见安倩仍然眉头紧锁的样子，蔷薇笑着说：“心情烦闷就给你一张船票，跟我走吧。”

安倩说：“别贫嘴了，就你思想最不正。对了，你见到若芸了吗？”

蔷薇翻了个白眼说：“最近都见不到她。她应该和她的果哥腻在一起吧，我们都急着找工作，她似乎一点也不急，在准备雅思，要去加拿大念master。”

蔷薇和安倩曾经是小学同学，小学毕业后，安倩考上了重点中学，而蔷薇却只在镇上读了一所普通的中学。再后来，蔷薇的父亲病重，她辍学去了广州打工。再后来，蔷薇的父亲过世，妈妈改嫁，不知道去了哪里，安倩也失去了跟蔷薇的联系，没想到大学她们又考到了一个地方。

蔷薇在海南大学读的是市场营销专业，但好强的她又去考了一个财务专业文凭。蔷薇平时的成绩都在安倩之下，学校的各种活动也很少露脸，但社会资源还数她最多。这一次她这么自信，还邀请自己一同投简历，颇有一种稳操胜券的优越感。安倩想，本事真通天了，她总不会连EL Bench这么厉害的酒店集团都有自己的哥们儿吧？

## 3

安倩是个重庆女孩，父亲安然来自北方小镇，长得白净而魁梧，母亲是南方的大家闺秀。当年母亲作为知识分子下乡，结识了同一批知青的安然。恢复高考后，父亲考上了当地一所知名大学，因成绩优异，在校期间就常常作为学生代表演讲，从此声名大噪。毕业后父亲被分到市政府，做了一个分管经济的领导，后来被调到一所大学任副院长。父亲毕竟有一身才华，难免恃才自傲，得罪同事。老院长退休之前，父亲满以为自己理所当然能当上一把手，突然一纸调令，让他就任一家普通职业技术学校的校长，明升暗降。从此他便远离江湖，在这所坐落在郊区的学校待到了退休。然而对世事洞若观火的父亲却因此有了一个摆脱俗事、潜心治学的空间，好几篇关于经济研究的文章被《新华文摘》采用。偶尔老同学聚会，父亲也会拿着《新华文摘》上的文章跟人显摆一下："喏，看到没，经济观察员，安然。"

安倩的母亲天生对生活的挫折有巨大的抗压性，却并非苦大仇深似的隐忍，而是调侃式的面对。她用几支蜡笔画了一幅"彩蛋图"，一遇到烦恼，她就"恨恨地"说："生活就是一个坏蛋！"她不但在家门口建了一个小菜园，保证全家人吃得健健康康，甚至还办了一家幼儿园，在那个灰蒙蒙的地方，总能远远地听到她踩着风琴弹出的美妙旋律。

安倩从小跟着父亲学会了打篮球、玩双杠，跟着母亲学会了钢琴和绘画。14

岁不到，她就已出落得高挑美丽，柔和的线条生出坚毅和顽强，又有几分傲骨和独立。父亲爱好文学诗词，年幼的安倩，在父亲的教育下有着良好的教养和文学底蕴。那几年，安倩的学姐分到海南航空，每次回来都光彩照人的。于是英语较好的安倩，把志愿填写了海南大学。

四年一晃就过去了，此时，大家都在忙着找工作，都顾不上彼此。安倩不是一个喜欢什么事都问家里的女孩，一方面她希望凡事能自己做主，另一方面她感觉送她读完大学，父母已经尽了全力。假如什么都问他们，估计她只能回去做个英语老师了。

记得寒假时回重庆，母亲的精神状态还是那么年轻，但额前已经明显跳出几缕耀眼的白发了。那次，一直以来很洒脱的母亲，和天下所有的母亲一样，絮絮叨叨说了很久的话。

安倩知道，母亲善良、乐观，但父亲从感情上是亏欠母亲的，里面有些故事，他们不说，安倩也隐约知道几分。幼小的安倩内心曾经挺自闭的。虽然他们也不愿意拴住孩子的未来，但哪个父母不愿意孩子陪在自己身边呢？城里的留守老人，平时也就是养只小狗、小猫陪着自己，天晴了，坐在外面可以晒半天太阳。他们遇到个什么事，都只能靠社区帮忙。人老了，都是怕孤独的。

她鼻子很酸，但终究没有让眼泪流下来。她相信，对母亲最大的报答，就是让妈妈的宝贝变成独立的安倩。

凯文面临同样的问题，虽然大学时代的凯文看上去阳光健康，但一走入社会，他性格里的怯弱和无主见就暴露无遗了。凯文对自己上海人的身份有一种无与伦比的优越感，但那种优越感不如说是一种对陌生环境的恐惧。那种优越感存在的条件必定是生在上海，长在上海，有两套房子。安倩想，若不是自己在那次大赛上的出色表现，恐怕凯文也是不会看上自己的。

凯文家的房子是典型的上海老房子，深巷里拥挤的两居室，很像小巴黎的房子。凯文的父母就是普通的工薪一族，母亲以前在上海服装厂当车间主任，后来提前内退下海；父亲原来在一个半导体厂做工程师，后来日货长驱直入，国货衰微，最后也下了岗。夫妻俩做点小生意，过着比上不足、比下有余的生活。凯文今年毕业，借着周末在家吃饭的时间，母亲在问儿子的近况。

“最近工作找得怎么样了？”

“在等消息呢。”凯文似乎不太愿意和母亲说太多。

“二姨的单位，可以引荐你去试一下，不行的话，可以先实习一段时间，有机会再找找人，转正。”

“国企没多大意思，另外，我不想搞建筑了，跟着导师画画写写，我觉得不适合我。不过，我明天可以找找二姨，问问情况吧！”

“我们以前单位一起上班的伍阿姨，你还记得吗？”

“记得呀，小时候她经常给我买糖果，是四川人，心地特别好。”

“哎哟，她现在可比原来洋气多了，你看她那时候又矮又瘦，做事却相当麻利。从四川农村过来后，被她家亲戚弄进来厂里做工，后来厂子倒了，她老公下了海，什么赚钱就搞什么，什么买股票、倒电器、倒手表，啥都干过。你刚读初中那会儿，他们家就买了一台桑塔纳，现在在上海黄浦区、徐汇区、静安区都买了房子，他们现在准备在浦东搞个酒楼，她也跟我们几个老姐妹说了，可以让我们入点股份。浦东可是上海最好做生意的地方啊！对了，她有个女儿哦，比你小几岁，要不改天你们见见吧！”

“见她干吗？妈妈，我已经谈女朋友了。”

气氛突然有点变化，凯文看到父母不经意地对视了一眼。

半晌，妈妈问：“那个女孩是哪里人呀，怎么一直没听你说过呢？”

凯文说：“重庆的。”

“重庆哪能跟上海比，乡下的我们家都不找的啦。”妈妈不屑地说。

“可是妈妈，你刚刚还说伍阿姨……”

“那不一样呢，她现在可是有钱人了。你说的那个女孩，她的父母都是干什么的？”

“她父母都是知识分子呢！还记得上次我在全国拿的那个英语演讲比赛亚军吗？她可是冠军。”凯文说。

“听起来倒是不错哦，不过呢，你跟你爸一样都是书呆子，这个女孩我是没见过，读书可能是不错，只怕又是一个吃不得苦的千金小姐吧？”

凯文沉默了，他不知道该如何反驳。从小母亲就是家里的大家长，当年爸爸家里成分不好，加上妈妈主动追求爸爸，那个年代的爱情在他看来都是比较拧巴的。爸爸只研究他自己的那些东西，工资卡交给老妈，自己除了买点菜、修个电器、换个灯泡，其他什么都不管。凯文也随父亲，习惯了一切由妈妈包办。

爸爸忍不住说话了："现在是什么时代了，难道你叫你未来的儿媳妇，既是学霸，又能挑水、扛煤气吗？依我说，咱家这儿子也该长大了，不应该什么都依靠别人。上海的女孩子都蛮吃香的，条件好点的，动不动就找海归，或者直接嫁到外国了。"

听到丈夫把胳膊肘往外拐，凯文妈妈把吃了一半的饭扔到一旁，没好气地说："不吃了不吃了……"

凯文却觉得爸爸说的有几分道理。他下意识地收拾起了碗筷，却发现自己的手好生，这么多年，自己不就是衣来伸手、饭来张口吗？

过了半晌，妈妈盯着儿子说："你这学校里谈的就像过家家的，不能当真，毕业了就乖乖听家里的，结婚了都是柴米油盐，贫贱夫妻百事哀。我们这房子就这么点大，市中心你姥姥留的那套房子，我们还等着拆迁，拿到钱了，好给你。你找个本地媳妇，条件好点的，日子不是舒服很多吗？她一个外地媳妇，我们要一家人挤在这小屋子里吗？到时候我可不会帮你带孩子！"

"可是妈妈，这感情的事情，可不是去买件衣服，说不要就不要了。"凯文低着头，不敢看妈妈的眼睛。

凯文爸爸知道妻子的意思，与其说妻子是给凯文介绍女朋友，不如说是想借此机会续上这个多年的姐妹缘分，只是她表现得也太急了点。于是凯文爸爸打了个圆场："你妈妈呢，希望你找个家里条件好的，你得理解你妈妈，我们这小房子都住了30年了。你呢，方便的时候也带你女朋友来家里看看。我儿子的品位是不低的。我心里有数。"

凯文爸爸这么一说，凯文也就不再说什么了。

按照凯文妈妈的意思，两个年轻人被安排在一个三楼的自助餐厅见了面。女孩才21岁，离毕业还差一年，是学校摇滚乐队的主唱。她穿着一身牛仔，刘海儿上飘着一缕紫色的祥云，锁骨上露出一只乌黑的蝴蝶。

平时讲究的凯文妈妈，竟然一脸欣赏地看着这个不怎么懂礼貌的胖女孩。

凯文全程木讷不说话，满桌都是他的菜，唯独对面的女孩不是他的菜，想想家里还有一张老照片，上面是这个女孩牵着她妈妈的手，乖巧地站在中山公园的拱桥上。岁月是把杀猪刀，到底发生了什么，把一个女孩整成了这副模样？伍阿姨年轻的时候有点黑瘦，现在生活好了，长得圆润了，但还是像以前一样说话粗声粗气："我们没有什么想法，只是希望他们这一代，再也不要受我们这样的苦了！凯文，你看你妈妈的手，再看看我的手。"伍阿姨一边说着，一边拉着凯文妈妈比手背。

凯文妈妈连连摆手说："姐姐你莫取笑我了，我要向你们学习，向你们学习。"

摇滚女孩一直在凯文面前吃个不停，她说话并不喜欢看人。虽然他们聊到一个英国摇滚歌手时，她似乎还很高兴，但基本上都是凯文在听摇滚女孩说。为了不让气氛尴尬，凯文会煞有介事地迎合她，补充几句那位歌手的风流韵事。

在上海这样的大都市，第一代创业者永远是艰难的，因为自己苦，所以不想让孩子再遭罪，但他们并不清楚，苦也是一份珍贵的礼物。上海正在被越来越多像伍阿姨这样的第一代创业者所占领，很多行业里做得很棒的，往往已经不是第一代上海人，而是在上海求学或打工，最后在上海扎根的新上海人了。

第一次见面，凯文觉得有点无聊，估计摇滚女孩也是被她妈妈逼着来的。所以，分别时，凯文还是礼貌地跟伍阿姨做了告别，并请她们有空来家里玩。

# 4

海南三亚亚龙湾酒店到海南大学校招，据说这家酒店的高管薪水早已超过几地同级别酒店的三倍。

“那不是193班的安倩吗？据说她是这届的校花，英语还特别厉害，全国大学生英语比赛的冠军就是她！”招聘会上，几个女生一起看着安倩窃窃私语着。

“听说她有男朋友的，男友是当时大学生英语比赛的亚军，长得还挺帅的，你看过那期吗？当时挺火的，全校都在推。”

“她就是运气好吧，肯定是靠脸上去的。当时她是学生会副主席，学校举办校园英语比赛，都是她组织的活动，拉了不少赞助。”

“这么厉害！”

“别乱说，我当时在英语协会，她是会长，跟着她做过一段时间。她做事情很细致，雷厉风行，但也懂得照顾人的情绪。我们经管系的某个男同学，为了追她，特地参加了英语协会，可惜水平太差，人家没看上。后来男同学跟小师妹好了，那哥们儿也挺优秀的，是主持人，口才好，辩论队的种子选手。当时被安倩拒绝，他还消沉了一阵子。”

“那她岂不是灭绝师太？”

“那她男朋友是不是也很帅？”

“不清楚，好像她男友有一阵子在英国做交换生吧，她特地打了两个假期的工，凑足了旅费去了欧洲。很少看见她男友。有一次她男友在我们操场拿着一束玫瑰花求她来着。”

“哇，这么浪漫，是求婚吗？”

“不是吧，好像是发生了什么误会。”

“那次在学校，特别轰动，安倩最后原谅了她男友，当时多少排队的男生伤心欲绝啊。她男友是长得挺帅的，不过安倩也不像是一个弱女子，总是看到她骑着自行车，她男友靠在后面。”

“那岂不是有点小白脸？”

“有点那个意思吧，我觉得那男的，除了帅也就那样。”

海南知名酒店的高管一般出自海南大学。招聘会指定来海南大学优先校招。招聘会人山人海，多少简历就像废纸一样投出去，毕业生都是焦头烂额。每年那么多酒店管理专业的毕业生，出头的就是凤毛麟角，那些天之骄子巴不得一上岗就是总经理助理，很少有愿意从最基层做起的。事实上，走出校园面对的更多是拒绝，是等待的煎熬。除了初生牛犊不怕虎的盲目兴奋，对未知的恐惧一直笼罩着这群二十出头的孩子。

安倩在招聘会上投了一圈，但是她是有侧重点的。在穿着上她也比较讲究，她戴了珍珠耳环，低调而典雅。安倩衣柜里的衣服不多，每一件都是存钱存了很久才买的，有质感，但不是牌子。蔷薇经常乱买，时常把自己没有剪标的衣服直接送给安倩。

“安倩，今天有一个饭局，去不去？穿得漂亮点。”蔷薇正在化妆，对着镜子描着眼线，估计有一个钟头了。蔷薇每次出门前画眼线要花一个小时，一定是特别妖艳的那种。

“什么局啊？”安倩问。

“都是我男朋友的朋友，听说都是牛人，你要不要来？”蔷薇说着，善解人意地递过来一盒粉底液。

安倩迟疑了一下：“我不太喜欢这些交际。”这几年，蔷薇跟着男友认识了不少牛人，风光占尽。而安倩似乎对这些并不感冒。

“去吧，我一个人去有什么意思嘛，还得被劝着喝酒，能够认识这些人，说不定有什么机会呢。你以为天天在学校读书就能改变命运吗？”

“好吧，好吧，怕了你。”安倩在蔷薇的撒娇卖萌下，不得不从。

“安倩，你穿这个吧，这条裙子性感，穿得漂亮点，给你介绍男朋友。”

“我有男友了，你就别给我操心了。”

“别提你的男朋友了，隔那么远，能帮你什么？”

“这么低，还是你自己穿吧，我哪驾驭得了这么野的东西？我穿素雅的白色就好。”安倩懒懒地说，“总得有人甘心做绿叶嘛，对吧？”

饭局在一个私密的私人会所进行，菜品讲究，环境清幽，没想到酒局上还有某酒店集团的主管。在蔷薇男友的引荐下，酒店主管被安倩的谈吐所吸引，要了安倩的联系方式和简历。同行的还有省办公厅的科长薛剑，似乎对安倩一见倾心。

可是安倩却不喜欢这种所谓成功人士的应酬，甚至在薛剑敬酒的时候，她还不客气地回了一句：“请不要叫我美女，我可是有名字的。”

薛剑倒也不介意，笑着说：“我是名字有剑，手中无剑；你可是名字无剑，出手便亮剑啊！”

过了几天，蔷薇对安倩挤眉弄眼：“安倩，怎么样？”

“什么怎么样？”安倩装作不知道，懒得搭理蔷薇。

“薛剑对你挺上心的，他条件不错，父亲是海南某市委书记，跟我男友家是世交，你可以留在海南跟我一起，咱俩不分开，我不想你去上海。”

“这人可真有意思，在饭桌上，我可是怼了他的。再说感情的事，只能随缘，跟原市委书记有什么关系。”

“谁让你乱来了，你男友做什么事儿，虽然你不说，但是我知道一些，到了毕业，就巴巴地等着你过去。凭什么？三年了，每次都是你屁颠屁颠跑去看他。安倩，女孩子还是要现实一点。你跟着这个男的，给你解决工作不是问题。咱们不是要去酒店找工作吗？这些酒店都归旅游局管，旅游局的局长就是他叔叔。怎么样？一步到位。”蔷薇为这个想法颇有些得意。

也许是儿时对父亲官场际遇的记忆太深刻了，安倩总是本能地不喜欢跟官场打交道，更何况是像薛剑这样的人。

“好了，我要去洗澡了！”安倩把马尾松开，找了一套干净睡衣，换上拖鞋。

“这是薛剑托我带给你的见面礼！”蔷薇拿出一个礼物，是当时最流行的卡地亚蓝气球手表，她说，“这个表一块三四万呢！”

安倩看着蔷薇，叹了一口气说：“这世上有免费的午餐吗？”

蔷薇白了安倩一眼，说：“人家不就是对你印象好，想交个朋友嘛！”

“交个朋友犯不着送几万的表吧！”安倩说。

“哎，在有钱人眼里，这个钱算什么？”

安倩翻了个白眼，吐出一个字：“俗。”

“唉，其实一块手表也只能让我高兴三天。”蔷薇照了照衣镜，摆了一个性感的姿势，“我还是喜欢权力！”

“哎，你觉得那个新上任的某厅厅长，帅不帅？是不是很有男人味？”蔷薇问，眼睛里扑闪着星星。

“你这是什么品位？”安倩打趣道。

“去！”蔷薇捏了一把安倩的鼻子，“你是嫌弃他的地中海吗？”蔷薇笑了，“关键不是他帅不帅，是他有没有能力让你美丽，知道吗？”

安倩耸耸肩，表示无奈。其实有时蔷薇说的话也有几分道理，不是吗？

“没衣服穿了，没衣服穿了，安倩，我们去逛街吧。”蔷薇在翻自己的衣柜。

“是啊，没衣服穿，女人的衣柜里总是少一件衣服。你看，这宿舍除了你的衣服，还有别人的衣服吗？少买点吧！你永远要相信一句话，流水的男友，铁打的闺密！”

“就是！你看，这一宿舍的奢侈品，够穷人家孩子读十次大学了。”若芸也在一旁附和道。

蔷薇的衣服永远是人群中最抢眼的，有个服装搭配理论说，衣服颜色最好不超过三种，但蔷薇永远都是挑战七八种颜色，也不知是受了哪位高人的指点，这七八种颜色一起穿在身上倒也能和谐共处，相互映衬。虽说安倩觉得蔷薇太铺张，却也暗自佩服她这与生俱来的审美眼光。

安倩虽是这么想，说出来的话却变成了：“蔷薇，你说你天天打扮成这样，老师怎么会喜欢你？”

蔷薇立马换成了一副讨好的模样：“哎呀，我就是有时候不去上课，但该说情的我也去说情了，还多亏安倩你给我打了一年的卡，最爱你这样的学习委员，积极拥护！”

安倩一脸正气地说：“我可保不了你一辈子，我是一个有思想觉悟的人！”

蔷薇搂着安倩嬉皮笑脸地说：“你这个有思想觉悟的人现在是跟我在同一艘贼船上的人了，毕竟我一学期贿赂你炒粉16次，贿赂你吃冰激凌20次，还有各种我给的低胸装、奢侈品、连衣裙、限量首饰什么的，人赃俱获，你说怎么办嘛！”

“遇人不淑啊！”安倩无奈地直摇头。

在蔷薇的世界里，似乎大家紧张的东西，她都不紧张。什么挂科、缺课在她这里都是常客；什么去哪儿玩，买哪个新款，去哪儿吃好吃、好看、有意思的甜品，就是这几年她生活的全部主题。被男友保护的少女，透露出来的一定是不谙世事的天真和快乐。

宿舍凌乱不堪，一片狼藉。安倩的寝室堆满了奢侈品，都是蔷薇的LV、爱马仕，放了一地。蔷薇似乎在淘汰她不喜欢的包，衣服堆得跟山一样，每天还嚷嚷着没有衣服穿。还有她那数不清的瓶瓶罐罐的化妆品，生生地往30岁少妇的品位上蹭，生怕别人不知道自己稚气未脱。在她男朋友的挥霍下，蔷薇打扮得像个贵妇，她纯真而又有刺，辛辣而又丰富。在宿舍里，蔷薇的金骏眉、大红袍就当水一样在喝，用牛奶泡澡，生活极为奢靡。安倩的那一边却是极简主义，除了书没有太多别的，她似乎是宿舍里化妆品和衣服最少的，都是必需品。若芸真的是人如其名，跟放在书里的芸草一样，中规中矩，恬淡闲静，这种温和的性格大概只有养尊处优才能有。但若芸的身上总是少了一点什么，她从不懂得拒绝是什么。在男性的世界里，若芸是一个很好的倾听者，但她太清心寡欲，冰清玉洁，反而难以引起异性的兴趣。

## 5

那年，跳水皇后伏明霞与香港财政司司长梁锦松结婚的消息上了新闻，众人哗然，若芸却很兴奋，似乎终于找到了同伴。

她轻描淡写地说："我就喜欢比我大10岁以上的男人。"

安倩和蔷薇当时瞪大了眼睛："Why？"

若芸想了想，说："其实吧，我挺懒的，我希望有个成熟的人帮我打理一切。"

两个闺密默默地吞了一下口水。大10岁，总感觉会有很多不适应啊！好几个代沟啊！

若芸的第一任男友是她大一时认识的，两个人虽然不同班，但他们都经常去图书馆借书。考英语专八那会儿，老师推荐看英文版的《呼啸山庄》，但图书馆的电脑上显示书已被借走，她只好借了其他几本书。当她捧着几本书回宿舍时，却发现前面的男同学手上拿着的正是《呼啸山庄》，于是赶紧留了电话，还约好大家看完各自的书以后交换学习。

男同学名叫陈果，听上去很乖的一个名字，比若芸高一年级，对若芸的好，很像是《雷雨》里面周冲对四凤的痴迷，又像是贾宝玉初见林妹妹，总有几分似曾相识。但他性子急，又有点啰唆，看上去不太沉稳。那段时间，他简直是天天把若芸捧在手心里，有什么好事都要叫上若芸，都快跟自己的同班同学绝交了。

陈果来自江西，江西山美水美，陈果的皮肤嫩得能挤得出水。说起来也有趣，他说家里有两个姐姐，父母有人照顾，自己属马，喜欢折腾，估计也不是一个能待在舒服的老家过安生日子的人。那时候海南海航酒店每年都会到学校做校招，结果陈果大学毕业前就收到通知了。

若芸表面上随遇而安，其实心里最完美的配偶标准却是比她大很多的成熟男性。她和陈果亲如兄妹，就是没有那种男女之间的爱情。

陈果毕业后，若芸跑到他的酒店去看过他几次。他只是中午才稍稍有空陪她吃个饭，但常常是一个电话又火急火燎地跑出去了。酒店这个行业也真是磨了他的性子，他总是试图满足所有人的要求，希望每一个人都喜欢他，每一个电话都表现得有条不紊，极富修养。原来他只需要把若芸捧在手心，现在却需要把客户捧在手心，因为客户才是他的爷，不伺候好客户就可能工作不保。

若芸最后一次打他电话，他们公司正组织在海外旅游，电话那头是同事们的哄笑声，她需要扯着嗓子，那边才听到一点点。她说听不清，先挂了。可是过了几天陈果也没有再打电话来，奇怪的是，若芸也不再想打电话过去。

工作了，不像待在学校，不是在图书馆，就是在课堂，不是在课堂，就是在食堂。若芸觉得，学校真是一个谈恋爱的圣地，你20岁了，在别人眼里还是一个孩子，做错了什么也是可以被原谅的。一旦工作，你就失去了学生的一切好待遇，面对职场的一切，你得像个战士，并且只能进不能退，还要随时放弃一些东西。若芸当时也没想明白，为什么她和陈果的感情好好的，最后就真的分了呢?

幸亏若芸是那种读书轻松的孩子，毕业后应聘去了一家上市公司做财务，倒也一切顺遂，感情的事情也就暂时撂下了。

海南三亚亚龙湾酒店给安倩发来了offer，大概是因为安倩的社会实践不少，简历都显得比别人料足吧。当时，海南正在举办第一届博鳌亚洲论坛，大会秘书长发表了激情的讲话，坐在电视机前的安倩，第一次有了身在这片热土的自豪。

安倩即将报到的部门，是亚龙湾酒店的市场传讯部。

市场传讯部是一个隶属市场销售部下的分部门，主要负责酒店在市场上的宣传推广和广告投入，或是参与协助酒店内的运营部门如房务部、餐饮部做各类促销计划。

故事先得从国际酒店的业主代表讲起。

海南作为海滨旅游地，在被开发之初，几乎80%的业主都会接受国际品牌对他们所投资的酒店进行委托管理，并签订合同，在酒店业俗称委托管理合同。管理公司在每年的收入和利润上收取一定比例的管理费，而管理公司派到该酒店的运营代表就是总经理和行政委员会团队。因为业主本人并没有时间天天盯着管理团队的具体运营和管理，于是在中国，几乎所有的业主都为这家酒店设置了一个特别的职位——业主代表。顾名思义，业主代表的职责不是运营酒店，而是代表业主的权利，监督并辅助以总经理为首的管理团队做好经营管理以及资产动态管理的各项工作。安倩很早前听很多师兄、师姐说过，在海南，业主代表分为两类：一类是代表业主坚守在岗位上，但一有时间就去享受生活，特别是高尔夫球技甚佳的不在少数，这一派业主代表被称为高尔夫派；另一类大部分是由酒店职业经理人转型而成的业主代表，在转型前，他们多为大饭店集团旗下的酒店财务总监、人力资源部总监或市场销售总监，到了40多岁后，不想再奔波于全国各地，便选择了一份相对稳定、压力较小的工作，成为业主代表。后一类的业主代表被大家称为两面派，原因是他们既对业主公司有极强的服从性，又工作努力，想把自己的工作干好。

亚龙湾酒店市场传讯部的经理叫Carol Wang，在海南国际品牌酒店市场上摸爬滚打了10年。她一开始是从负责批发商的销售代表做起，因为酒店的半壁江山都来自客房批发商，只要动点心思，在里面玩点花样是很容易的。按照一年共计包房10000间夜的合同计算，批发商可以让她获利20万。

当然，这么大的利润空间，是不可能一个人神不知鬼不觉就能完成的。因此业主代表隐约怀疑Carol联合市场销售总监和总经理一起拿回扣返佣，就设了个局，找到与酒店签订全年包房协议的客房批发商套话。批发商都是何等精明之人，回复很官方，也滴水不漏。业主代表没有拿到十足的证据，又去找总经理套话。总经理也有些心虚，毕竟他不希望这种事成为他职业生涯的一个污点，只好丢卒保帅，先放弃了Carol，逼着她立即辞职，不然大家面子上都不好过。

其实Carol明白，自己不过就是总经理的一枚棋子，总经理要拿回扣，总不可能自己亲手去拿，但真有风吹草动，下面的人就成了替死鬼。于是她利索地办了辞职手续，直接去了深圳。只是经历了这件事之后，她反倒是顿悟了，为这个毁了自己的前程不值。她的英文好，还有不错的文字功底，还怕饿死不成？于是她凭借自己的工作经历，被聘到一家奢华品牌酒店担任公关主任，并用了两年时间升职为市场传讯部经理。巧的是，她在一个火得不行的网站上，遇到了自己的真爱，也许真是跟海南情缘未了吧，这位真命天子竟然就在海南。于是，Carol在出去三年后，又杀了一个回马枪，重新回到了海南，并顺便凭借自己在深圳的傲人成绩成功应聘上了亚龙湾酒店的市场传讯部经理一职。

在众多简历中，Carol选择了安倩。安倩的简历中展现了她清新的文笔，以及明朗的构图。Carol感觉这是一个开朗外向，又思想丰富的女孩。加上她是成都人，看到安倩的籍贯上写着“重庆”，她总感觉有一种莫名的亲切。

在这个只有3个编制的部门里，Carol是市场传讯部经理，安倩是公关主任，将主要为媒体提供软文和硬广的准备工作，另外还有一位女孩子是美工，为酒店设计一些店内使用的简单宣传册和海报。

大学时，安倩学了一点Photoshop，最初是为了给妈妈修照片。每年她给妈妈拍的照片，妈妈看了后总会说“哎呀，脸上又长了一块斑，眼角又长了一条皱纹”。于是安倩买了一本厚厚的绘图教程，首先就学会了用“羽化”效果去皱、去斑。后来同学生日，她已可以把同学的照片做成一个像模像样的相册了。

安倩上岗的第一件事情，就是熟悉集团官网上所有与市场传讯部相关的流程、官方语言模板和官方图片库。

第二件事，就是拿到下半年的市场传讯部工作计划，并就下个月的活动写一份工作安排，包括详细的时间安排。

就这么度过了一个月的工作学习阶段，总体来说，安倩还是觉得很充实的。可是，过了不久，安倩发现Carol确实如同业内传说的那样，虽然没有再从事销售的工作，但与媒体签订广告投放合同时总是显得有那么点“猫腻”。Carol不傻，她会将广告费提取一部分作为个人所得，但她从来都不会在办公室约谈媒体。如果财务部问及为什么同行酒店可以拿部分房间或餐饮等产品来抵消广告费，Carol就会从专业的角度解释，比如酒店需要一线主流媒体，而这些媒体是不可能同意置换的。因为这种问题太过专业，加之财务总监是个62岁的香港老头，又看到总经理一直很赏识Carol，也就多一事不如少一事了。

重庆女孩的性格就是什么都喜欢清晰明了，安倩隐约觉得前面是个坑，自己迟早也会掉进去，对于一只没关系、没背景的职场菜鸟来说，第一步很关键。虽然安倩没有找到证据证实自己的猜测，却无论如何不肯屈就，于是她便在入职半年后向自己的直线经理Carol请辞了。她知道职场规矩，所以办理手续时也没有多嘴，只是推说想去上海工作，这样可以离男朋友更近一些。这可以让Carol放心，让她知道自己绝不会今天辞职，明天就去了竞业酒店。

Carol拗不过安倩，想想自己不也是为了爱情才回来的吗？所以她劝了安倩两次也就同意了。

# 6

离开了海南最好的酒店，安倩去了上海。卜老师的推荐很有效果，两家酒店向安倩发来了邀请。

大三那年，因为凯文的关系，安倩被老师推荐到上海的东风饭店实习。

东风饭店是上海外滩地标性建筑，始建于1864年，曾是英国在沪侨民的一个重要的社交场所。上海开埠后，租界里陆续兴建了英国、美国、德国、法国等总会大楼，其中以英国总会最早，英国总会名叫上海总会，又名上海俱乐部。中华人民共和国成立后，上海市人民政府接管了这幢大楼，改建为国际海员俱乐部，1971年正式更名为东风饭店。

安倩记得，在东风饭店的实习单上，她被卜老师写下了不少于100字的评语，而这段评语，最后成了安倩出众简历的一部分。

第一家酒店的面试时间是7月28日早上9：30。怕路上堵车，安倩早早就坐地铁赶到了同样位于上海外滩的Z酒店。一个穿着背带裤，皮肤像小白鼠一样白的美国人面试了她。

那个美国人似乎很随意，跟安倩聊了一些对酒店业的理解，以及对品牌的认识，最后却问了一句："你愿意做餐厅服务员吗？"

安倩想：这算是对我的考验吗？

她回答："Yes！"

那时候，上海甚至全国的国际酒店，都是外国人当总经理，中国人能做到人力资源总监已经很不错了。站在外滩，安倩想到了那个关于上海外滩公园入口的传闻——那里曾经挂牌：华人与狗不得入内。而此时，浦东的发展已经引起了全世界的关注。随着WTO谈判的深入，中国迅速发展。世界经济的衰退，让许多国际大公司把目光转向了中国，并在上海成立了办事处。

这一次来上海，安倩甚至都没有联系凯文。其实她心里跟自己打了个赌，留下来，只有确定自己能留在上海，才能不失高贵地跟凯文的家人见面。

她也不想去找自己在上海的同学，一来怕给别人添麻烦，二来自己也想多试几家酒店。对于上海这个大都市来说，自己就是一个蒙着双眼的傻白甜。虽然上海总有一种藐视众生的高傲，但是张爱玲、鲁迅……这些名人都在上海待过，自己怕什么？

此时的上海已经兴起了不少快捷酒店，安倩就在一家快捷酒店住下了。

酒店里有上海地图，安倩在上面找到了明天要面试的那家EL Bench酒店。EL Bench酒店是美国的上市公司Benchmark的最高品牌，也是上海最奢华的酒店品牌，从安倩住的地方去那里需要转两次地铁。

这时，凯文的短信来了，不痛不痒地问："在干吗？"

这是最近一个月来，凯文发来的第一条短信。虽说大学毕业已半年，大家都在找工作，联系得少也正常，但也能看出，大学的欢乐时光是告一段落了，现在才是进入一所大学的新生考试啊。

安倩不想说自己在上海，突然抖了个机灵。

"我已经收到海南某酒店集团的offer了，发展机会很不错，职位也很适合我的个人规划，我的英语特长也能发挥。"

"哦，恭喜你！"凯文似乎有些失落，他想说不想来上海试试吗，却终究还是咽了回去。

"不过，前些日子我其实已经面试了两轮校园招聘，最后几轮在上海进行。我可以先去上海看看。"

"是吗？那你什么时候可以过来？"凯文又看到一线希望。

安倩说："嗯，就这几天吧。不过，我母亲给我摊牌了，希望我们两个的关系可以明确一下，这样她才能放心。”

“倩，你是指结婚吗？这个……我们需要这么早决定吗？”凯文问。

“可是，我们都谈了三年了啊，凯文！你妈妈甚至都不知道我的存在，你觉得这样正常吗？”一谈到这个问题，安倩心里既委屈，又愤怒。

凯文说：“我知道，其实我跟她说了。她……毕竟还没有见过你，不过，我爸爸很想见见你。”

“她想让你找个上海姑娘，对不？她觉得这样才对等，是不是？”安倩猜出了几分，说这话时，她的鼻子已经有点酸了。

凯文说：“我的意思是我会再找个合适的机会跟她聊嘛，比如说，你安顿下来了，开始上班了，我再带你回去，这样是不是更好？”

安倩不再回话了，凯文并不算心智很成熟的男孩，但在这个问题上，总是显得异常谨慎，这让安倩总感觉这个恋爱谈得鬼鬼祟祟。大学时她看过一本书，是王志钢的《第三种生存》。她知道，自己现在已经是一只无法回头的野生动物，必须打起精神面对危险的丛林，而凯文作为一个优越的、从来没有离开过父母的上海人，一个圈养动物，是无法理解她的。

虽然凯文在妈妈的逼迫下见了摇滚青年，但他对那个女孩没有兴趣，感觉他们磁场不合。他更需要一个帮他拿主意又清爽美丽有才华的女孩，这样带出去也有面子。这些优点恰好安倩都具备了，又弥补了他优柔寡断的短板。但妈妈这种不喜欢外来媳妇的态度，却让他一直没有勇气摊牌。

大四时，大家都忙着写论文、找工作，虽然他们天各一方，每个星期还是会通两次电话。但热恋时一天打三四个电话，恨不得24小时都黏在一起的那个热乎劲已经荡然无存了。

转了两次地铁，安倩到了EL Bench酒店。当时她和蔷薇同时向这家酒店集团发出了简历，却因为不想去上海，而错过了面试的时间。巧的是，她在海南亚龙湾酒店辞职的当天，这家酒店又发来了offer，请她过去面试。

EL Bench作为一家起源于美国的最古老的饭店品牌，已经有超过100年的历史，而上海这家EL Bench则是该酒店集团在大中华区的第一家委托管理酒店。这家酒店从开业以来就频繁出现在国内外各家顶级杂志上，备受高端客人关注和喜爱。

站在EL Bench酒店前，安倩感觉到一种从未有过的庄严感，它的一砖一瓦都传承了该品牌一贯的奢华与尊贵，令人内心不由得升起一份敬意。有过实习经验的安倩当然知道，酒店的经营区域和公共区域再精致卓绝，美轮美奂，抑或由名师设计，都不会与后台区域的装修相匹配。各部门办公室绝不会出现在寸土寸金的地上区域，除了总经理办公室、前厅部办公室和市场销售部之外，几乎所有的部门办公室以及员工餐厅、制服房和洗衣房都会被设置在负一楼非对客区域。

从大堂东侧的小门进入到一个狭长的区域，入口处有一名身着保安制服的员工礼貌地询问："您好，请问有预约吗？进入后台区域需要在我这里办理一下临时出入证。"不得不说，连保安员都那么彬彬有礼。不时有下大夜班的员工背着包从"后区"走出来，他们都会受"请"打开自己的包，主动给保安员看。（后来，参加完入职培训的安倩才知道在酒店里工作，每位员工无论职位高低，都有义务打开自己的包请当值保安员检查。因为酒店是高成本经营场所，员工出入酒店都是有严格的上下班规定的。）

不愧是企业文化培训做得最好的酒店品牌，从安倩进入后台区域的那一刻起，她就被整片整片的文化墙吸引了。入口的10米长的墙体上，是这个品牌的员工需要理解并奉行的三个核心价值。安倩想，这片文化墙如果给国内品牌的酒店，可能就变成了一位美若天仙的前台员工，穿着旗袍，优雅而职业地露出一个甜美且标准的微笑……而在这个文化底蕴浓厚的美国品牌酒店里，文化墙上的三幅画竟然只是非常简单的构图：第一幅画是一个佩有蓝宝石袖扣的白色衬衣袖口一角；第二幅画相当简单，一个全银欧式大托盘上放置着一套优雅的欧陆早餐；第三幅画是一束骄阳似火的红玫瑰。三幅图都很简朴，只有三种颜色——白、黑、红的组合，却真实地体现着EL Bench的低调奢华，没有任何的刻意和做作。

再往前走10米，又能看到一条站着10个不同的员工的走廊。安倩定睛一看，原来是用卡通的手法绘制了员工制服秀。这些制服十分生动，还没开始工作，就让人有一种无论如何都要来加入酒店好好干活的冲动，至少要对得起这套时尚而美丽的工装。过了这条到处都打着EL Bench"标签"的充满活力的文化长廊，安倩很快找到了位于负一楼的人力资源部办公室。虽然在负一楼，但是人力资源部的设施设备还是非常齐全的。一位笑呵呵的文员将安倩指引到了人力资源部办公室隔壁的填表室，并告诉所有来应聘的人如果谁需要，可以随意享用人力资源部为应聘者准备的茶歇。

酒店实在是太阔气了，应聘接待室里竟然还放了一台咖啡机和一些西式茶包，并且配有三种简约而经典的西式点心。这么暖心的准备，估计来应聘的俊男靓女们没有一位不被这家酒店深深地吸引。难怪，才上午9点不到，接待室里就已经来了十多位应聘者了。

大约20分钟后，安倩等来了她今天的第一位面试官，人力资源总监Lucy，一双阅人无数的眼睛里，写着精明与干练。她身着深蓝色的西装，一步西裙，棕黄色的烫染发丝被一个黛青色的真丝发箍柔柔地缠绕着，看似随意的配搭，其实却暗藏巧心，令人不由得惊叹上海女人天生的审美情趣已融入到了每一个细节里。

Lucy一边看着安倩的简历，一边问道："在上海工作过？

"会说上海话吗？

"平时都订阅什么杂志？参加什么社交活动？

"近三年有结婚打算吗？

"平时跟老外打交道多吗？

"曾经在哪些国家旅游过？"

Lucy的普通话带着典型的上海腔，交流时也不时夹杂着英文。她面带微笑，却少了些亲切，不远不近，不卑不亢，恰到好处。

安倩想：也许这就是传说中外资企业人力资源总监的职业微笑吧。这种微笑就是一种训练有素的表现。即便在各类培训课程里，所有员工都需要微笑，但并不是一日或几日就能培养出让人看着舒服也不轻佻的笑容来。仅凭这一点，安倩就认为Lucy是一位专业化程度非常高的人力资源总监。职场女性大方、优雅、自信的形象，实在让她这种职场菜鸟太仰慕了。

安倩也不是第一次面试了，回答得都比较从容。她想，自己在东风饭店实习的经历，能不能给自己加分呢？

可是，Lucy一边认真听着，一边微微地点头，那张职业化程度过高的脸上，竟是找不到任何可供参考的线索。

EL Bench酒店的大堂里坐着几个跟安倩一般大的女生，她们正在温柔地给客人端茶。不远处有一位穿红色西装的女主管，正在跟一个红毛欢快地聊着。早听说上海女人喜欢嫁外国男人，虽然这种事情安倩并未亲眼所见，但上海作为中国最大的经济贸易窗口，的确有着其他城市不具备的优势。外国人喜欢到这里扎堆，上海人也喜欢跟老外交朋友，更何况上海的几所名牌大学里，许多老外都在那里教学、生活，他们已经习惯了待在中国。也难怪上海人觉得自己眼界高人一等，遇到其他城市来的“乡巴佬”，难免心理上占点优势。

“安倩！”安倩听到有人喊她。

远远地，一个长得像憨豆一样的大男孩微笑着走了过来。

安倩眼睛一亮：“Henry？哇哦，真的是你！”

Henry是个很绅士的英国人，与安倩曾经在南非和摩洛哥的NGO公益项目上合作过。他到中国已经10年，曾经在西安、桂林、南京工作过。他们对彼此的印象都非常深刻，也经常通过MSN交流。

他乡遇故人，安倩接受了Henry送过来的大大的拥抱。

原来Henry也是刚到上海不久，他中文讲得溜，又长着一张标准的英格兰脸，两颊总有两大片红晕，刚刚调到这家酒店做房务部总监。性格外向且单身的他，还在电视上参加过几次中文类节目，也算积累了一些小粉丝吧。这些粉丝还真有一部分就为了看看他台下长什么样而大老远订了这边的周末房，顺便在上海玩两天。

只是，这张标准的英格兰脸，在Lucy这里，似乎并不那么讨喜。Lucy一方面觉得，作为一家五星级的国际酒店，似乎应该有几个年经而有经验的英国酒店管理人员，会显得更有格调；而另一方面，她又不满意Henry只在那些普通的二线城市待过，没有北上广深的工作经验，还不满同样的工作Henry竟然可以拿到高出她两倍的薪水，且不用交税。

“Why not we have a cup of coffee at the lobby lounge？”Henry随即提议请安倩去大堂吧喝杯咖啡，叙叙旧。

在大堂吧里，Henry听完安倩的陈述，他决定向Lucy推荐安倩，因为他认为安倩非常坦诚，英文水平和形象都非常适合他的房务部。在Henry看来，上海员工除了对本地客人的习惯比较熟悉，便于沟通外，和其他地方来的员工没有太大差别。而事实上，安倩这种刚毕业的大学生愿意从事服务行业，从基层干起，已经是难能可贵的了。再说，越是新鲜的“血液”，就越是有利于房务部这种运营部门的管理，部门内部就一直能保持积极向上的工作氛围。

所以，当安倩问道：“Henry, so you are going to recommend me, right？”

Henry用他惯有的小幽默又回了安倩一个：“Why not？！”他答应安倩会去Lucy的办公室“串串门”，并请安倩等他的好消息。

跟安倩道别后，Henry真的是第一时间去找了Lucy。

他花了20分钟，向Lucy介绍了安倩在NGO项目里的出色表现，因为NGO是一个国际性的公益项目，每位参与者都会经过严格的考核，且需要跟很多不同文化背景的成员协作与沟通。他还强调，尽管自己的中文不错，但他认为作为一个中国人，安倩的英文能力一点都不比自己逊色，况且安倩作为一个女孩，曾多次出国旅行，这证明她的视野和生存能力是很棒的。

没想到，Lucy很平静地拒绝了Henry的建议，她给Henry倒了一杯红茶，说：“Henry，我们是一家国际酒店，这里不只有英国人、法国人，还有来自亚洲国家的华人，他们的祖辈有不少是以前来上海留学的外国人或出国做生意的华人。这些华人在国外的时候，与当地人交流用当地的语言，在自己家里却保留着用家乡话交流的传统，所以现在他们回到这里，在这里投资，在这里谈生意，更愿意讲自己熟悉的语言，你明白吗？更何况，上海有这么多名牌大学，我们为什么要选一个对上海并不熟悉的海南大学的毕业生呢？”

“她是个聪明的女孩，这些她都可以学的。”Henry坚定地说。

Lucy说：“她将比别人花费更多的时间来学习，她对上海一无所知，意味着我们的客人无法跟她咨询任何问题。”

“Oh, my dear, please……我和总经理都不是上海人，你的意思是我们都不适合在上海经营酒店吗？你在催促我学上海话，看样子我得抓紧找个上海女朋友才学得会。”Henry耸耸肩，反问Lucy。

“Come on, 你知道我不是这个意思。”Lucy倒也对Henry有几分好感了，觉得跟这种同事沟通起来也蛮有趣的。

Henry说：“上海的魅力是需要客人全方位去体验的，酒店只是一部分。EL

Bench酒店代表的是我们美国总部的酒店文化，体现出我们独特的服务品质，即使她并不是上海通，也听不懂上海话，但她只要了解我们的文化，就能令客人宾至如归，不是吗？”

Henry的一番话不无道理，老到的Lucy虽然已在EL Bench做到了高管职位，但毕竟还是黄皮肤，对一个蓝眼睛进行适当的妥协，于她来说并无坏处。况且，国际酒店的文化也很重视职员在公益事务上的表现，做个顺水人情，又何尝不可呢?

她说：“好吧，现在客房部还有两个客房服务员的空缺岗位。如果你同意的话，那就让她去试试这个岗位吧！”

没想到Henry对这个顺水人情并不以为意，他说：“No，我认为以她的沟通能力和英文能力，她完全可以胜任管理培训生的职位，房务部可以安排一年的基层管理岗位轮岗，如果考核通过，可以直升副经理。”

“Henry，你刚到这个集团工作，可能不清楚管理培训生这个岗位不是一家酒店就能决定的。我们每年12月时，总部会在全国的主要城市选拔非常少量的管理培训生进行为期一年的培训，我看你还是让她再等一年吧。况且她毕业的大学实在比不上每年报名参加这个项目的竞争对手。如果一年后，她还能在我们这家中国区第一的酒店存活，也许还能去碰碰运气。总之，不要多说了。我同意你的意见，除去安倩不是上海人和没有上海工作经验这两个因素外，她确实还是一位让人印象非常深刻的应聘者。嗯……让我想想。”

Lucy边说边打开人力资源系统，查询更多的职位空缺。

“Oh, Henry, at least the girl is very lucky.”Lucy又回到了那最有特色的职业微笑，“We can offer her Butler.”

## 7

Butler，翻译成中文就是贴身管家，也就是安倩进入酒店后台区域时，看到文化长廊里的第一个EL Bench品牌核心价值——Tailor Made（私人订制）。当Henry打电话很开心地告诉安倩与人力资源部的协商结果时，安倩的脑海里立即出现了文化墙上那幅图—— 一个佩有蓝宝石袖扣的白色衬衣袖口一角。原来私人订制的服务最核心的岗位就是贴身管家部，它隶属Henry管辖的房务部，其中包括24小时管家、送餐、客户服务中心三个分部门。凡被选为贴身管家的员工，都将负责酒店所有客人抵店、在店以及离店时的各类服务传递，对员工的素质要求非常高。

当然，在Lucy向蓝眼睛同事Henry妥协时，也适时地提出了对安倩的一个要求，并以保障EL Bench的招牌服务水准为由，让Henry承诺这个要求——安倩必须在三个月的试用期内，在集团的客户满意度调查中被客人书面表扬10次。

Benchmark饭店集团是全球房间数量最多的集团，旗下2000家酒店有480000间客房。为了让全球的客户感受到该集团的品牌文化是以客户为先，每位总经理及管理团队成员的年终奖金都是与各种KPI（关键指数）相关的。其中，非财务经营指数中，品牌审计和客户满意指数的得分要求是最大权重。

客户满意指数，并不是熟客满意指数，更不是随机抽样指数，而是在客人入住酒店时，员工会向客人礼貌地索取邮箱地址。然后系统会通过第三方向客人之前提供的邮箱地址发送一份电子客户满意指数链接，而客人要做的就是，打开链接，给必答项目和部分选答项目的服务评分。客人一般都会用最快的速度完成服务评分，而不选择用书面文字表达任何意见。

所以，客人通常选择用“飘过”的身份去评分，而极少有人特意去表扬某位员工或服务。然而这种在别人看来有难度的事情，在安倩看来却是个机会，她毫不犹豫地接受了这个挑战。

安倩与这次入选的另外五位贴身管家被安排了为期一个月的入职培训。别的部门最多参加人力资源部组织的一周入职培训，前四天学习酒店品牌文化、政策与程序、酒店简介、消防培训与实操等课程，第五天考核并参观酒店。而贴身管家就不同了，除了这些基础培训和考核外，她们还有大量的工作内容要学习。

在这里，安倩第一次听到了关于EL Bench酒店的核心理念：

Tailor Made（量身定做）；Top Experience（奢华体验）；Complete Satisfaction（全程满意）。

而这一切都是为了实现Service Profit Chain（服务利润链）：Staff Satisfaction（员工满意）——Guest Satisfaction（客户满意）——Maximum Profit（最大利润）。

培训中的每一句话，安倩都迅速地记下了。

接下来，姑娘们经历了密集式的培训。

背名单，三十几个VIP的名字需要在一小时内全部背出，这些名字有德国的、日本的、韩国的、美国的……她们还要记下几个国家的欢迎语，这是让客户感觉宾至如归的部分。

比如“欢迎光临”，英语自然不必说了，酒店专业的学生们，英语都是标配，其他语言就看兴趣和勤奋了，但还是需要懂一百来句常用语。比如“欢迎光临”这个词，见到日本人会说“いらっしゃいませ”，见到韩国人则会说“어서 오세요”，见到法国人则会说“Bienvenue à”，见到德国人则会说“Willkommen bei”。

除了背酒水单，如洋酒、鸡尾酒等，她们还要学会制作各种饮料。

她们还要背酒店房型及设施设备介绍；学会打包和拆包；学会缝衣服、熨衣服、刷皮鞋；了解应急预案演练，如夜间消防、电梯卡梯等。

要说背酒水单，那还是这些应试毕业的大学生最擅长的，虽然有点拗口，但毕竟只需要集中精力开动大脑。

最有趣的是，Henry第一天实操时教大家打包和拆包。在一个崭新的29英寸的行李箱前，所有参加培训的新员工围在一起，观看帅哥总监Henry打包。Henry解释完所有步骤后，要求每位学员做一次实操，结果场面极其混乱。有些姑娘笨手笨脚，又怕时间不够，硬是把十几样大小规格不同的东西塞进了包里，外形看上去颇为狼狈；有些则直接把东西夹到了拉链上，最后拉拉扯扯直至拉链变形罢工。

最后，Henry当众表演了他三分钟打包和拆包的过程，粗大的双手灵活翻飞，利索到没有一个多余的动作，拉链像上了机油的滑道，畅通无阻地走完全程，完美收官，令姑娘们惊叹不已。

末了，Henry笑着说自己最擅长的其实是刷马桶。姑娘们大笑，都以为他在说笑。结果Henry真的拿出一个马桶刷，像模像样地演示如何才能把马桶刷干净。全程下来，Henry相当专业，本以为会有些尴尬的课程，倒像是在上一门手工艺课，包括如何快速地戴上橡皮手套，在冲洗马桶时要使用软刷，清洗液不能混合用以免产生毒气，等等。安倩看呆了，原来这里面学问还真多。

培训就在这些实战的训练中一天天进行着，别看都是在培训室，但折腾完以后，姑娘们个个都气喘吁吁的。

一天中午，姑娘们一起坐在员工餐厅吃饭，一位做了贴身管家很多年的老员工也坐了过来。这是一位皮肤保养得非常光亮的男管家，十分自信、大方，因为爱讲各类酒店的八卦故事，而且服务方面又是最资深的，每次吃饭，总会有人围着他转悠。对姑娘们兴致盎然地聊着的内容，他都如数家珍，新来乍到的姑娘们不由得都凑过来听。

“没有什么了不起的和学不会的工作，只是看你想不想学好呗！”

这位被称为“师父”的老员工，其实一点儿也不老，只是总监和经理在忙的时候，总是会把新员工给他带。久而久之，他便成为管家部的部门培训员，也被部门的员工称为师父。

姑娘们对这位师父很好奇，最重要的原因是想满足一下自己的好奇心。国际酒店可不比其他地方，在这里穿梭的客人不是背景显赫，就是家财万贯。日后要“伺候”这些客人，不先做点功课怎么行。

姑娘们端茶的端茶，送水的送水，甜甜地跟师父说：“师父，就讲讲你接待过的明星呗！”

“嗨，明星不就和咱们差不多嘛，卸了妆以后，扔在人群中，可能还没有你好看。”这位被称为师父的老员工回答得特别朴实。

“真的啊！”姑娘们来了兴致。

“可不是嘛！上次来的那个台湾女明星，就是眯眯小眼，光一个眼睛就化了两个小时！你们女人的东西还真是多，睫毛膏、睫毛贴、眼线笔什么的，眼影都几个色轮番涂。”听上去这师父比女人还懂女人。

“你最喜欢的明星是谁？”师父问一位男性新员工。

“我从小就喜欢Edwin Leung，他的身材一直都是那么好。”

“嗯，我为他服务过一次。那年他在体育馆开全球演唱会，上海是第一站。当时，大堂里站了黑压压的一群人，男粉丝、女粉丝都有。我还记得那个炫酷的旋转升降舞台和他在上面那个舍我其谁的台风。不过我也挺佩服他的，红了20年，喜欢他的人年龄跨度是我见过的最大的，上至四十几岁，下至十几岁。”

“快说说，他是不是很帅？”男员工有点忍不住了。

“他除了五官精致，是个上镜的巴掌小脸，我真没觉得帅。说句你不愿意听的，他的身材太瘦小，一米七都没有。体重嘛，我目测应该100斤左右吧。难怪在电影里，从来都没看过他抱起过女演员。”

“哈哈哈哈……”大家都笑了。

师父的情绪似乎被调动起来，抑或是因为围着他坐的小女生比较多，他突然愿意表现了：“再说说去年接待的那位叫阿芳的国民女神吧，这位小姐真是太颠覆我对女神的向往了。”

“就是那个5岁开始演戏的童星，如今19岁依然红遍了影视圈的女星？据说她上部剧的片酬已经让她成为身价最高的女明星了，广告收入也不得了呀。”

“你可以去打听打听，今年3月她来做新片上映的活动，指定住在我们这家酒店。本来制片公司并没有这么高住房预算的，但这位小姐可是得罪不起的呀。她过来前，就已经踩点预订好负二楼车库的具体车位，然后由我把1号客梯暂停，为她做专梯服务，直接送到房间。”

“嘻嘻，师父，美死你了吧？”姑娘们从小看阿芳的电影长大，真想从师父嘴里多听到些边角余料。

“入住时，我还真没认出她来。可能是从小化妆，她皮肤不好，虽然戴着大号墨镜，但皮肤炎的痕迹还是挺深的。噢，对了，她超级瘦，大腿应该比Henry的手臂还细。她在房间里待了一天，经纪人倒是进进出出，可她自己却从来没有出过房门，连送餐都是由经纪人开的房门。不过离店的时候，把妆一化好，我就感觉女神又回来了。其实，阿芳人挺好的，临走前还跟总经理在大堂拍了张照片，客客气气地谢谢酒店对她的照顾。”

“那师父有没有跟阿芳单独合影？”姑娘们迫不及待了。

师父说：“当时刚做贴身管家，胆子比较小，根本不敢提出跟自己的女神单独合影这种‘非分’的要求，现在肠子都悔青了。”

姑娘们都哈哈大笑了起来，没想到师父这种老油条也有青涩的时候。

这时师父看了看表说：“大使套房的罗先生夫妇还有半个小时抵店，要去备餐间准备罗先生的欢迎茶了。”姑娘们这才意犹未尽地各自散去。

和安倩一样，贴身管家新员工虽然有很多知识和技能要去学习，但大家在这样的品牌酒店里上班，却都因为一份鲜明的企业归属感和自豪感而深深地热爱着自己的工作。

培训课每天都有理论的叙述和实战的演练。

月中的一天，人力资源总监Lucy给大家做了一个关于不同国家顾客的习惯培训，让安倩大开眼界。

欧洲人，尤其是上了年纪的人，会比较喜欢中国的文化，他们当中有不少人对中国的书法还蛮有兴趣。几千年的中华文明得以通过文字记载和传承，书法功不可没。

除了书法，他们还知道茶比咖啡更健康，他们知道绿茶和普洱茶，知道它们之间味道的差别。他们来到中国，也很愿意跟中国人交朋友，但是中国人比较含蓄内敛，因为语言不通，或根本就没有太多兴趣跟老外交朋友，所以老外常常发现跟中国人交朋友其实很难。

他们也经常会在中国举行一些派对，经常出去骑自行车什么的。欧洲人表面上对中国人既没有好感，也没有恶感，但都会有自己的一套交友标准。

Lucy对中国其他地区的客人也做了一些非常有意思的解读。

香港人看上去酷酷的，像是椰子，外面看上去比较硬，但打开以后，没有内核，只有甜甜的椰汁；台湾人是水蜜桃，外表看上去比较热情，但里面有个核，打开心扉要难一点。

可是，每个地方的人都大不相同，需要怎样才能知道他们具体的需求呢？安倩正想着，Lucy的话正好回答了她的问题。

“客人的需求不是他们直接说出来的，而是我们从无声的境界里读出来的。我们需要去观察客人的需求，哪怕一点点发自内心的关怀，都比虚情假意的标准化接待要更加打动人心。”

第一次听到Lucy讲这些，安倩只有深深的佩服。

她知道这些都不是从哪本教科书上抄来的，她能想象这10年的酒店管理生涯，Lucy是如何从茶山上采来一筐筐茶叶，然后选出其中最鲜嫩的部分，制作成一片片精致的茶片，然后分给这群傻白甜的姑娘。

法国老太太罗兰，是安倩参加完入职培训后接待的第一位客人。她将在酒店逗留两天。

安倩在罗兰来之前，打开公司的OPRA系统，查看了她的资料。罗兰已经不是第一次来中国了，档案中显示，她在上海、广州及杭州都曾在集团的其他品牌酒店住过，关于她的喜好，系统里留的客史档案是这样写的：她讲英语和法语，偶尔也会讲两句中文；她偏好美式咖啡，只加奶不加糖；她喜欢简单的早餐，先吃水果，如西瓜，然后喝橙汁，两片吐司加三种奶酪和水煮鸡蛋。

安倩在客人来临之前，根据前段时间学习的标准服务流程先制订了如下方案：

1. 提前三天发邮件给罗兰女士并抄送她的私人助理，告知上海的天气，并询问航班信息，以及是否需要酒店安排接机；

2. 根据客人喜好，准备好客人的欢迎饮品——美式咖啡加奶不加糖，以及一份VIP果盘；

3. 请总经理亲自手写欢迎卡，以表达酒店对客人的重视；

4. 找出罗兰女士的照片，将之分享在营运部门的共享盘里，并发邮件通知大家通过照片随时识别罗兰女士，并主动跟她打招呼。

当罗兰出现在安倩的面前时，安倩有一种和春天约会的美妙感觉。罗兰笑起来像奥黛丽·赫本，有一份纯真和喜悦荡漾在她的脸上。她的衣着色彩斑斓，又配搭巧妙，雪白的头发配上她精致的妆容，有一种随时准备上T台的神采飞扬。

她每次吃早餐都需要一个小时，似乎每一片吐司都要充分咀嚼。她对细节要求非常高，但每次都是笑盈盈的样子。安倩没见过自己的奶奶，陪着罗兰，就像陪着自己的奶奶一样。

罗兰除了在酒店见一些重要的客人，多数时间都愿意找安倩聊天，安倩的英语好，甚至能用法语交流，这让罗兰感觉交流起来很舒服。

那天罗兰还唱起了法国歌剧《费加罗的婚礼》，安倩笑着看着老太太，配着和声。睡觉前，罗兰拉着安倩的手，像是一对忘年的闺密。老太太视力不太好，安倩用法语给罗兰朗读小说，她享受地闭着眼睛，偶尔指出一两个发音的错误。

第二天，安倩帮罗兰烫好一套衣服。罗兰看着这个认真的中国女孩，用法语给她讲了一个故事，是一个关于酒店的故事。

著名的法国服装设计师可可·香奈儿，曾在丽兹酒店租了一个套间，住了好几年。第一次世界大战爆发，丽兹酒店在战争时期被德国人征占为指挥部。她离开的时候，很多家财及大部分贵重物品没来得及带走，香奈儿以为自己的财产都被掠夺了。但是，当战争结束之后，她再次回到酒店，酒店管家把她的房间打开时，房间里的摆设跟她走的时候一模一样，包括她所有的私人物品，都原封不动地保存完好。她难以置信，而管家只是轻描淡写地说“因为您付过房费，我们只是做了我们应该做的事情”。

“你听懂了吗？我亲爱的安倩，我觉得在中国，你们也应该拥有这样的百年老店。而你，将会成为那样的管家。”

分别时，安倩和罗兰拥抱，罗兰送给安倩一条精致的项链，并给安倩打了一个10分。

ACC公司的中国区首席执行官刘先生，是安倩入职培训后接待的第二位客人。

刘先生是香港人，一口好听的伦敦腔一下子就把安倩迷了个半死。而他的个人资料上写着，他是一位全素主义者。

他的西装是定制的，胡子总是剃得很干净。第一天接到刘先生，安倩就做好了一切关于刘先生的要求记录与跟进：

6：00　宾客服务中心自动叫醒服务，如系统显示，刘先生未及时接听自动叫醒电话，五分钟内安排第二次人工叫醒；

6：30　刘先生会去健身房做有氧运动，时间约半个小时；

7：00　刘先生的早餐时间，他要在套房中的餐厅完成，送餐部将早餐送达、餐具摆放好即可，不要打扰客人，因为接下来的一个小时既是刘先生的早餐时间，又是回美国总部邮件的时间；

8：30　酒店奔驰礼宾车standby（原地待命），在大堂门口等候刘先生，送他去淮海路上的公司所在地；

15：30　与刘先生在上海的私人助理联系，并询问刘先生是否需要在酒店用餐以及确认餐食安排；

18：00　酒店奔驰礼宾车在早上送车地点等候刘先生。

他的西装很合身，包是Gucci的，胡子总是剃得很干净。每天下午三点，他都会固定在酒店的健身房健身，脱掉白色的衬衣后，黑红的肤色让人想起香港艺人古天乐。他的肱二头肌、肱三头肌、背三角肌都练得恰到好处，人鱼线、马甲线清晰可见，一看就出自专业私人教练的精心指导，呈现出良好的健身及户外旅行的习惯。他胸前那只飞舞的蓝色蝴蝶，给他刚毅的外形抹上了一层香艳的色彩。

这位全素主义型男除了弱碱性水之外的饮料都不喝。每天，安倩都会给他安排不太一样的素食，她找到酒店的总厨，研究了十几种素食搭配，且每天都不重样，即使同样的素餐，也会有烹饪方式的改变。

有一次，西厨房的厨师长做了一个花式的摆盘，旁边放了一枚七成熟的鸡蛋，安倩直接把客户的档案调给他看，指出客人是Vegan（严格的素食者），而不是Vegetarian（素食者），而二者最大的区别就是一个荤腥不沾，一个不吃肉蛋。而荤又包括葱、蒜和韭菜，腥又包括一切肉蛋食品。厨师长有点失望，原本还为自己的创意有些得意的，但又从心底佩服安倩的细腻周到。

刘先生每次在酒店住10天左右，多数时间飞往不同的国家。他偶尔穿一双意大利皮鞋，安倩总忍不住转到他身边多看几眼。

可接下来就有点虐心了，由于是长包房，这位首席执行官还专门带了风水师来调整房间摆设，原因是后几天，刘先生都不需要去办公室，可以直接在酒店房间内办公。

风水师长得很奇怪，长发飘逸，骨骼清奇，一看就异于常人。安倩实在是不明白，就几天的时间能改变这位香港来的财经名人多少财运。

也许民间果然有奇人呢，她还是耐着性子先看看吧。

他带着一个罗盘，先是在酒店外仰观天象，又在酒店内俯察地理，再到选房号，再到办公桌的朝向，招财物的摆放。安倩挑了20套房间，最后才选中其中几套。对大师的这套行头，安倩甚是好奇，罗盘上的中国字，竟然看起来像是天书，好不容易看懂了天干地支、东南西北，可那个小棍棍是什么意思？还有外圈那些奇怪的数字又有什么用处？难怪《周易》能流传至今，大概是天资平庸的人根本无法参透其玄机吧。诸葛亮的草船借箭、七擒孟获莫非都受益于此？安倩的脑子里闪出了十万个为什么，可大师听不懂粤语，又不会讲普通话，只好不断比画，安倩理解得很吃力。

刘先生当然明白酒店的房间布置是不可以任由他调整的，经过大师的精心安排，也只是将自己挪到了次卧去睡觉，理由是主卧的大床没有直接背靠墙壁，而是被美国设计师安排靠着一个木质条案。美国设计师自然是不明白中国风水大师的罗盘和风水计算，但这也并不会影响刘先生在酒店的入住。当天，在确认完房间风水没有问题后，刘先生又继续预订了七天套房，要求不更换房间，并且今后的每次入住都要住在这次的1819房。

刘先生十分幽默，有一次，当安倩送来一碗百合粥时，他开玩笑似的问道："这位大师是香港很多明星富豪的御用风水师，要不要免费给你算一算？就当给你的服务小费，怎么样？"安倩连忙礼貌地推辞，说服务好每一位住店客人是她作为酒店员工最基本的职业素养，非常感谢刘先生的赞美。

大师倒也没有理会安倩的推辞，他直接递给安倩一张纸，让她写出自己的出生年月日。

"可是大师，你为什么要看我的八字呢？"安倩有些好奇地问。

"这个你就不知道了，ACC公司在招聘的时候都是需要把员工的生日写上去的，有些人天生适合做销售，你就不要把他放在行政了；有些人天生适合做管理，你就不能埋没了这个人才啊！”

“但我不是ACC的员工哦，你为什么也要看呢？”

“因为刘先生的公司准备在上海常驻，你是为我们服务的，我们也通过你了解了整个酒店的服务水平。住了这么多酒店，这次刘总算是最满意的一次了。我就好奇，想看看你是怎么做到的。”

安倩笑而不答。只有她知道，她是怎么做到的，就连大师也猜不到。

# 8

凯文所在的设计院离安倩的酒店虽然不算近，但坐七站地铁也可以直达。安倩来上海一个月了，慢慢地找到了附近的重庆餐馆，偶尔去吃碗酸辣粉，跟重庆的老板娘聊上几句，也不觉得黄浦江的水难喝了。待了几个月，她发现上海人也并没有想象中那么排外，只是外冷内热，让人有点望而生畏罢了。

凯文辗转了几个单位，本想逃离设计院的，但做其他事情也处处碰壁。跟同学一起开公司吧，没想到成天需要喝酒应酬，他一个书生，哪里懂得那么多套路，常常是竖着进去，横着出来。最关键的是，他这个率直的性格，根本搞不懂江湖规矩，一个业务跟进了很久，不清楚为什么人家就找别人签了。

人总是有一种奇怪的惯性，爱情往往是孤独的衍生品。

安倩发了一条短信给凯文，告诉他自己换了一个号。凯文问：为什么要换号啊?

安倩回复：你打过来就知道了嘛!

手机屏幕显示这个号码是上海号段，于是，一肚子憋屈的凯文赶紧约安倩周末去看电影。

那天，电影院在放《哈利波特：消失的密室》，凯文选的是英文版，记得读大学那会儿，安倩最喜欢的就是跟他去看全英文电影了。荧屏上，马尔福放出一条蛇，哈利居然说起了蛇语。凯文刚想说，英语不算什么，蛇语才真的牛，却发现安倩抱着一堆爆米花睡着了，连续一个月的培训，她实在是太困了。

看完电影，把安倩送到所住小区楼下，凯文问她：“上面有人吗？”

安倩说：“有两个人呢！”

凯文抱了抱安倩，说：“早点休息。”

安倩抱着他不松手，不知道是有点犯困，还是想到了什么，她说：“凯文，你算过命吗？”

凯文有点吃惊：“为什么要算命？你信这个？”

安倩说：“原来不信，现在有点信了。”

凯文不再说话了，他不敢问下去。一直以来，他的命运都是由妈妈一手操纵的，虽然自己偶尔也想单飞，但妈妈总是那么英明伟大，他躲在后面似乎也很安全舒适。

然而，工作他是必须要换了，跟爸妈住在一起，像房间里装了一个360度无死角的监视器，没有任何的私人空间。一切的一切，还不是因为自己经济没有独立，所以寸步难行吗？

想到这里，凯文决定听从导师的建议，去导师推荐的上海金典建筑设计公司上班，公司的老板是比自己大几届的师兄。导师说过师兄的路子活，又在国外待过，跟着他混，有前途。虽然设计图纸真的很闷，但毕竟是自己的专业，有了导师的推荐，又有师兄罩着，在专业领域至少不用看脸色吃饭。

凯文开心地上班去了。

果然，师兄给他开的工资不低，瞬间让凯文找到了自信。师兄的路子似乎也真的挺广，哥儿俩走出去别人似乎都挺给面子。

慢慢地，凯文也发现了这个行业的一些灰色地带。

凯文感觉自己刚出了狼窝，又入了虎穴。

师兄说：“你就是书呆子气，放心好了，到哪儿去找我们这种良心企业呀，你看我们至少到现在都没有豆腐渣工程吧？你师兄我好歹是建筑系的高才生，保证不出事，这是我们的底线。啊，听懂没？不出事，就是底线。”

工程倒是没出事，但人出事了。

两个业务员跑了同一家企业，各自托了关系，找了熟人，最后人家拍了板，把合同签了。两个业务员说好的，业绩一人一半，提成一人一半。后来，其中一个人翻脸了，说自己前期投入了公关费用，硬是要四六开。另外一个也不乐意了，说自己也送了人情，这是不是也得分一下？最后，师兄做主，把提成三七开，那个七就分给了那个平时听话的业务员。这下捅了马蜂窝，能谈这么大单的，多少都有些来头，结果那个得三成的业务员直接到住建厅把师兄和另一个业务员给告了。

凯文是设计师，也是师兄的助理，他能说他什么都不知道？

当警察坐到凯文的办公室里，他才知道这碗饭不是那么好吃的。

向警察交代完情况后，他感觉自己老了10岁，他好累，也好困，身体里仿佛被抽掉了几千毫升的血。

他坐在地铁站光滑的椅子上，看着快速闪过的地铁，心里冒出无数绝望的念头。是跳窗，还是卧轨？

唉，算了，他怕死，又怕疼。

他也不想回家，最后，他坐地铁到了EL Bench酒店。

安倩刚刚给刘先生泡了一杯柠檬水送过去，便接到了凯文的电话。看到他失魂落魄地过来，安倩赶紧去员工通道口见了他。

凯文明亮的眼睛成了死鱼眼，脸色像是霜打的茄子。看着穿着高跟鞋还若无其事忙碌的安倩，凯文突然觉得自己好没用、好无能、好沮丧。

“倩，周末去我家好吗？”凯文拉着安倩的手说。

Chapter 2

# /海绵“菜鸟”：机会来源于坚持/

## 1

车间主任出身的凯文妈，表面上客气地接受了安倩带来的礼物，交流中却像检查残次品一样打量着安倩，这不禁让安倩打了一个寒战。

凯文爸一辈子只和半导体打交道，话不多，憨厚而斯文。

安倩不是上海人，凯文妈已经在心里给安倩打了折扣；不是清北交复，又无海外留学背景，更让凯文妈无法接受。多少人为了落户上海，只找上海人恋爱结婚。一个海南大学的学生，要有多少见识，才能配得上从小就接受海外文化的凯文呢?

她又问了问安倩的父母，他们都远在重庆的一个小镇上。一个闭塞的小地方，能养出什么优秀人才，值得怀疑。

她忘了自己的父母，当年也是从无锡来到上海，从小裁缝做起，慢慢在上海安了家，才成就了他们今天的虚荣。

吃完晚饭，她说："姐妹们还在广场等我，我得去跳舞了。"

凯文爸爸倒是觉得儿子眼光不错，虽然安倩看上去文文静静，但说话利落大方，不像是一个扭扭捏捏的小女子。

凯文感觉妈妈的态度不太配合，却也比较无奈。他拉着安倩到了自己的房间，指着窗外的高楼说："你看这里，以前都是工厂；还有那边，是我原来的小学，是美国人开的，现在已经是一所英文学校了。"

安倩知道凯文是借此转移她的视线，但她还是从凯文的话里，听出了他作为一个上海人的自豪感。

她问凯文："上海人为什么会看不起外地人？"

凯文怔住了："哪有啊？怎么说呢，上海本来就是一个移居城市，无所谓外地人啊。我作为一个上海人，在我们同济大学这种藏龙卧虎的地方，可真是没感觉出有什么特别的优势。相反，我们还经常被外地人取笑呢，哈！"

这么一说，安倩好像心理平衡了点儿，凯文有时还是挺暖心的，但上海的疏离感也不是一般的人可以去拥抱的。安倩感到一种莫名的孤独，这恐怕是凯文没有办法理解的。她知道在上海这个强手如云的城市，她只是一粒沙子，在没有经过打磨和历练之前，连微弱的光芒都没有。但她只想凭自己的努力证明自己的价值，她没有想走任何的捷径，一点儿都没有。

那天晚上，她回到宿舍，换了一床新被子，松松软软的。上海的秋天已经有些凉意。她想起了妈妈，每年妈妈都会给她织一件新毛衣。妈妈手巧，看到外面的新款式，只要看一眼，回家就知道怎么织了，甚至还会在一件普通的毛衣上勾勒出立体的小花。她又想起了爸爸，作为爸爸最贴心的小棉袄，安倩觉得爸爸总是留着一份孤独，没有人能够真正读懂里面的沧桑。接着，安倩又想起了自己那个白色的笔记本，里面记着大学四年的故事，还夹着一张自己三岁时跟父母的合影。那时，她手里拉着一只硕大的氢气球，两只小胖腿斜斜地交叉着，摆出一个当时的她认为很时尚的造型。妈妈当时很年轻，穿着一身碎花连衣裙，爸爸戴着眼镜，穿着白衬衣，微笑着站在安倩的后面。

是的，那个白色的笔记本，自从那次巴厘岛之行后就不见了。那天看电影，安倩隐隐约约记得那个情节，伏地魔把自己年轻时的灵魂碎片保存在日记本里，并利用日记控制了罗恩的小妹妹金妮。

她曾努力地回忆过，是不是在换鞋的时候丢在了酒店，事后她打了电话，但查房记录里却并未发现任何东西遗失。难道是和护照一起丢的？不会啊，笔记本可是放在大背包里的。

她又努力地回忆，那个笔记本里留了她的电话吗？好像没有。

她只记得，当时买下那个笔记本，她就迅速地写下了：海南大学，安倩。

这预示着什么呢？大师告诉她，佛珠断了，车熄火了，都是象，在天成象，在地成形，所有的发生都是一种预示。哈利波特最后通过赫敏的指引进入密室，在邓不利多凤凰的帮助下用格兰芬多剑杀死了蛇怪，毁灭了日记本，解救了金妮。为什么她总是会想到这个细节呢？

自从16岁离开父母到海南读书后，安倩就有了独立思考、独立处理事情的习惯。她感觉到，老天正在向她关闭一扇门，但同时，另一扇门也正在向她敞开。她想，也许那个日记本会在某一天突然出现在眼前呢？又或者，日记本丢了，是不是会有其他的幸运突然降临呢？

她记得，在刘先生的信息上显示过，再过三天，他在Benchmark饭店集团旗下的12个品牌1500家酒店里，即将入住第1000个间夜。

她的脑子里冒出一个大胆的想法，是否可以在酒店为刘先生的第1000个间夜做个庆祝活动？为了论证自己想法的可行性，她找Henry商量。Henry非常支持她的想法，并告诉她有家名叫“路遥网”的OTA（Online Travel Agency，在线旅行社）公司的个性服务，可以学习和借鉴。

酒店惯用的西餐里，有奶酪、黄油这些非植物油的食材，这不符合一个严格素食者的标准。她从风水大师那里得到灵感，将木火土金水对应的五色——绿红黄白黑做成了15道菜（含点心），并按相生相克的原理按顺序摆好。最后，她拿到ACC公司的9位入住客人名单，跟云南一家普洱茶厂定制了9款茶饼，并在每一款茶饼的包装外面，设计了一张温馨的字条，上面写着：亲爱的XX，这是一款专为您挑选的茶，希望您喜欢。

ACC团队成员没想到庆祝CEO的第1000个间夜，竟然自己也能收到一份礼物，都大喜过望。刘先生的茶饼更是特殊，一饼两面，两朵不同造型的紫荆花，呈现出两种凹凸不同的雕花工艺，而紫荆花的花瓣，却是用白茶镶边，看上去很有立体感，令刘先生连连叫好。

安倩代表酒店主持了这次庆祝活动，她感谢刘先生及他的团队对EL Bench酒店的信任。为了照顾有些听不太懂普通话的员工，她特意用中英文做了开场白，甚至到最后，她还大方地接受刘先生的邀请，来了一段即兴的伦巴。

最后，团队每个成员都完成了Benchmark发来的电子问卷调查，ACC公司给了安倩9个10分，甚至还有员工在下面备注，愿意给10+。

不到三个月的时间，安倩就圆满完成了任务，通过了考核。Henry向安倩竖起了大拇指。

考核通过，意味着安倩在这家酒店过了第一关。几乎是同时，Henry和安倩都给对方发了一条短信：晚上请你吃饭。

安倩选了衡山路的老式建筑里的一个小餐厅，她觉得请Henry吃饭，最恰当的就是找一个有浓郁中国味的茶楼，中国现在强大了，也让他看看中国的百年巨变，大国崛起。这栋老楼里面还保留着一些当年的结构和陈设，二楼有一面文化墙，贴着上海近百年的老照片，让人恍如隔世。留声机里传来旧上海的老歌《月圆花好》，是邓丽君唱的：

浮云散，明月照人来，
团圆美满，今朝最。
清浅池塘，鸳鸯戏水，
红裳翠盖，并蒂莲开。
双双对对，恩恩爱爱，
这园风儿向着好花吹，
柔情蜜意满人间。
…………

这是一首旧上海的老歌，原唱是当年红极一时的影星周璇，配乐以西方乐器为主，大量的铜管乐演奏，大贝斯和钢琴交替完成基音，大提琴的加入更显人声魅力，是旧上海特有的爵士、轻摇的海派风格。邓丽君的演唱则以中国乐器为主，丝竹绕耳，两种基调都是稳定的四四拍。只是邓丽君更接近甜甜的邻家风，周璇则像是大舞台上风姿摇曳的多情歌女，在手法上多用装饰音和花音点缀，更多了些纸醉金迷的感觉。在这个特别的日子，安倩在邓丽君的版本里听到了甜美和沉醉，难免有了些飘飘然的喜悦。

安倩穿了一套薄薄的宝蓝色羊毛修身秋装，系了一条真丝小方巾。Henry穿了一件浅棕色方格西装，里面是一件深棕色的休闲衬衣，色调看上去跟他白皙的、有点小雀斑和红晕圈的面色非常和谐。

服务生来了，安倩一口气点了六七盘菜。Henry生怕浪费，连忙阻止安倩继续点菜，用中文告诉服务员“够了够了”。

暖暖的灯光下，一张法文版的《小日报》吸引了安倩的目光，这是一张泛黄的老报纸，上面的日期是1908年11月29日。此时，它被裱在一个西式画框中，由真空玻璃保护。报纸的封面上，慈禧太后和光绪帝的遗体摆在万寿宫，一群大臣纷纷跪下，画风诡异。安倩一面看着那幅画，一边盯着Henry可爱的脸庞，不由得笑出声来。100年的时间，老外们又换了一套行头来到了中国，这个古老的国家虽然历经沧桑，但终究是打开了国门，让更多的外国人愿意在这里享受生活，甚至在中国扎根。

Henry夹了一口草头圈子，咀嚼回味了一番，连说味道不错。安倩点了一瓶小香槟，给Henry和自己各倒了一杯。在上海，除了凯文，Henry是她最信任的朋友了。三个月的历练，Henry没少帮助她，她从内心里感谢Henry。

“Henry，有一个问题我一直不明白。Lucy为什么要离开法国回到中国呢？”

“安倩，每个人的选择都有自己的道理。”

“那你觉得Lucy回中国的原因是什么呢？她在瑞士读书，又去法国实习，这么折腾不就是为了不回中国吗？”

“安倩，Lucy是一个值得尊敬的中国女人，她在国外是拿到了奖学金的，但她在瑞士的时候，中国的学生还很少，中国的游客也不多，所以这些国际酒店并不需要东方的面孔。你明白吗？”

“为什么不需要东方的面孔？这些老牌酒店难道不知道亚洲是一个很大的市场吗？”

“No，至少在10年前，在国际酒店里几乎是看不到中国的客人的，所以他们认为国际酒店在中国是没有市场的。”

安倩吃了一惊，这个原因她从来没有想过，百年屈辱突然涌上心头。

可是她不甘心，仍然继续问：“在西方不是很讲究人权吗？”

“是的，西方没有任何法律规定不让中国人在酒店任职，但事实上中国人如果在酒店任职，待遇是会有差别的。”

“不是说制度都是标准化的吗？为什么还会有差别呢？”

“这个问题我无法回答，但是欧洲人、美国人都不是很喜欢被亚洲人服务，因此亚洲人所得到的待遇也会比较低。我一位好友的孩子今年申请去美国的一家酒店做管理培训生，本来都要签offer了，最后那家酒店还是把所有的亚洲学生的管理培训生合同改成了实习合同。”

“Henry，就是说美国的那家酒店对任何中国籍的学生都不提供管理岗位的机会，只能是以基层工作为主，对吗？”

“也可以这么理解。听说是酒店里的本土员工不能接受，向工会提出了抗议。人力资源部本来就怕工会闹事，也没有意愿培养亚洲籍员工，便直接通知学生们改合同了。后来，朋友的孩子倒也屈就接受了那份offer，那个孩子第一个去的部门就是餐饮部。她比其他亚裔同学都要努力，英文也不错。两个月后，经理安排她点餐，就开始拿小费了。不然，她会像其他亚洲人一样，还得去备餐间工作呢。”

“什么？能点餐、能直接拿小费都已经是最高的待遇了？即使做同样的事情，亚洲人甚至更努力？”安倩感觉这简直是匪夷所思。

Henry耸耸肩说：“是的，倩。虽然这会令你难过，但事实就是这样。”

安倩感觉心情有点压抑，月不圆了，花也不好了。

安倩开始理解像Lucy那么优秀的人为什么会选择回国，而不留在国外了。一方面，她为所有中国的留学生感到可惜；另一方面，她很庆幸自己生在一个好时代，可以通过自己的努力，在国内得到更多的机会。

善解人意的Henry为了缓和一下气氛，适时地狡黠一笑，说：“不过现在的中国可不一样了。18年前，美国和欧洲的各家饭店集团作为管理机构受中国政府邀请，从北京开始管理国际品牌酒店。不到20年，中国经济发生了天翻地覆的巨变。5年前，我出于对中国古文化的向往与期待，原本只是打算去西安工作一两年，看看兵马俑，了解一下中国历史上有名的六朝古都，结果竟然在酒店里认识了当年的女朋友，虽然我们最后并没有在一起，但为了追求她，我可足足花了半年时间学中文呢！”

听到这里，安倩扑哧一笑，本来想八卦一下Henry的那位前任中国女友，又觉得这毕竟是别人的隐私，并且已经分手了，她再贸然发问好像不够礼貌，也就止住了，继续听Henry往下说。

“我第一次休年假回国时，身边的朋友都问我在中国生活得好不好，可能他们认为中国跟非洲一样贫穷。他们当中有些人几乎从没离开过自己的城市，所以他们几乎都不相信中国的生活条件那么好，发展速度那么快。可是没过几年，我们集团就成为全球第一家上市的饭店集团，并对外宣布，在2010年前，大中华区要实现200家运营酒店和200家在建酒店。正因为有了这样的计划，我们的股价连续上涨，前年一股才56美金，今年都已经涨到70美金了。我们集团的中国市场即将成为除美国本土外最大的酒店需求市场。我想近几年我都不会选择回欧洲或申请调到别的区域了。”

“别的区域？除了中国区，还有哪个区域是比较有前景的呢？”安倩连忙向Henry请教。

“接下来的十年，从区域财务表现上说，公司策略与规划主要在三个大区。第一名是美洲区，含美国和加拿大以及南美各国，从酒店间数和客房数量上说，亚太区有望在2015年超过北美区。可是由于地域经济优势，北美的综合经济指数始终会保持第一，这个地位是不会被轻易撼动的。第二名目前是欧洲、中东和非洲地区。那些地方的酒店平均年限都超过15年，现在每年开酒店速度也不快，但那些地方的消费实力一直都是不错的。而第三名是刚刚攀升上来的亚太区。中国在整个亚太区的占比超过50%，其次是印度，占比已经超过10%了。”Henry作为酒店的ExCom（执行委员会）成员，自然是对这些基本情况特别熟悉。

“所以，我可不可以理解为，因为中国酒店的快速发展，亚太区很有可能会在2010年后，通过中国的200家运营酒店和200家在建酒店，一跃超过欧洲及中东区，成为全球财务收益贡献排名第二？”安倩听得有点小激动。

“差不多，不过可能比你想象中的2010年还要好。受目前中国经济发展大环境的利好影响，许多投资者提高了对酒店项目的投入。昨天，总经理还转发了美国总部发过来的邮件，通报去年全年新增在建酒店的数量，中国区同比增长了200%。我都想象不到，以后哪有这么多总经理和行政委员会成员？我觉得连部门经理都够呛。”

“老板，我倒是跟你看法有点不一样。嗯，也不能算是不一样吧，只是从另外一个角度来看，这绝对是个大好事呀。”安倩卖了个关子。

“那你说说看。”Henry觉得这丫头挺可爱的。在他的部门，所有的员工英文都不错，几乎每个人都沟通无障碍，却从来不会有人这样大胆地提出自己的看法。其实他也理解，中国人从小学习孔孟之道，说话相当含蓄，即便心里这么想，但在公众场合下，也是极不情愿提出反对意见的。因为文化上的差异，刚到中国时他还闹过不少笑话。

来中国的第一站，他去了桂林，他在那家酒店担任前厅部经理。每次遇到有员工工作表现突出，他都会随即当面赞赏。可是那年的年度员工满意度调查的分数出来后，他的分数却落后于全酒店的平均分数，他百思不得其解，不知道自己究竟哪里做得不好，而且他的最低分项居然是motivation（激励）和team spirit（团队精神）这两项。他平时也没少激励员工啊，而且自己一直很努力，为什么员工反而对自己不满意呢？

小秘书一语道破天机：“老板，中国人喜欢定期总结时多听到表扬，那样才能皆大欢喜。”原来，员工们不喜欢单独表扬，喜欢开会表扬；不喜欢开放式问题，喜欢有具体的routine（规章制度）；不喜欢brainstorming（头脑风暴），喜欢参加培训，等等。

像安倩这样的新员工不多，与她交流蛮有趣的。Henry总的来说是个特别健谈的人，时不时标榜且笃信自己还很年轻，愿意听取年轻人的意见。

安倩喜欢跟Henry交朋友，虽然现在他也算是自己的上司了，但在今天这样的场合，她没有任何压力，两个人偶尔还会因为文化的差异达到交流上的喜剧效果。

“这说明只要老板你愿意留在中国，在接下来的几年里，你升职成为总经理的机会比以前至少多了10倍，不是吗？既然酒店开得多，那一家酒店一个总经理，200家酒店200个总经理。接下来，躺着都轮到你了。”安倩笑着说。

饭后，Henry另点了香槟，听了安倩这番话，他高兴地举起酒杯，感谢安倩的吉言和建议。安倩说得没错，他应该留在中国，成为未来的总经理，这里的机会太诱人，职位、工资、福利都比他的国家强多了。

在微醺的酒精作用下，Henry对中国酒店市场的美好前景越来越憧憬，他的脸上洋溢着中国红。

## 2

一天，安倩打开自己的MSN邮箱，看到一封来自妈妈的邮件。妈妈最近作为优秀幼儿园园长出门学习，又臭美地发来几张照片，让安倩修图。突然，她看到一封邮件，主题是“巴厘岛故事”，她好奇地打开。邮件是这样写的：

安倩：

你好，我是马汀，你还记得我吗？

很抱歉，我需要向你说明一件事情。当我回到美国的时候，我发现我的包里放着一个不属于我的日记本。我知道这对你应该很重要，否则你不会在旅行的时候还带在身边。可是我在日记本上没有找到任何一条可以联系到你的线索，于是我只好打电话给你所在的海南大学。他们说你已经毕业，但还是热情地提供了你的电话和邮箱，但你的手机号似乎已经停机，我只好发这封邮件试试，请你收到后回复，并提供一个邮寄地址。你的日记本我已用包装袋装好，确保在你收到的时候它还完好无损。

三个附件，是日记本的照片，封面上有安倩熟悉的划痕，内页有安倩熟悉的笔迹，最重要的是，那张儿时的照片，还稳稳地夹在里面。

Oh, Thanks God!

安倩万分感谢地回复了邮件。

不久，安倩收到了马汀发来的快递单号。马汀还真热心，直接用德邦快递给寄过来了，邮费都花了好几十，够买好多个日记本了。

一个把自己失去的童年找回来的人，安倩记得，刻骨铭心地记得。

哦，对了，她还欠了马汀钱没给呢！

她赶紧问他的账号。可是，马汀不给。

这就不怎么好了，明摆着要她欠人情啊。

马上，马汀又说：有事找你帮忙，算还了这个人情。

安倩想，也行，可是自己能帮上什么忙呢？

电脑屏幕上闪出一行字：你那张黑白照片，是在哪里拍的？

安倩想了想，回复：重庆啊！鹅岭公园。怎么，你要去重庆玩吗？说说看，你想去找吃的，还是想去找玩的呢？

马汀回道：嗯，我的生母曾经是鹅岭二厂的工人，这张照片的背景，我似乎在哪里见过。

安倩的大脑迅速闪回，在她的记忆里，鹅岭二厂应该有些年头了。

安倩问：那你妈妈现在在哪儿？还找得到吗？

马汀回道：妈妈已经不在了，她当年去世之前，把我放在了重庆市儿童福利院，后来我的美国父母在那里遇到了我，把我接到了美国。

安倩问：那你的爸爸去哪儿了？

马汀沉默了一会儿，回道：这恰恰是我要寻找的答案，这么多年，这一直是个谜。

安倩问道：那你怎么找啊？知道他的姓名吗？

马汀回道：知道，他叫马路，可是我到现在都没有找到任何线索。

安倩想了想，回道：也许，他已经不在重庆了，或者他已经不叫这个名字了。

屏幕那边过了好一会儿，才回复：谢谢。

已经一个多月没有给家里打电话了，安倩从小独立，读大学那会儿，爸爸每周一三五打电话，妈妈每周二四六打电话。安倩刻意约法三章，周日自习，不接电话。

大学毕业后，他们再次约法三章，一周打一次电话。

再后来，电话变成了寥寥数语，例行公事。安倩直接跟老爸说："没什么事就不打电话了哈。"害得老爸伤心了好久。

母女俩用MSN聊天工具收图、发图，倒是经常有些互动，但也仅限于女人之间的臭美。老妈偶尔提醒一下女儿要找男朋友了，也经常被安倩敷衍过去。

凯文自从公司风波之后，工作热情锐减，即使自己出身名校，到头来还不是要卷入这社会的暗流？师兄很善解人意，虽然他从公安局出来的时候也灰头土脸的，但也不忘安慰小师弟，一方面认清社会现实，另一方面又通过加薪打鸡血，让凯文安心在他的公司继续干。

可凯文身上终究是缺少点狼性，虽然师兄给了他一个业务副总的职位，但他除了埋头做设计，应酬都一概拒绝。

这可让师兄有点被动，贼船都上了半只脚，这突然要做起圣人来怎么开展业务？

他跑去找凯文，凯文头也不抬，专心画着图。

"这建筑行业，自古以来就是拿来伺候权贵的，这是抖出来了，没抖出来的大把都是，这里面这么大的利益，难道真是凭一张图纸就可以搞定业务的？哪笔业务背后不是金钱交易？不是权力寻租？不是偷梁换柱？"师兄说。

"所以这事我搞不来，我也不想靠近。我只做好我的设计。"凯文冷冷地说。

"凯文，不是我说你，你师兄我在你的学长里面，还算混得有点小出息。在上海这个寸土寸金的地方，我也就是八年，八年，我就买齐了房、车，娶了老婆。你看看，这满墙的牌牌，上海建筑设计会员单位，十佳建筑设计品牌，还有我这些证书，哪一个背后不是依靠各种关系的支撑？画图纸，那当然可以养活你自己，但是要实现其他的目标，可就没有了。"师兄点上一根烟，悠悠地说。

"唉，天下熙熙，皆为利来；天下攘攘，皆为利往。但总有例外吧，像谢老师那样，不是学生们都挺尊敬他吗？人家就靠学术上的成就，不也成了这行业丰碑式的人物了？"凯文说。

"丰碑式的人物，你说说看，多少年才能出一个？"

沉默半晌，凯文说："当然，我承认，好多事情真得靠你罩着，但你也别勉强我，行吗？”

“别说什么罩着，你这已经把我当成一个彻头彻尾的俗人了。我也有过建筑理想，我也不是天生黑心棉。我在读大学那会儿，也想过自己有生之年可以拿到普利兹克建筑奖，也迷恋那些西方的建筑大师，什么珂布西耶、密斯范德罗、弗兰克赖特、路易康……他们推出的新建筑理念，那背后是自由民主的哲学背景，他们把你的精神世界改变了，你瞬间忘记了人间还有烟火。但他们那一套理论，其实就是资本主义国家为了发展资本的一套运作技术，明白吗？你看看你坐的这张椅子，也是一位著名法国设计师的作品，他是按人体工程学设计的这张椅子，但他真的是为了让你舒服吗？他只是为了让这张椅子增值，让你成为他的劳动力，永远坐在这里。这就是一个金钱的游戏，跟什么建筑理想没有半毛钱的关系。再来看看咱们中国，建筑市场跟其他买卖一样，随着经济的发展获得了前所未有的机遇，地产商抬高房价，整个社会就像是被赶到了一个鸡笼里，不以我们的意志为转移。我们何其渺小，我们能做什么？我们首先是不能被这个世道给淹没了，而不是追求什么虚无缥缈的理想。况且，这背后所有的交易，其实都是尊重别人的价值，当我们这么理解的时候，你就彻底成熟了。”师兄说。

“是沉沦了。”凯文说。

凯文嘴上硬，可想到安倩提出在外面先租房的建议，他想，是的，虽然在家可以白吃白喝，但那毕竟是父母的，自己终归是一个无法启齿的无房户。

可是，上海的房价已经不低了，老房子虽在市中心，可在旁边买个房就是天价了。买房的钱，从哪里来？

再去向家里伸手要？那还不如赖在家里呢！

想了想，光靠拿点设计费，是真买不起房，必须走点捷径。

“这样吧，有什么事我担着，你呢，还是跟原来一样，跟我一起去招标，去见见这些行业的大佬。政府部门的人呢，咱也不能得罪，该打点的，一分都不能少。你也看淡点，人生就这么回事，贪念是社会进步的润滑剂、助跑器，你说对不？”师兄见凯文不再嘴硬，顺势拍拍他的肩，算是给了他一个承诺。

租房，是安倩提出来的。

她认为凯文从男孩变成男人，必须从生活开始，摆脱对父母的依赖。

凯文之所以这么受刺激，大概也是被父母保护得太好了。

而安倩经历了父亲身上发生的两次大的变故，大概比凯文更早地看到了这个社会的复杂。

当然，还有一个重要的原因，作为外地媳妇，她不想未来的婆婆歧视自己。

偶尔，安倩也会想，这真的是自己想要的爱人吗?

## 3

贴身管家所面对的都是VIP客户，上海作为一个国际大都市，EL Bench酒店所服务的客人也是国际化的。客人指明要某个品牌的咖啡，某个品牌的枕头，即使找遍整个上海也得满足客户的要求。慢慢地，安倩发现每个国家的特点也是不同的。亚洲的客人并不喜欢交流，他们比较享受独处的感觉，而欧洲的年轻人其实大多是背包客，但老年人的养老福利比较好，所以他们出国旅游会首选国际品牌奢华酒店。另外，日本客人要求酒店必须配备某个品牌的马桶才愿意长包房，韩国客人不会自己洗小衣袜，所以要求酒店配一个小洗衣机及消毒液，而法国人则强调要看法国的France 2台。

虽然看上去有点烦琐，但久而久之，安倩发现老外们住习惯了某个酒店，会分享给本国的同伴。因此当面对同类的客人时，安倩便多了一份沟通的把握。

国际酒店的VIP，除了政府要员，商界名流，还有什么人呢？安倩奇怪地发现，原来一些主张不婚主义的艺术家、设计师或奢华品牌的高层管理人员，都是酒店的return guest（熟客）。他们因为往返于全球各大城市、各大品牌酒店，所以对入住体验和设施设备的合理性极其挑剔。有时候，因为对员工不满意，酒店方又不能用最快速度解决客人提出的要求，这类客人就会任性地把自己在酒店里的所有不愉快的经历放到较为出名的国际旅游平台上，如猫图网。

安倩发现，出现客人投诉时，一般的同事都是尽可能地处理投诉，解决不了的时候会上升到酒店管理层的层面上去处理。但其实不愉快的经历已经造成了，如果能从一开始就杜绝此类现象，就会让客人的满意度提升无数倍，而酒店也可以从中获取更高的客户满意度和经济效益。

EL Bench有两个核心课程，分别叫作People Oriented（以人为本）和Service Profit Chain（服务利润链）。

这两个课程其实是属于客户满意度模块的核心课程培训。“以人为本”里面的主要内容是让全体员工理解这门课程中的人有两个层面，第一个“人”是员工，集团致力于将员工的利益摆在首位，获取更高的员工归属感，以期由第一个“人”创造效益；第二个“人”是客人，他们是员工服务的中心，是提升收益的基本点。

“服务利润链”这门课程特别生动有趣。基于集团对员工的关爱，Benchmark集团认为员工被“以人为本”的方式关爱后，才能产生关爱客人的意愿。客人被照顾到了后，就会创造更多的经济效益，回报于社会。

以前，安倩在学校上专业课时，人力资源老师曾经将各酒店品牌的培训进行过比较，几乎所有的饭店集团都会将处理客人投诉的技巧作为基础课程里的重中之重。而EL Bench却一改行业常规，将关爱员工放在首位，从员工入职的第一天开始就鼓励最基层的每一位员工积极服务客人，为客人创造完美体验。处理投诉技巧培训不是不好，而是相对于EL Bench的对客理念来说，一个是亡羊补牢式的被动应对服务，而另一个是主动迎接客人。

所以，经过系统的训练后，安倩坚信她的选择是正确的。既然选择了酒店专业，又从事了服务行业，就应该用最正能量的心态去面对客人和工作。无论多忙，安倩都会在下班前抽出一个小时将明天当值班次里的所有抵店VIP、在店VIP和离店VIP的名单打印出来，并在报表右侧查看是否有入住史、是否留下过Guest Profile（客史档案）、是否有过投诉史等，所有这些可以在OPRA系统的报表里读到的数据和基本信息，她都会拿荧光笔做高亮标注。

不管有多晚，安倩都会把当班班次的最后一个小时当作一天中最重要的预习，尽管那也是一天最疲惫的时候，但提前的准备总能换回一个安稳的睡眠。有一天安倩和另一位贴身管家部的同事在更衣室换衣服，同事发现安倩手里一直揣着一份十多页的纸，上面还红红绿绿、圈圈点点地标记了很多VIP信息，才明白安倩的好记性原来是这样来的。从此，贴身管家部的安倩有一个“高亮标记记忆法”的事情就传开了，在之后的管理培训中，这种记忆法也成为新人入职时的重要案例和名副其实的Best Practice（最佳实践案例）。

贴身管家需要面对的这些全球牛人其实性格迥异，文化背景各不相同，他们大多只是匆匆过客，并不常住在某一家酒店，但一旦他们踏入酒店，却能有宾至如归的感受，那点微妙的区别就在于对客人细节的把握。虽然至今为止，安倩还没有遇到让她感觉非常棘手的客人，但职业敏感告诉她，越高端的顾客，越需要精细的服务。她打开酒店的系统，查看酒店的VIP客史档案，看到有位客户的档案里，写着他在西安的酒店因为送错餐而大发雷霆，还有一位因为把一个小行李落在酒店，直至上飞机时才想起来，结果酒店第一时间给他空运过去了。她发现客史档案可以给她很大的帮助，让她有足够的时间记下即将到店的客人的个性和习惯。客人还没有到酒店，她心里已经有一张清晰的客户导图了。

这也得益于上一位服务的贴身管家，假如她没有做足功课，便不能给下一站的酒店任何可参考的建议。由此安倩也想到，自己对客人特点的描述，也同样能帮助另一位同事更好地提供服务。

一年过去了，安倩表现突出，酒店里每天的排名前三的VIP中至少有一位是由她来亲自跟进服务的，甚至有些客人进店就能指出自己的某位朋友在酒店得到的尊贵礼遇，而自己也请求得到安倩的直接服务。

安倩在查找客史档案时，看到一位客人的姓名非常眼熟——Emily Tess。她上网搜索，一查就明白了，这位女士是旅游杂志*WOW Travelers*的主编。*WOW Travelers*是全球最知名的旅游杂志，它致力于挖掘并推荐世界上顶级或最有特点，甚至独一无二的酒店、旅游目的地和航空公司。这本月刊很畅销，因为旅游酒店界无人不知、无人不晓。如果能上一期*WOW Travelers*，就说明该公司的独特地位已经被无争议地认可了。或者说，这本月刊的气质就是孤傲冷艳的，它不会随便接受付费广告，不像有些杂志，巴不得每一个页面都能变成钱，甚至不惜牺牲杂志本身的品质。它的页面看上去时尚而清新，但并非不需要广告，而是要收比普通高端旅游杂志高出10倍的广告费，以甄选出最优质的客户。

网评说，*WOW Travelers*是全球旅游的风向标，也是最高端的旅行者所青睐的专业版旅游参考。还有很多知名艺人及政府要员为这本杂志点赞，并配以照片为证。可是网评中却极少提及Emily Tess这个人，只有少量的介绍，以及一些大型活动中的合影。看来经营这本杂志的主编，也如同杂志本身一样低调奢华。从仅有的几张照片来看，安倩很熟练地将这位客人定义为第二级客人，因为知名媒体人、明星、大使等客人都会被定义为第二级。

Emily Tess有一句经典的话："每一次旅行都应该有一个新的主题和态度。"

"主题"是指什么？"态度"又是指什么？这种美国主编安倩在过去的一年还没有遇见过，但她想一定是位有趣的客人。不论她是几级客人，对于安倩而言，都是"人"，客人的"人"，都欣赏自然而得当的定制服务。还是老方法，安倩提前了解了客人的需求。

安倩很快就通过系统预订中的信息搜寻到了Emily Tess的邮箱地址，很礼貌地发过去一封邮件：

Dear Madam Emily Tess,

It is our great honor to have your confirmed reservation (#1008678). Please kindly be reminded that you are entitled to one complimentary limousine pick up service. We would be much appreciated if you could provide us your flight information before your arrival.

Your personal butler,

Qian AN

Emily Tess的邮件回得非常快。她对安倩表示感谢，并告知了航班信息。

当天，因为Emily Tess是二级VIP，安倩提前知会了作为酒店管理层代表的Henry，请他与她在大堂门口迎候了客人和她的丈夫，并送上欢迎毛巾和饮品。安倩手持事先准备好的嵌有EL Bench的黑色大皮夹、EL Bench签字笔和已打印好的所有办理入住手续的单据，直接送这对夫妇进入房间，办理了in-house check in

（房内入住手续），而没有像普通客人那样在前台等候办理入住手续。为了让客人感受到奢华酒店对最尊贵的客人极大的尊重与信任，安倩告知Emily Tess，她的总监Henry特别安排了客人无须提前预付客房押金的服务。

夫妇俩这次在酒店的入住时间是三天，他们好像没有特别具体的行程，每天都在体验各种酒店服务。上午去游泳，中午去意大利餐厅吃饭，下午在房间内读书，晚上去酒吧品酒。第二天又约了做美容，几乎一分钟也没闲下来。

安倩觉得这正是一个向出色的媒体人推荐酒店的各项设施设备与服务的好机会，恰好，她发现第三天就是Emily Tess的生日。她主动向夫妇俩推荐并安排了在酒店里的服务体验计划，却并未煞有介事地提到客人的生日。在得到客人同意后，她将每个区域的预订时间点都安排得井井有条。在最后一天，她安排好夫妇俩去做美容，把预订好的一个特色蛋糕以及一束鲜花放置在客厅的茶几上，旁边放上了Emily前一晚在酒吧里点过的红酒。

晚上，Emily夫妇按安倩的推荐去中餐厅包厢吃饭，在他们点餐时，为他们服务的员工意外地祝福她生日快乐，令她异常惊喜。他们用餐至主食时，中餐厅员工给他们上了一份精致的长寿面，并顺便跟他们解释了中国的长寿面和生日之间的关系。

值得一提的是，安倩还请总经理Anthony录了一段生日祝福，并找工程部将内部频道暂时做了调整。房间内所有电器包括电视机都是红外线控制。当Emily进房间时，总经理那段热情洋溢的生日祝福就出现了。

第二天早上Emily夫妇离店时，Emily十分感谢安倩，询问她：“倩，昨天我很开心！这么多的祝福，这么多我想不到的方式，这么短的时间，你是怎么做到的？”

安倩说：“因为您是我们的尊贵客人，所以整个团队都会将给您带来完美的在店服务体验视为我们的重要工作。非常感谢您选择上海EL Bench酒店，期待着在不久的将来能够再次为您服务。”

送走了Emily Tess不出一个月，酒店收到了一份非常大的惊喜。上海EL Bench酒店获得了*WOW Travelers*杂志2007年全球前100名奢华酒店排行榜第三名的成绩，位列亚洲第一，中国第一。

在一年一度的员工大会上，总经理亲自为安倩颁发了“年度EL Bench大使”的奖项，并且代表管理层恭喜每一位获奖的员工。会后，Lucy作为人力资源总监，给了安倩一个大大的拥抱，祝贺并感谢她的努力工作，还调侃了一下自己，说幸好有Henry力挽狂澜，不然她将因安倩非本地员工的身份而错失良才。事实上，EL Bench酒店全年最佳员工第一次由一名入职不到一年的新员工获得，这在上海EL Bench酒店的历史上也是罕见的。

安倩对Lucy公私分明的人才培养态度极为赞叹，认为她是一位敢于承认错误，并乐于鼓励员工的人力资源总监。

作为人力资源总监，Lucy与其他的行政委员会成员相比，负责的不仅仅是自己的部门员工，她的职责是以酒店为单位的全体员工的选拔、聘用、培训和发展。公司所有员工的个人发展计划加在一起就有650份，她都得认真对待、实现目标，工作范围还是相当广的。

她的工作风格不是属于平易近人型。事实上，她的形象更贴近于严厉主管，对于自己办公室的员工如此，对于其他部门的员工也差不多。她没有体现出特别的人情味，却对每一个人都很公平。安倩十分钦佩Lucy这种管理人员，在职场上，女性不需要太过矫揉造作，她们的内心担当应该比男性更坚定。因为一般在酒店的七位行政委员当中，能出现一位女性高层就已经相当了不起了。她们能升职到相当于大部门总监的职位，也需要获得多人多次的叠加欣赏和认可，才有升迁的机会，所以酒店的女性高层对于工作的严谨和担当，从她们决定从事这个行业开始就尤为重要。女性天生的细腻又能帮助她们在专业严谨的外表下，更加精准地把握好情商的运用，在高层和中层管理团队中起到沟通的润滑作用，更令人容易接受，减少摩擦。

还有一点很重要，Lucy上班时的打扮向来是精致得一丝不苟，在员工面前自有一种威而不露的感觉，绝不会招来绯闻。这种类型的人力资源总监最能让总经理放心，也让其他行政委员会成员信任。

几天后，安倩被通知去人力资源总监办公室谈话。自从上次面试后，安倩这是第一次到Lucy的办公室。

Lucy刚挂了电话：“请进！”

“Lucy，我来了。”安倩一进门，就给了自己的上司一个甜甜的微笑。

Lucy点了点头，示意安倩坐到自己对面，并指着旁边的一体机说：“安倩，喝点什么？咖啡还是茶？”

“Lucy，我不敢喝什么，早就听说人力资源总监请喝咖啡或喝茶，要么是大好事，要么就是大坏事。就不知道今天……”安倩抿着嘴，小小地幽默了一下，她觉得Lucy是一位公正的人力资源总监，却并非毫无情趣，开开玩笑是无伤大雅的，还可以调节一下人力资源部的严肃气氛。

“哦？在安倩的字典里也有‘怕’字吗？”Lucy推推她的雷朋眼镜。安倩敢打赌，那并不是高度近视眼镜，而是Lucy的严谨道具。

Lucy有点认真，又有点俏皮地说：“大家都说房务部的安倩喜欢挑战高难度哦！越是大家都不敢服务的高端客人，就越是干劲十足，一下可以连轴转18小时，跨2个班次也任劳任怨，不是吗？”

“是，哈哈，Lucy能有今天的成就，应该也付出了超出常人的努力吧？”安倩点点头，顺便拍了拍上司的马屁，“所以我大胆推测，您今天找我一定是一个好消息。”

“恭喜你！我知道Henry作为你的上级，一直都比较看好你的潜力，你的年度评估和年度人才发展计划结果都是12个月内的高潜力发展人士。基于这些内部评估指数，我和你的部门总监，也就是Henry商量了之后，决定向总经理推荐你为中国区管理培训生候选人。当然，要真的成为中国区管理培训生，这还只是很小的第一步。”Lucy大方地与安倩握手，祝贺她获得这次机会。

安倩很清楚管理培训生的分量。虽然她一直在努力，但不得不说，同一批进来的那些姑娘都很拼，大家都是外地人，想努力在上海扎根，一定要付出比常人更多的努力。她知道这个机会源于Lucy对自己的信任，更有好朋友Henry的极力推荐，但福利待遇是硬指标，安倩也顺便好奇地咨询了一下成为管理培训生的流程和之后的福利待遇。

Management Trainee（管理培训生），在很多行业的大型公司都是存在的。他们不是一个具体的岗位，而是总部通过层层选拔，挑选20名最优秀的年轻人，他们既可以是全球排名前100的大学或中国排名前20的大学毕业的研究生或本科生，也可以是中国区总部办公室或各酒店推荐的人选。也就是说，每年3月31日前，中国区总部人力资源部会通过官网收集所有管理培训生的报名信息，接受注册。然后会让管理培训生在官网上完成注册后开放的三个英文版测试，包括性格、沟通能力测试，实操应变能力测试，行政理解能力测试。在过这一关时，答案本身不关乎对错，只是将每位注册者的性格、背景特点在线上进行数据分析和个人备档，并作为下一步是否录用的决策性依据。但中国区人力资源部会先根据这些分析，安排在华东、华南、华西、华北和华中五个大区进行同步面试。最后通过综合结果，在每个区挑选四名管理培训生，参加为期12个月的培训。

管理培训生是一个快速通道，往往可以让优秀人才通过选拔方式脱颖而出，放置在多个基础管理岗位上交叉培训，边学边管，边管边提升。一般员工花10年左右的时间才能由员工、领班、主管、经理这种按部就班的路径升职，而集团管理培训生不仅可以得到在总部或最优秀的酒店里实习管理岗位，还可以获得更快的提升机会。

“Lucy，感谢你把这个机会给我，但我很想知道，这个培训计划对我意味着什么？”

“安倩，在国际酒店，通常你要做到管理岗位，需要5~7年的时间，但是，我们为优秀的人才设立了这么一个特殊的通道，如果你已经成为我们的管理培训生，那么在一年内你将完成由普通员工向管理层的升级。这样的机会，是不是很有诱惑力？”

安倩难免有点小激动。她突然冒出一个这样的问题：“这些面试官都是哪里来的人呢？美国总部来的吗？”

Lucy并不介意，她耐心地告诉安倩，按往常的惯例，EL Bench酒店中国区人力资源副总裁、市场销售副总裁、财务副总裁什么的，都可能会来。看到安倩好奇的表情，她又补充说，由于每年参加海选的人数都在增长，酒店也常会邀请一些资深的区域人力资源总监、区域市场总监和区域财务总监等过来做面试官，但关键还是要看每个人的资质和背景。最后为所有通过的管理培训生分岗位，主要分为财务管理培训生、收益管理培训生、销售管理培训生、餐饮管理培训生、房务管理培训生和人力资源管理培训生几类。

"我给你一个集团内部网站的链接，你可以先去读一下这个计划的安排和特点，然后你去官网的招聘模块里注册申请集团管理培训生的工作。我会准备一封酒店的推荐信，由我和总经理签名，这样可以确保你的面试机会加大很多。"Lucy随即发了一条官网招聘模块链接给安倩。

原来管理培训生的机会，申请和推荐只是第一步，能成为区域的五个代表，才算是拿到了正式的入场券。

按照Lucy的建议，安倩参加了Benchmark饭店集团在上海的海选。安倩的面试时间是下午1：30，她特意向酒店申请了一天休假，上午在家做了些准备工作。面试指南虽然公布在官网上，但始终只是提了几个很简单的应试要求，比如穿business casual（商务休闲装）、准时到达等，并没有让应试者做太多的准备工作。不过安倩还是将集团的官网和员工内部网站按Lucy的建议看了一遍。以前由于自己总是觉得工作当中接触不到，而且因为级别不够，还没有申请过员工在内部网站的浏览权。今天随便一看，这个网站真是包罗万象，应有尽有。她从此明白了，员工内部网站是对全球Benchmark全体四级（主管级）及以上员工开放，里面最精华的板块有：

1. 员工评估系统。这个系统实在是太齐全了，相当于一名员工从成为主管那天开始，他就在集团里生成了一个个人账号，每年1月进行个人年度KPI设定，3月与直接老板讨论个人职业发展计划的结果，7月年中评估，12月年底评估。

2. E-Cornel课程。由于在每年与直线上级确定个人职业发展计划时，还需要将一年当中个人的自学计划列清楚，所以每位员工都应在系统中寻找能符合自己发展提升的线上课程进行学习。

3. 集团政策与程序。所有被集团更新过的最新政策与程序都在系统里，任何不明白或有疑问之处，均能找到出处。

4. 授权的品牌图库与服务流程。如果任何一位员工需要在最快的时间里找到最准确的服务流程或最合适品牌宣传的图片，搜索这个模块就是最好的选择。因为安倩是EL Bench品牌的员工，所以她在这个模块里能看到的全是和EL Bench有关的资讯，有超过1万张官方广告宣传图片和超过200个专项服务流程。

原来成为管理人员还是有很多福利的，能够从内部网站上看到这么多有用的资讯，安倩很感激Lucy的推荐，让她提早获得提高的机会。她希望管理培训生这条路，自己能行得通。竞争激烈，她也无须多想，只要真诚和真实。她相信面试官也只是要看到一个真诚而真实的高潜能管理人才。由于工作的酒店在上海，安倩还算是近水楼台先得月，经常能在酒店的大堂吧或宴会厅看到总部的一些高管，比如中国区总裁Daniel Mueller，中国区运营副总裁Benny Chan，还有人力资源副总裁、财务副总裁、市场销售副总裁、工程副总裁，等等。他们多为欧洲人或亚洲人，但没有一位是中国人。当然，他们不是来酒店参加会议就是去找总经理或行政委员会成员谈事，安倩肯定是没有机会去与他们交流的，毕竟职级相差了十万八千里。

海选地点选在Benchmark饭店集团中国区总部办公室，浦东陆家嘴国金中心的29楼。这是一栋租金不菲的写字楼，也只有像Benchmark这种全球500强的公司才可能在这种地段供得起一层楼。从楼体上看，椭圆柱体的瘦长建筑至少有一半的办公室是对着黄浦江的。安倩在下午1:15来到写字楼大堂，在前台登记好访问公司以及事由，谢过前台接待后，她领到了一张电子门禁卡，过闸乘客梯去了29楼。礼貌地敲门后，总部行政接待用遥控将电子门打开，将安倩指引到休息区等候。虽然安倩没进入里面的办公区域参观，但她能明显地感受到浓浓的外企氛围。透过落地玻璃隔断，她看到中午用完餐回到办公室的同事都在自己的座位上安静地工作，或小声讲电话。

“安小姐，你好。我是公司行政部的Angela，你今天的面试序号是125。面试官下楼吃饭，还有部分没有返回。你前面的前台电子水牌上会清楚注明1：30—2：00之间所有具体面试地点的。请记住，你有30分钟面试时间。祝你好运！”

“谢谢。”安倩微笑道。

“Hi, Angela，亲爱的。”一个很甜的女声飘过来，声音不大，但足够听到，应该是不想打扰里面工作的同事。但这声音很熟，是的，因为安倩曾经听了四年，就是蔷薇，安倩大学时的室友。

蔷薇跟Angela打完招呼，猛然间发现了安倩。

“嗨，安倩。你也是来面试的？”显然是，休息区已经有大约10位候选人在等待了。

一年未见，蔷薇的直发变成了大波浪，口红也换成了玫瑰粉，最关键的是，她原来丰满的身材，突然有了清晰的线条。

“蔷薇！”两人简单地拥抱了一下，声音还是很小，不仅不能影响里面的同事，也不能影响旁边等候的人。

环顾四周，蔷薇悄悄地问：“你是酒店推荐的吗？我是总部推荐的。”

安倩竖起了大拇指，夸赞蔷薇很厉害，她在总部担任市场销售副总裁的秘书一年多，竟然也申请到了集团管理培训生的机会，一定是老板觉得她很优秀，应该给个发展机会。

蔷薇对安倩耳语：“面试完了，我们到楼下星巴克喝杯咖啡。”

安倩点点头，也认为这里真不是个聊天的好地点。时间也快到了，马上该安倩进去面试了。

进入面试的会议室，安倩发现认识主面试官。他叫Jack Grey，是一位澳大利亚籍的人力资源副总裁。

“安倩，你好！”

“Grey先生，你好！”安倩早就把集团总部这几位副总裁的介绍记得非常清楚了。

“很好，看来你是认识我的。那我就不用介绍自己了。”他只是很快地介绍了一下身边的中国籍同事林玲。安倩曾经在Lucy的人力资源部办公室见过这位女士。

“是的，林总监好。”

林玲是Jack Grey在中国区的助理，主管人才招聘的中国区人力资源总监。

“我能认识两位是因为曾经在酒店见过你们，不过你们都在忙，我也就没有特别打招呼了。”安倩微笑着说。

“你可以称我Jack，美国公司的文化你懂的，不需要用先生来称呼我们。当然，为了方便客人的理解和感受，如果你们要称呼总经理为先生，我们是没有意见的。”Jack人很随和，倒也看不出来是澳大利亚人，因为他们与欧美人的长相没有太大区别，只是一张嘴就知道来自哪里。澳大利亚人恐怕是全世界英文口音最重的了，50%的单词发音都跟别人不一样，而且喜欢连着发音。安倩觉得她不紧张面试，但她很怕自己听不懂澳大利亚口音，因为她很少接待澳大利亚客人，酒店里也没有澳大利亚的外聘管理人员。

“安倩，我们看了你的个人简历，也看过了酒店总经理和人力资源总监的推荐信。昨天电话会议时，Lucy再一次向我推荐了你，在没有见你之前，你已经令我印象深刻。听说你是上海EL Bench开业以来第一位在一年内就评选了Bench大使的员工。Well done, Congratulations！”

安倩立即感谢Jack的祝贺，并等候他的第一个问题：“能解释一下你对Bench大使的理解吗？你认为是什么样的品质和服务，使你打动了你的客人和总经理，让你获得了这个殊荣？”

“我到现在还特别记得第一次走进上海EL Bench时看到的酒店文化墙。第一次参加Lucy的培训，学到品牌知识和服务理念时，我特别自豪于自己能成为酒店的一员。更幸运的是，酒店还给了我一个绝佳的岗位，让我成为贴身管家。我之所以幸运，是因为贴身管家不仅要在技能上全面，还要代表酒店为最优质的客人提供服务。当然最关键的是，无论我们身处任何岗位，传递品牌精神的每一次客户体验，都是通过我们缔造的。我认为每一位员工都是品牌大使。至于，我是如何被客人和高管团队认可的，其实也很简单，因为每一个人都欣赏持之以恒的人。只要我们为每一位客人提供一致的优质服务，就会让服务利润链得到最大化。高管团队选我成为大使，是希望鼓励更多的员工提供符合品牌精神的服务。”

“如果你能够被录用，成为集团中国区的管理培训生，那么你认为智商和情商，哪个更重要？”Jack的神情不算严肃，可问的问题却不让人轻松。这种不可能有标准答案的问题才是问题。

安倩想，再笨的人都知道，应该回答一半一半或是两方面都很重要，然后再分别阐述一下智商和情商在工作中的重要性，就一定不会得低分。

可是Jack不是基层管理人员，人家是副总裁，不可能用一个标准模式去回答他的问题。30分钟很快就会过去，一定要给他留下深刻印象，最好是反其道而行之，成功概率才会更高，不是吗？谁都明白，今天这场面试是优中选优。

“我会阶段性选择智商和情商。E-Cornel里有个课程，我看到全集团有超过30%的管理人员曾经选择学习过一个叫作Flex Your Style的课程。我学习完后，觉得这个课程最好的翻译应该是‘调整你的风格’，也就是我们中国人的成语‘审时度势’。同一个时段不同项目和不同时段同一项目，产生的背景本来就各不相同，何况执行项目团队成员也不可能是一种个性和能力，所以智商和情商时时都在交替、交织和交互，没有绝对。管理培训生不聪明就没有前途，太过聪明只体现个人水平，就会缺乏团队精神，久而久之就会连情商都忘记了。

“所以我的目标是做一个聪明的人。用情商获取团队的心，在最大限度上与团队共同认可方向和计划。再用智商赚取技巧，事半功倍。最后又把大家共同努力后获得的成绩和名誉让给团队。功劳一定不是我的，是所有人的。”

当安倩说出这番话时，Jack点了点头，他在评委栏上迅速写了几行英文，交给另外一位评委，并耳语了几句。继而他又回头向安倩伸出一只大手，说：“你是一个很棒的中国姑娘，祝你好运！”

蔷薇作为总部推荐的人选，又是总部市场销售副总裁的秘书，为了避嫌，将接受从香港调来的一位资深的人力资源总监的面试。香港人素来以务实严谨为特色，他们低调而诚恳，问出来的问题，已完全是另外一种风格。

“假如，现在你在市场传讯部任经理，手下有三位新来的职员。你们今天将要执行一个情人节的特别活动，但是，其中一位职员因为刚谈了恋爱，他们也想在情人节那天有一些特别的安排，所以对执行当天的活动有一点抵触，另外一位职员又在遭遇前男友的纠缠，心思比较烦乱，请问你将如何做，才能让他们全身心地投入到酒店的情人节活动里，而不受个人情感的干扰？”

蔷薇从容不迫地回答：“我会让那个谈了恋爱的职员邀请她的男朋友过来，和我们一起来完成这次活动，每一位新人都值得被祝福，对他们来说，说情话的机会很多，但那么多热恋的情侣都能相互祝福的机会却是可遇而不可求。至于那位遭遇前男友纠缠的职员，我会单独跟她交流，如果她还想挽留，我会给她放个假，毕竟情人节也是修复情感的好时机；如果她不想挽留，甚至深受其扰，我会告诉她，把工作干好，才有能力遇到一个更好的。”

最后，蔷薇还调侃地说了一句英语，面试官听了，古板的脸上终于有了笑容。

# 4

总部的效率非常高，只用了两天来面试，五天进行评估讨论，2000位管理培训生候选人，五大区300人面试，竟然很快就在官网上公布了结果。安倩成为为期一年的华东区管理培训生计划中的一员。

上海属于华东区，这次面试的人数居五区之首，共有4000多人报名，最后只选了四个人参加培训。蔷薇在总部任职市场销售副总裁的秘书一年后，作为总部推荐的人选，在面试时稍占了些优势，剩下两个人分别来自苏州和杭州，都是刚毕业的大学生。安倩并不清楚自己入选的原因，究竟是Lucy那段真诚的评语，还是Jack跟自己那次愉快的交流。总之，她觉得自己就是一只不知疲倦的小鹿，注定了在不知危险的森林里奔跑，即使不幸中箭，也要拼力跑到最后。

培训在EL Bench酒店进行。Lucy在培训室门口迎接四位管理培训生，根据他们在面试时的表现，把他们划分为收益管理培训生、财务管理培训生、运营管理培训生和市场销售管理培训生。蔷薇和安倩一路说笑着过来了。排课表每人桌上一张，第一堂课将由Lucy跟新人讲述《MT的事业规划》。

四位培训生，将在培训的上半年被安排至酒店的各个岗位交叉培训，分别安排在前厅部、礼宾部等。管理培训生虽然在行政上还不是经理，但由于其特殊的身份，已经承担了管理的职能。下半年，他们将一起完成几个重要的任务，在执行任务的过程中要考验他们的管理能力。

中央财经大学毕业的岳文，戴着金丝眼镜，杭州口音，说得一口标准的英式英语，听上去有点像马云的亲戚。他的衣服总是干干净净的，挺括有型，似乎生来就是待在这种体面的场所，不曾惹尘埃。

浙江大学的陈美丽，父亲曾在澳门的国际品牌酒店里任过房务总监，哥哥在香港的某国际酒店任餐饮部总监，堪称酒店世家。陈美丽的爸爸是中国内地第一位去澳门工作的行政委员会成员，当年绝对是一代传奇。

美丽和哥哥从小就因为爸爸的工作，随父母住在酒店，一到休假全家就会去国外度假，住的还是爸爸的员工内部价房间。总之，她那种从小就有的优越感简直就是溢于言表。

安倩想，他们才是4000人中真正的精英，岳文有着傲人的文凭，美丽有着显赫的家世，就是蔷薇也比自己公关能力强。因而，她没有一点忐忑是不可能的。一年过后，四位管理培训生就会被淘汰掉两位，剩下的两位可以晋升部门经理。机会是难得，可是安倩这会儿的自信心远不如面试时。

第一天的培训是由林玲和Lucy进行的。林玲代表中国区先恭喜了四位管理培训生，并且说，每一位管理培训生的优秀各有不同，总部的挑选不是为了今天在集团提前多任命几位部门经理，而是为了在不久的将来创造可能性，使中国区的总经理更加年轻，更加适应中国日新月异的市场，让Benchmark作为全球最大的高端饭店集团更加优化组合，提高各种潜力。Benchmark作为全球酒店行业的先锋，不仅仅是要通过税息折旧及摊销前利润这种指数让股民相信自己的实力，公司还会不断培养35岁以下的总经理、各种肤色人种的总经理、女性总经理等多种元素组合的管理人员去管理不同品牌和档次的酒店，让公司在未来的20年长期目标中一直保持领先。所以，总部完全有理由相信中国区会在不久的将来出现第一位Y时代的中国籍总经理。至于他的年龄、性别、服务的品牌还是未知数，不过公司坚定自己确定的人才发展计划，会通过各类Talent Fast Track Program（人才快速发展计划）去实现人才愿景，使公司成为酒店行业的最佳雇主。

美丽问：“Linda，成为总经理要多少年？”

Linda想了想，说：“在Benchmark酒店，目前最年轻的总经理是一位欧洲区的男性，39岁，奥地利人。他拥有一份很特别的资历，因为他的工作背景既不是房务，也不是餐饮，更不是销售。他的第一份工作是收货部文员，他花了12年时间成为财务总监，也就是36岁时成了行政委员会成员。当然，目前他任职的酒店品牌只是Benchmark中最大的服务式公寓品牌。”

“Linda，服务式公寓与全服务酒店有多大区别？为什么听起来全服务酒店的总经理标准要高得多呢？将来我们从管理培训生项目一年毕业通过时，被调去小品牌或服务式公寓的概率会不会很大？”不愧是选修统计学的，岳文在提问的兴趣被挑起来后，便也开始了新的发问。

林玲又说：“很好，管理培训生不同于其他普通员工或基层管理人员，当每次你们要弄清楚任何问题时，我们都欢迎你们不断深入探究。那我首先回答一下第一个问题，服务式公寓是以客房为主营的酒店，收入一般不及同类城市商务品牌酒店的一半，房间数大多在200间左右，餐饮只有一个规模较小的全日制餐厅，以服务住店客人的早餐为主。因此，当安排非运营背景的首任总经理时，集团一般不会冒风险，只会让其管理小规模酒店或非全服务酒店。当然，当这位总经理成为一位有阅历、有资历、被集团评估为风险较小的有经验的总经理后，会在合适的时机被调到更大规模或更高品牌的酒店。同样的道理，当一年的管理培训生计划完成后，全国的20位管理培训生将被进行全面的评估及考评，最终只有一半的人会幸存下来，并安排到合适的酒店或岗位上去。我想，第二个问题是没有一定的，得等到一年后看综合表现以及空缺职位的契合度而定。”

“好，那接下来，我代表Benchmark中国区正式宣布，为期一年的管理培训生项目华东区导师是Lucy，各类交叉和岗位培训将在上海EL Bench完成。所以请各位与Lucy好好配合。”

Lucy登场了，还是那么有高管的严肃范儿，不过为了配合今天的课程，她刻意在修身的黑色短西装外套下，搭了一条正红色的齐膝连衣裙，黑色透肤连体丝袜，黑色TOD'S尖头皮鞋。她佩戴的首饰是一套大溪地孔雀绿珍珠，吊坠是一颗单独的正圆无瑕孔雀绿，配42cm长白金色平纹锁骨链，耳坠是一对同色系孔雀绿，两边的坠只有1cm长，既灵动又不夸张。身边的林玲却因为在办公室工作，习惯每天穿休闲装，也就越发衬托出Lucy的大导师气场。

“谢谢Linda，也谢谢各位的努力。因为管理培训生项目的未来成功，首先不是我作为导师的领导力，而是你们四位学员的努力。你们投入各种努力后才能产生作用与结果。而结果的好与坏，虽然取决于总部的目标和计划，取决于大家实习的EL Bench的支持与配合，但这些不是决定因素，你们自己才是这个项目的核心人物，你们的每一个决定，每一天的工作表现，都会影响到管理培训生项目是否能在结束时选拔出最适合的管理培训生。

"所以，我要表达的是，Individual Performance（个人表现力）是首要考核内容。从今天起，这个考核就已经开启了。一周培训后，我会根据你们各自申请并通过总部审批的部门，把你们四个人分下去交叉实习。实习岗位全部是轮换的基础管理岗位，模拟职级是4～5级，也就是主管级或副经理级。请注意，虽然我们还是严格遵守国家劳动合同法的相关规定，每周5天工作制，一周排班40小时，但每个岗位的安排是不同的，各位必须服从部门总监的指令。即便是夜班，也不能找我调换或抱怨。如果需要申诉部门排班或工作安排不合理，作为EL Bench的员工，各位都有权按照酒店的政策与程序来人力资源部申诉，但一定要严格遵守酒店制度。因为大家不是来当坐享其成的领导，而是用最佳的自律性和工作能力为酒店全体员工甚至全华东地区酒店员工起到示范作用的。"

Lucy手里拿着四份排班表和当月培训计划，发给了这四位学员，请他们今天六点培训结束前签字确认，返回导师的手里。如有任何拖沓行为没有返回签字，所有安排将视同认可，按原定计划实施。

"到目前为止，大家有任何异议没有？"Lucy的节奏掌握得非常好，管理培训生们表示可以继续进行下去。

Lucy按了一下遥控按钮，将屏幕徐徐放下来："很好，那我们可以正式进入这一周的主题培训了。"

"Who takes the initiatives of the program？"Lucy请美丽翻译了一下这个问题是什么意思。

美丽的英文翻译自然是不会差的："谁应该在课程里采取主动？"

"很好，那大家可以拿起你面前的白纸和铅笔画一幅漫画。"Lucy早料到这四个人会很惊讶，好笑道："放心，我不会评判你们的画画水平，说不定动起笔来我比你们还差。"

“OK，每个人10分钟时间，大家按照这个题目画一幅画，表达出谁应该主导这一年的所有行动和结果。”

一听10分钟，大家就都开始动起来了。移动培训椅上放着一盒彩色铅笔，大家根本不用担心满脑子的想法无处可施。

蔷薇小时候做过宣传委员，画个漫画、做个简报自然是不在话下，她用最快的速度画了一组连环画。第一幅是位女孩子穿着销售的制服在拜访客户；第二幅是女孩子与销售团队一起开会，确认团队信息；第三幅是“big thanks”的单词美术体。因为画工第一，蔷薇也毫不客气地举手第一个把画夹在白板架上进行当堂演示。

“我的管理培训生实习部门是市场销售部，虽然在这之前我也曾经在中国区市场销售副总裁的办公室耳濡目染了一年多时间，可是毕竟这一次是证明我们真实水平的机会。我的理解是，首先获得个人销售业绩，学习团队精神，同时在所有人的帮助下共同成长。所以，每个人都会在这个项目中起到至关重要的作用，我们应该学会像海绵一样吸收，像蒲公英一样深入到酒店的每一个角落，同时享受这12个月的美好时光。”

岳文发言：“这是我的画，不过大家千万不要笑我，我可没有蔷薇的水平。”看来财务管理培训生的确不擅长也不爱画画，连桌上的彩笔都没用，完全是一幅冷淡风格的黑白画，表述也和陈美丽一样，都是会珍惜一年的机会，好好把握之类的话。

最后一位轮到了安倩。她的画自然是没有蔷薇的生动，但很有创意。她在一张A4纸上画了一个大大的双拱门，很尽力地在每个拱门间描上了一个不同性别的人，表达的是所有的管理培训生“立”在培训计划和实施的中央。而管理培训生的外围是个循环的圆圈，代表着影响管理培训生项目结果和方向的各方利益共同体，包括集团、酒店、客人、直线经理、ExCom团队和管理培训生团队。

“这是我们管理培训生。”虽然画成了金拱门，但却不是后来麦当劳的金拱门，应该是能让在场的人看懂的那种，“就像前面几位同事说的那样，我们的工作离不开所有利益共同体的各方支持，而且我们也要学会平衡。比如，如果只是把精力放在客户服务上，我们或许会得到很多来自客人的认可与表扬，可是太多关注对客细节，就会缺失对‘管理’职责的提升；同样，一味看重实习酒店的政策与程序，又会忘记作为总部管理培训生的高标准。总之，学会‘平衡’这个词，是我们自学的第一课。管理培训生本人才是项目的主导者，是自己人才发展计划的领导者。”

Lucy接着说：“大家的画作和展示都充分说明了你们对自己的职业发展重视程度。虽然我们今后的培训都是以头脑风暴、案例分析为主，但今天我还是想借用你们说的一句话‘管理培训生本人才是项目的主导者，是自己人才发展计划的领导者’，提醒各位12个月后的结果是由你自己主导的，我以及整个上海EL Bench酒店只是起到支持和见证的作用。

“我宣布，第一个培训项目非常成功，大家给自己一点掌声。”

# 5

四位管理培训生还没过足课瘾，就被分到了各自的部门。正如Lucy所说，真正的课堂不在培训室，而在一线。

对安倩来说，进入一线，就像是鱼儿到了水里，顿时有了活力。贴身管家的工作，给了她很多接触各部门的机会，酒店里的前辈都很善待这位勤奋好学的姑娘，并给了她很多的支持。但不知道从什么时候起，她感觉周围有了一点变化。

那些每天很努力的同事，突然发现被自己照顾的那个姑娘，明天可能会成为自己的主管，于是他们中间会有人表示欣喜与祝福，也有人表示羡慕或怀疑。

必须承认的是，大家都活得很努力，不是吗？但仍然有比你优秀的人，比你更努力。

一个休息日的下午，安倩待在宿舍里，天上下着毛毛细雨，楼下包子店的老板娘正在跟她那个老实的男人算计着刚才那笔也不知是收了还是没收的账。安倩斜躺在床上看书，迷迷糊糊地睡着了，梦里她看到自己穿着一身青瓷花纹的改良旗袍，在一个像是奥斯卡颁奖现场的地方，主持人叫着她的名字，她款款上台，闪光灯在她眼前不停闪烁，正当她即将登上舞台的那一刻，她的高跟鞋突然断了。她有点惊慌，却无意间看到观众席上，一张熟悉的面孔正冷冷地看着这一切的发生。她马上让自己镇定下来，索性脱了另一只鞋子，像只燕子一样，轻盈地走上舞台，发表演讲。

台下刚才有些骚动的人群安静了下来，有些人流露出欣赏的目光，还有人开始拍照，也有人开始带头鼓掌。

突然人群中站出来一个人，正是那张熟悉的面孔。那个人愤怒地向台上扔了一双鞋，并指着安倩说："你敢说你是凭自己的能力站到这里的吗？"

她的心像是被剑刺伤了，背上像是蹿进来一股冷风，她醒了。

她突然想到了父亲，一个才华横溢、慷慨大度的北方男人，出于时代和性格的原因，经历的那些不可言说的痛苦。她突然觉察到，自己已经不可避免地踏上了父亲的道路。想要成为更优秀的人，原来意味着需要经受比一般的人更多的考验，而这个过程，她连可以倾诉的对象都没有。

安倩突然想到，明天是父亲的生日，自己已经有一个多月没有给父亲打电话了。

电话响了三声，父亲接了。

"倩倩啊，很久没听到你的声音了。上海是不是比海南难混啊？"父亲果然一针见血。

安倩说："爸，您放心，您女儿我好着呢！"

父亲说："我知道倩倩要强，你妈妈一直想去看你，但我知道上海的房租也挺贵的，估计你也只会住个省钱的小房子。我们过去，还影响你工作，所以还是决定不去了。"

父亲什么都替自己想好了，安倩觉得有些歉疚。

她说："瞧您说的，您女儿我在酒店工作，还会让你们挤我那狗窝里吗？爸，您和妈都退休了，明天又是您生日，要不，今年您的生日就在上海过吧？"

父亲的语气透露着惊喜："真的吗？不影响你工作？"

安倩说："影响什么啊，好久没吃妈做的菜了，你们过来，我安排你们住我们酒店。虽然贵点，但我们可以拿到员工价，也就不贵了，关键是您生日啊，就在酒店让人伺候几天吧！您呢，也了解一下我的工作环境，平时都是妈照顾您，明儿也好歹让我献献殷勤。"

到上海的事，就这么愉快地决定了，安然心情很舒畅。安然知道女儿外表柔弱，个性却很刚强，终究是吃麻辣火锅长大的，不服输。

第二天，为了不麻烦安倩，安然和太太下了飞机就打了辆出租车，快到酒店的时候才给安倩打电话。

安倩还等着安然发起飞时间呢，没想到一大早父母就出现在酒店大堂了。

安然毕竟是北方人，站在高耸的酒店大堂，还真有股凛然之气。妈妈也是大家闺秀，见过世面的，两人站在那里，不像是来找女儿的，更像是来参加某个国家级论坛的嘉宾。

安顿好以后，夫妻俩拿着地图逛街去了，一个要去复旦留个影，去夫子庙走一走，一个要去“夜上海”看节目，还要去吃上海灌汤包，行程还排得挺满的。

晚上，一家人终于可以坐下来吃饭了。

安然从包里拿出最新的《经济观察报》说：“你看，这是我最近发表的一篇文章，谈直辖市经济的，国家经济司司长都看了的，说我的观点很有价值。”

妈妈瞥了安然一眼，笑着说：“你真是人在哪儿，就吹到哪儿。”

安倩的前6个月培训计划实际上是一张房务部各分部门轮岗表。6个月当中，她需要去的岗位不少，前台、服务中心、礼宾部、大堂经理、客房楼层、洗衣房，还要清理PA（public area，公共区域）。有人事后半开玩笑地问安倩受不受得了这样复杂的交叉培训安排。安倩却笑着说：“实在是太享受这个机会了，这比房务总监体验过的岗位还齐全。”

也没说错，Henry的第一份工作是客房服务员，通过10年的努力他才成为客房部经理。后来几经内部调转去姊妹酒店工作，才升职成为房务总监，但他却没有在前厅部进行直接管理。所以，全方位的交叉培训确实是如安倩说的那样机会难得。连Henry这样的老外总监都没有经历过的好事儿，唯独就这四位实战经验少得可怜的年轻人获得了，自然是有祝贺的，有羡慕的，有嫉妒的，也有看不惯的。

# 6

我们今天正处于这样一个时代，充满幻想的人们发现他们获得了曾经梦寐以求的力量，并且可以利用这个力量来改造我们的世界。这是个转折的时代，跨国公司迷失了发展方向，而小企业家却举起了计算机革命的大旗，成了开拓未来的先锋。在这个时代里，计算机奇才的脸上露出了胜利的微笑，胸怀大志者得到了应有的回报，你可以感觉到时代前进的步伐。计算机业余爱好者成了富有理想的人，而富有理想的人则成了亿万富翁。这是一场真正的革命，它促使人们变得伟大，变得富有而充满理想，自豪而富于爱心，努力实现前人从未达到的目标，乘风破浪去夺取这场计算机革命的胜利。

——摘自《硅谷之火》

马汀，耶鲁大学计算机专业硕士，曾辍学两年创业，1979年出生于中国重庆。父亲马路，1980年因犯经济罪被判处有期徒刑十年，母亲于1981年病逝。同年，马汀在重庆儿童福利院被文化学者史蒂芬夫妇带到美国。

作为一个在美国长大的中国人，始终有一个问题困扰着马汀。他在美国新泽西长大，小时候，那里几乎没有中国孩子。从小他就觉得自己跟别人不太一样。史蒂芬夫妇膝下无子，对这个黄皮肤的孩子非常喜欢。在美国，养育一个孩子可以得到政府的补贴，所以这个孩子并没有给史蒂芬夫妇带来经济上的困扰，反而给他们带来了很多快乐的时光。

每当夫妇俩带着马汀出门，他总是能吸引很多人的目光，史蒂芬夫妇总是开心地向大家介绍："这是我们的爱子马汀，他可聪明了。"

史蒂芬夫妇热爱中国文化，家里的陈设，有一半与中国有关。

马汀长大后，家里开始接待一些中国的留学生。史蒂芬夫妇是中国通，中文说得溜，足迹遍布中国。他们在社区及留学生论坛上发出信息，每个月都会做一次文化沙龙，让这些孩子大开眼界。久而久之，马汀有了很多来自中国的朋友，陆遥就是其中之一。

陆遥，18岁毕业于上海交大计算机系，在耶鲁大学拿到工商管理硕士学位，后来进入全球最大的企业级软件公司——Oracle（甲骨文）公司。这个无论是智商还是情商都绝对超越众人的陆遥，受《硅谷之火》的影响，在硅谷感受到了互联网的力量，回国后先在雷曼兄弟亚洲公司负责公司在中国的投行项目，离开雷曼兄弟后，他跟朋友投资了一家财务软件公司。敏锐的他，发现美国微软1998年发布了Win98系统，其操作性和易用性使电脑加速在中国普及，加上互联网底层基础协议的不断完善，从技术上解决了以前文字命令界面很多问题，使互联网走向平民化应用成为可能。从1998年开始，在国内陆续出现很多互联网公司，从搜狐、网易，到阿里巴巴，再到百度。风起于青萍之末，一场巨大的变革浪潮即将袭来。

2000年4月，美国股市崩盘，资本市场一蹶不振，亟待寻找新的突破。中国作为亚洲最大的市场，立刻成为资本市场新的战略高地。

陆遥知道马汀一直在寻找自己的亲生父亲，他邀请马汀回国看看。那一次马汀带着女友，在中国转了一个大圈，一边考察市场兼旅游，一边寻找父亲的下落。最令马汀感觉麻烦的就是订酒店不方便，没有OTA，他们需要自己徒步去找。而且作为一个外国人，他们需要比中国人支付更多的费用，这让他感觉特别不爽。最可气的是当他们来到一个著名景点，还被当地的导游临时抬价敲诈，四处荒无人烟，他们只能乖乖地交了费用。一路下来，旅游的新鲜感就被争吵和抱怨所取代，以至于马汀选择在巴厘岛向女友求婚都变成了一个人的狂欢。

然而，马汀遇到了安倩，这却是他的另外一份收获。

虽然这个女孩看似丢三落四、笨手笨脚，害得他的电脑黑屏，差点丢失了重要文件，但幸亏她丢三落四啊！

当他拿到那个白色日记本的时候，就被里面的内容深深地吸引了。从大一，她如何适应海南的环境，到大二，她如何参加全国英语比赛，如何认识男朋友，又到大三，如何参与NGO国际公益组织等，每一个脚印都那么生动鲜活，且每一天的日记，都会附上一句对自己的鼓励，堪称中国版的《羊皮卷》。

更重要的是，那张照片，让马汀多次寻找又多次中断的寻亲之路，有了新的希望。

因为他手上也有一张照片，史蒂芬夫妇从不隐瞒他的身世。那是一张他亲生母亲生前留给他的照片，远处是鹅岭公园的山顶，母亲穿的衣服像是一身厂服，父亲一头鬈发。阳光下，父亲不知道是在笑，还是在眯着眼睛。

最有意思的是，他的照片上面，也有一行同样的字：马汀三岁，摄于鹅岭公园。

同样的城市，如果不是去了美国，说不定他们还能一起结伴上学呢？

但无论如何，如果能再次联系上这个女孩，一定能找到有价值的线索。

那段时间，马汀在硅谷经常看到各种新的互联网公司层出不穷，高速公路两边的广告牌，已经不再是旧经济的公司，而是新经济的互联网公司。

为了让美国人开玩笑说出来的自由行的概念在中国落地，马汀做了大量的考察，最终决定跟陆遥一起，把公司建在上海。很多人都笑他傻，说中国这么大，四大旅行社这么忙，地接社接活都接不完，谁愿意通过网络订机票订酒店呢？然而在这之前，他看到自己的同学在美国专为有钱的背包客做了一家连锁酒店，并与一家OTA公司合作，获得了巨大成功。他知道对于旅行者来说，OTA网站的出现意味着会让中国人的出行方式发生颠覆性的改变，这是一个多么庞大的市场！

2000年，是中国的互联网创业元年，许多风投已开始把触角伸向了中国。他的导师汤姆在他奔赴中国之前，给了他100万美金，作为最早的天使投资。这位导师兼几家美国企业的董事长，见过了太多企业的沉浮，他敏锐地意识到未来的中国会是互联网最大的市场。他鼓励马汀说："马汀，美国是你梦想开始的地方，而中国，才是你创造奇迹的地方。”

他和陆遥两个人的专业背景比较互补，有创业经历，又能彼此接纳、欣赏。他们以陆遥的名字为谐音，注册了“路遥网”。陆遥的太太若芸恰好是做财务管理的，顺便帮助他们实现在财务软件上的无缝对接。

万事俱备，唯一的遗憾，就是需要一个懂旅游，尤其是懂中国旅游的人。

在那一刻，若芸马上想到了安倩，马汀也想到了安倩。

虽然安倩只是一个国际酒店的小员工，并不懂得什么是创业，但她毕竟直接面对终端客户，她知道客户需要什么。

# 7

当时，MSN已经具备了对话的功能。有一天，马汀主动发信息来：“安倩，你在上海？”

安倩说：“嗯，是的，现在基本确定在上海了。”

马汀说：“哦，那太好了，我们刚刚在这里注册了一个网站，叫‘路遥网’。”

安倩说：“路遥网？哦，听同事说起过你们公司呢！”

马汀说：“是吗？是说好还是不好啊？哈，陆遥是我在美国的同学，现在是我的合作伙伴，到时候介绍你认识。”

安倩说：“你们可是大老板呢！这不是寒碜我吗？”

马汀说：“哈，记得我那会儿说的吗？我现在需要招人了，你想不想来试试？”

来上海一年多了，安倩有时真的希望周围有几个朋友，马汀这个人呢，也真是跟自己有着莫名其妙的缘分，她说：“我上个月才签的聘用合同呢！我还是学习学习吧！”

马汀说：“这周日下午3点，见个面如何？”

安倩说：“不行啊，周日下午我约了同学。”

马汀说：“这……要不看晚上的时间如何？”

安倩说：“我想想啊，到时候咱们再联系。”

若芸订的地方是上海名人街的一个雅致的咖啡吧，她和陈果分手后，遇到了回国创业的陆遥，陆遥比她大8岁，他们是在海南的一个海归组织里认识的。陆遥耶鲁大学的学历加上原本在国内的优势资源，让若芸找到了一个可以和他交往的理由，而她在财务管理方面的专业能力，又恰好让陆遥如虎添翼，还有什么比把财务大权交给自己心仪的女人更放心的事情呢？他们几乎是闪婚，说好了办酒，又随着陆遥的公司迁至上海而搁置了。

安倩早早地化了一个淡妆，在酒店待了这么久，她终于适应了每天化妆卸妆的生活。名人一条街，安倩只在书里读到过，走到这里，丁玲、鲁迅等人的铜像栩栩如生，让人恍若隔世。

顺着服务生的指引，安倩找到了若芸预订的包厢。若芸正低着头和陆遥说笑。陆遥果然如传说中的那么气宇轩昂，一看到安倩进来，就迅速地站起来热情地握手，也许创业者们都是这么两眼冒光，反应机敏。

若芸多了点少妇的味道，尤其在陆遥的身边，更显得娇小而温柔。

还没有来得及拥抱，马汀背着背包进来了，陆遥赶紧起身打招呼："马汀，来，介绍一个新朋友给你认识。"

安倩定睛一看，虽然马汀身着一身黑色休闲服，但那个背包，她是记得的。

马汀盯着她看了几秒钟，明白了安倩指的同学其实就是陆遥的太太，不禁露出八颗牙齿笑了起来。

"你说的周日的活动，就是和他们见面？"

陆遥像发现了什么秘密一样，用怀疑的眼光看着马汀。

"行啊你，都有女朋友了？"

没等安倩解释，马汀已经把手搭在了她的肩上，索性承认了。

"是啊，我们认识快两年了！"

若芸眼睛眨巴眨巴："不会吧？什么情况啊安倩？"

眼看现场炸锅了，安倩不知道从何说起，有点尴尬。

只听马汀还恬不知耻地说："我们都住了一晚上……"

这把安倩逼急了，她正想说点什么，只听马汀又说："我们在一个地方长大，算起来都认识几十年了。"

"青梅竹马啊，不对啊，在哪儿长大？"陆遥看出了问题。

这太复杂了，马汀把背包往沙发上一丢，在安倩的旁边坐了下来，说："谈正事，谈正事。"

安倩突然想起自己曾经的大水壶，就在马汀的旁边，一把抛到了他的裤腿上，一转身，自己的背包又把马汀的电脑扣在了那摊水上。那时的她多么狼狈！她笑了笑，对马汀说："你这是报复！"

若芸和陆遥都不知道发生了什么，不知道接下来该以什么身份来跟他俩对话。

既然大家兴趣那么大，马汀也觉得巴厘岛之行其实蛮有趣的，于是绘声绘色地把事情的经过讲了出来。

陆遥夫妇听罢大笑，这么奇葩的故事他们头一次听说，而且巧的是，他们日后竟然会以这种形式再次相逢。

在马汀的眼里，他更像是遇到了一个小时候的玩伴，他动作幅度那么大，丝毫没有顾及安倩的尴尬。

包厢是欧式的，面积挺大，餐桌是宽大的四人座，比较适合家庭小聚。房间的另一角，有一张与餐桌同样欧式风格的布料沙发。安倩跟若芸吃完饭，索性坐到沙发上聊女人的话题。若芸捂着嘴巴问："跟凯文分了？"

安倩说："没有呢！"

若芸说："我说呢，那你们俩现在怎么样了？"

安倩说："唉，不死不活地耗着。"

若芸说："男的倒是经得起耗，女的还是不能这么耗下去啊！"

安倩说："总觉得去他家里很尴尬，他妈妈像是不太喜欢我。"

若芸说："关键是凯文怎么想的，以后你又不跟他妈妈过。"

安倩说："他目前工作似乎不太顺利，也许他面对的情况比我复杂吧！"

若芸怜惜地看着安倩，欲言又止，只好轻轻地握了握安倩的手。

这边，马汀和陆遥正激情四溢地聊他们的创业。

为了不让这沉重的话题再继续下去，若芸拉着安倩坐回了餐桌上。

路遥网的创立并不顺利，虽然马汀和陆遥都有美国学习的背景，甚至在美国硅谷早已接受了来自互联网各种商业模式的熏陶，他们相信中国已成为全球最大的旅游市场，认为互联网可以帮助中国人改变自己的出行方式，这是一项多么伟大的事业！但当他们进入中国，发现很多人并不看好这类业务。至于跑马圈地、拿批文这类事情，通常都需要经过无数关卡才能过关。

路遥网创立之初的定位是旅游网上商城，是所有与旅游相关的吃、住、行、旅、购、娱等信息的集散地，他们希望通过广告提高点击率，再用点击率来换取网站的广告收入。后来，他们发现效果并不理想，经过市场分析后，他们发现酒店预订没有库存，不需要配送，才从酒店预订业务入手，真正建立在线旅游预订业务。

旅游网站，当时并非没有竞争对手，但仅有的几个与酒店相关的网站，绝大部分还停留在资讯和内容的单向传递上，对电子商务的切入，根本没有找到方向。马汀和陆遥发现，这个行业所有的内容都能在网上找到，但真正解决市场的痛点，则需要开发在线网上交易，通过互联网把房子订下来，把票买下来，完成传统旅行社和酒店业不能完成的技术升级。

同时他们也发现，要预订，光有互联网还不行，还得要有电话预订系统，于是他们迅速建立起自己的呼叫中心。

如何落地宣传，陆遥给马汀画了一张图，从商务楼、报刊亭、飞机场、火车站、各类展会，到邮件宣传、积分营销，到礼券兑换，类似东尼·博赞的思维导图。

虽然聊得唾沫横飞，但马汀也有自己的烦恼，他发现从后台数据上看，会员的增长速度虽然很快，但线上消费并没有上来。这时安倩掏出自己的卡包，里面有十几种会员卡、优惠卡、打折卡等。

安倩说："看到没，像我这样的低收入者都是很热衷于办各种卡的，这表明我们是有消费需求的，如果目前消费不理想，可能是你们还没有找到我们的兴趣点吧！"

马汀好奇地问："你觉得，会员一般对什么样的活动更有兴趣？我的会员卡可是有积分的哦！"

安倩说："比如说，像我们这种刚刚大学毕业一两年的，很想出去旅游，但收入不高，在上海这种地方，大家都忙着能在这里生存下来，外地人跑来上海看高楼、看古迹，但我们天天待在这里，却根本没有心情看这些。但其实我们想不想出去旅游呢？当然想啊！能出去玩，谁愿意天天工作？"

陆遥被安倩的话吸引了，他问：“那你有什么好建议呢？”

安倩和若芸交换了一下眼神，说：“比方说，我和若芸是大学同学，是闺密，对吧？你们可不可以做一些套餐，比如‘好姐妹春季游’，或者‘好兄弟森林穿越行’之类的主题游线路。现在的旅行社去云南也好，去海南也好，线路都大同小异，价格战也打得硝烟弥漫的，我们能不能找到一两个原生态的景点，在那里待几天？我们可以在那里自制小木屋、秋千，然后把整个过程用照片和文字记录下来，分享到网站上，这样是不是会吸引很多人在网站上留言，并且有兴趣参与？那么，我们可以做一个社群，让这些有兴趣参与某个主题游的，都在这里交流，更重要的是可以结伴而行。比如说‘三人行可送一人’，这样每个人都享受到了折扣；又比如说‘五人云南行’，除了享受折扣外，还可加送半年内的一次五人上海名人街深度游。这样，不但是我们可以游玩云南，还可以抽个周末时间，到名人街去喝点咖啡，待个惬意的下午，不是很好吗？”

陆遥说：“对了，上海有不少老教授对上海的老故事很清楚的，可以把他们请过来，这个下午茶，可就有分量了。”

马汀补充说：“而且，每一次出行，都可以算积分。这个主意很棒，你是从哪里学来的？”

若芸说：“安倩同学读大学时，经常给旅游杂志投稿，最开始只是写写故乡的山水，后来开始用稿费参加杂志社做的一些旅游活动。参加活动后，她又写旅途中的故事，这些故事又吸引了不少大学生的关注，最后杂志社请安倩做了一个版的版主。”

陆遥和马汀听着觉得很有趣，问：“版主是做什么的？”

安倩笑着说：“版主，其实就是帮杂志社看看大学生的稿件啦！具体说来是这样的，许多大学生，都会写一些关于旅游方面的故事和随笔，杂志社先让他们投稿到我的邮箱，再由我筛选出十篇给编辑们挑选，虽然并不是一个正式的编辑，但这个工作还是蛮有趣的啦！”

马汀一边用心听着，一边迅速地把安倩的话记了下来，尤其是关键词。对于创业者来说，没有什么比顾客体验更重要了。他认为，安倩今天的话，既代表了一群年轻人向往诗与远方的激情，同时也提供了一些能落地的营销方案，收获还是很大的。

除了应聘，安倩见到的最高职位，也就是酒店的人力资源总监了。当安倩近距离地感受两位创业者的蓬勃气息，便深深地被他们构建的宏伟计划所吸引。马汀身上洋溢着巨大的激情，似乎他浑身的荷尔蒙都是为创业而生。陆遥社会资源丰富，但公司的管理一切都用数据说话，他的创业激情是有本之木，有源之水。

一直在枕边放着励志书的安倩发现，原来创业者并不像他们在电视上看着那样厉害，千里之行，始于足下，原来真是不虚。

说起旅游，难免会谈到酒店预订，两个男人很好奇安倩在EL Bench酒店这家美国的百年老店里经历了什么。

讲到这里，安倩觉得这两年的确是经历了不少故事，尤其是她在做贴身管家时遇到的奇葩客户，已经够她讲三天三夜了。贴身管家的服务宗旨就是最贴心的服务，这一点又引起了马汀和陆遥的极大兴趣。安倩的故事，更让他们坚信，只有掌握每个客户的兴趣点，收集大数据，为每一个注册用户提供定制类的产品，才是公司追求的方向。

饭局散了，不明情况的陆遥可能真是把安倩当成马汀的女友了，加上马汀还一副意犹未尽的样子，陆遥也没多问就推托说已订了电影票，驾车绝尘而去。

马汀住的地方，离安倩的集体宿舍不远，他顺势主动提出送安倩回家。

也不知是有意还是无意，马汀的车上，响起了奥斯卡电影《卡萨布兰卡》的歌曲：

你我一见钟情时是看《卡萨布兰卡》

在汽车影院里我们坐在后排

可乐和爆米花赛过香槟和鱼子酱

漫长的夏夜使我们相爱

我想你为我敞开心怀时也是看《卡萨布兰卡》

恍惚身临其境牵着手　如在瑞克烛光饭店

我们避开炫目的灯光　但月光洒满你胸前

在我那辆老式雪佛兰车里

马汀回过头，对安倩笑了笑，说："看过《卡萨布兰卡》这部电影吧？"

安倩说："大学时看过，英文老师推荐的。"

马汀说："你最喜欢哪一句台词？"

安倩想了想说："Mostly I remember the last one. The wild finish. A guy standing on a station platform in the rain with a comical look on his face, because his insides have been kicked out.（最后一天我记得最清楚，当汽笛声响过后，月台上有一个人站在雨中，脸上挂着可笑的表情，因为他的内心被踢翻了。）"

马汀若有所思地停顿了一下，笑着说："知道我最喜欢哪一句吗？"

安倩故意脱口而出："A lot of water under the bridge.（往事如流水。）"

马汀哈哈笑起来，说："我可没那么消极，我喜欢的是另外一句。There are so many towns in the world, there are so many pubs in the town, she goes in mine.（世上有那么多的城镇，城镇有那么多的酒馆，她却走进了我的心。）"

这句话如果是在饭局上聊聊，还显得幽默有内涵，但此时只有马汀和安倩在车上，安倩感觉有一丝慌乱。

这时，马汀想起剧里的一句台词，他脱口而出："Where were you last night?（你昨晚去哪里了？）"

聪明的安倩听出了他的意思，条件反射似的回复："That's so long ago, I don't remember.（那么久的事情我想不起来了。）"

马汀说："Will I see you tonight?（我今晚能见到你吗？）"

安倩笑了，说："I never make plans that far ahead.（我从不计划这么遥远的事情。）"

他们全程英文交流，马汀没想到他们配合得这么默契，开心得像个大孩子。

"安倩，你的英文不错，海南大学的老师这么厉害？还是，你经常参加英语角的活动？"

安倩说："英文好的，大概并不都是一个老师教的吧？至于英语角，大学都有啦，我其实是喜欢看英文电影，那可是一个学英语的好途径。"

此时安倩想到了凯文，当年两个人都因为英文发音纯正、即兴脱口秀的出彩，而双双获得中国大学生英语大赛一等奖和二等奖。

然而，还有一些原本珍贵的东西，不知道从什么时候起，慢慢地开始脱离她的生活。她想抓住，却总是遭遇台风阻隔，几次争取以后，发现那些东西已经碎了，已经不完整了。她的心有些累了，有些想逃了。她想到北岛的一首诗，叫《一切》：一切都是命运，一切都是烟云，一切都是没有结局的开始，一切都是稍纵即逝的追寻。

她侧脸过去，发现车窗里的自己有一点小忧伤。

大大咧咧的马汀似乎什么都没有觉察到，他拿出一袋刚买的零食递给安倩说："喏，这是我最喜欢吃的一个品牌，我尝过了他们的薯片和海苔，这包送给你尝尝。"

车开到小区门口，在一排接一排的路灯下，马汀和安倩的影子被拉得好长，把原本高出的一个头，拉成了阿凡达的模样。这个幽静的夜晚，好像就是专门给满怀心事的恋人准备的。马汀回过头，拍了拍安倩单薄的肩膀，情不自禁地说："你烫发好看。"

安倩抿了一下嘴唇，羞涩地笑了："我上次那样子，是不是好傻？"

马汀停了几秒钟，故意站到安倩的眼前，认真地说："可是傻丫头，你是怎么活到今天的？"

安倩心里突然涌起一股暖流，"丫头"这个词，只有自己的父亲才说过。

她指了指不远处的一栋楼，说："我到了。"

马汀像是没听到安倩在说什么，看着安倩说："我觉得，一个傻丫头还是需要人照顾的。"

安倩有点局促地说："我有人照顾的。那个，你也好好照顾自己。"

说完，安倩总觉得哪里不对，似乎在与一个久别重逢的知己互道珍重。

马汀看了看眼前这个女孩，她明亮而聪慧的眼眸下，藏着一份深深的不安感，她外表呈现的坚强与独立，却给人一种秋风萧瑟的苍凉。

他从车上拿了一条围巾，不由分说地帮安倩围上。

他说："安倩，我不知道是什么原因，让我们还能再次遇上。我承认第一次在巴厘岛，我很焦虑，也不算有礼貌。如果我没有猜错，你应该也有心事，但是当我拿到你的日记本，我知道我们还会再相遇。很抱歉我偷看了你的日记，但也因此，我真正地认识了一个美丽聪明的女孩。这一年多，有时我会觉得它简直就是我的《羊皮卷》。还有那张照片，它对我真的很有意义，我相信我们之间有着不可解释的缘分，你相信吗？”

安倩此时有点感动，她试图开口说点什么，又觉得说什么都不是很合适。

是的，那张照片对马汀这个寻根的孩子来说，无疑找到了一条新的线索，但那个笔记本对安倩的意义，难道不是更重要的一次失而复得吗？

不知道为什么，她蹦出来这句话：“为什么你给了我一个假账号？”

马汀一愣，终于想明白了安倩的所指，是在巴厘岛那次借房费的事。他像个小孩一样哈哈笑了起来，说：“我可没有那么伟大，其实那天我想去退房来着，可是酒店说即使没住过也只能退一半的费用了。后来你来了，算是帮我挽回了一点损失。”

“这个理由可有点……”安倩想，也是，自己当时只是一个穷学生，人家订一个总统套房，真要付房费，岂不得把自己一个月的生活费都给付了？怪不得人家给个假账号呢！

她想想都觉得自己真是一个黄毛丫头。

“还有，我觉得你这次的烫发，稍稍染点板栗色可能更好。在不穿酒店制服的时候，你可以配些小饰品。另外，你可以换一个Coach牌的包试试，我觉得比较符合你的气质。”马汀自顾自地说着，完全没有顾及其实女孩是更需要听赞美的。

她顺从地点了点头，没表示同意，也没表示异议，说：“Good night！”

上车前，马汀刮了一下黄毛丫头的鼻子，说：“我觉得你需要找个人托管一下。你考虑一下我的建议。”

那天，马汀和安倩都睡得很晚。

有意思的是，两个人的MSN都上线了，安倩看到马汀在线，迅速把自己隐身了。

她第一次带着好奇走进了马汀MSN里的空间。

她看到一张马汀在硅谷时和导师的一张合影，当时马汀还有点清瘦，但笑得很爽朗。她不明白为什么美国人都喜欢笑得露出八颗牙，但看上去，真的就是八颗牙才显得够自信。

还有一张是马汀和女朋友在一个活动现场，他的女朋友穿得很华丽，他也穿得很英俊。神采飞扬的加州选美冠军，八颗亮白的牙齿，蓝色的大眼睛，浓密的眼睫毛，一袭拖地乳白色亮片长裙，把麦色皮肤衬托得更加健康而富有光泽。

接下来的一张，是马汀和一群孩子的照片，背景就在巴厘岛。哦，她想起来了，还有这件粉红色花T恤，其中有个孩子看起来怎么这么面熟？哦，是那个叫马汀爸爸的男孩，难道……

再接下一张，这是在哪里呢？若芸、陆遥、马汀，还有一些看上去都挺商务的人，好像刚刚参加完某个经济论坛，但怎么旁边还有蔷薇？这是什么地方，什么场景啊？

电脑的那一端，马汀也在看安倩放在MSN上的照片。

那是一个黄毛丫头长成白天鹅的过程。

安倩大一的样子，还像个高中生，脸上还能看到几颗小痘痘，谢天谢地，现在没留下什么痘印。大二开始变美，校运会上，安倩拿到了长跑冠军，看上去有点单薄的她，属于耐力持久的那一类。大三，她参加了NGO公益组织活动，十几个男男女女穿着冲锋衣迎风站立，他们的正前面，一面红旗上写着“NGO摩洛哥公益在行动”。大四，她开始有了几张穿着酒店旗袍与制服的照片了，虽然看上去仍然是一个学生妹，但也已经有几分独当一面的魄力了。

马汀虽然大大咧咧，但开车转弯时，仍然从后视镜看到了安倩忧伤的表情。他心里特别想照顾这个女孩，不知道为什么。

安倩那晚却有些失眠了。虽然她跟凯文商量过在外面租房的事，但不知道为什么他们越靠近，她却越孤单。马汀比凯文高不了多少，外形上也不分伯仲，可是安倩却分明听到了来自心灵的呼唤。

那个声音告诉她，安倩，请选择对的人。

EL Bench酒店，一般一周有一天时间休息，安倩打开那个白色的日记本，翻了翻原来胡乱写的随笔，想找找这跟《羊皮卷》有什么关系。其实里面无非是一个不谙世事的少女，自己给自己打的鸡血，现在看看都觉得幼稚无比。当时的自己，哪里清楚即将遇到什么，无非为赋新词强说愁罢了。

她决定把白本的笔记本封存了，不是有首歌叫《白衣飘飘的年代》吗？白色代表纯真的底色，但那只能代表一无所知的大学时代，要成为一个优秀的酒店管理人员，光有这个底色还不行，还必须有冷静的蓝色，有热情的红色，还有清新的绿色、神秘的紫色。

于是她买了一个黑色的笔记本，上面还有一行烫金的字。虽然看上去有点坚硬，但却另有深意，黑色代表神秘高贵，更代表酒店的最高权威。穿上黑裙是安倩的理想，虽然现在刚刚起航，但安倩在马汀和陆遥两位创业者身上看到了某种力量，这种力量既来自他们两位，更来自上海本身的魅力。她知道，一切才刚刚开始。

# 8

管理培训生团队下到一线后，大家只在中午吃工作餐的时候，才能有些交流。陈美丽的酒店专业是在瑞士洛桑学的，因为从小就耳濡目染，她对这个行业的兴趣极大。其实做酒店工作的父亲和哥哥并不想让她也进入酒店行业，反而是希望她能进入到一些女孩子比较多的行业，比如奢侈品零售或是在国外学工商管理之类不太难的专业，回国后去一些大公司工作就好了。可陈美丽认为如果哥哥也能做到餐饮总监，自己就不应该比他逊色。于是她高中时就缠着爸爸送她去瑞士，那里的学费和美国的学费差不多，可她坚持瑞士的酒店管理学院有自己的教学酒店，在校期间就可以实习，这对自己有很大的吸引力。

陈美丽对自己的专业超级自信，她告诉餐饮总监Sam，自己的哥哥现在也是国际酒店的餐饮总监。Sam很谦虚地表示欢迎她的到来，并向几个服务生推荐了这位出身酒店世家的管理培训生。

“前店后院”的模式确实帮助了陈美丽。在瑞士的经历让本来就很勤奋的陈美丽见识了欧洲教学酒店的有序管理，一个经理带几个在校学生就可以把整个餐厅的满房早餐玩转。她想学习这种酒店管理的方式，去西餐厅后她彬彬有礼，看到谁都很热情地打招呼。

陈美丽的运气比另外三位管理培训生都要好，她被分配到全日餐厅代理三个月副经理，主管早餐带班。餐饮总监的考虑是：第一，西餐厅经理正在家休产假，留下一位副经理得上白班，全面负责全日餐厅的日常管理，而早班上班时间每天都是从6点开始备餐，这样太累；第二，陈美丽的培训中有三个月餐厅副经理的计划；第三，与陈美丽沟通过后，发现她曾经是洛桑酒店管理学院的优秀毕业生，学校在毕业前特别准许她在餐厅助理经理的职位上实习过两个月；第四，陈美丽自己的意愿非常大。

但没过几天，陈美丽就开始在班前会上不断地提出各种服务整改意见。意见本身倒也没有错，但服务员和主管听着都不舒服，毕竟，现在这一套制度已经运行两年了，中间也经过了不断打磨和优化，陈美丽这一提意见，几位主管都分别被打脸了。

面对出类拔萃的管理培训生和酒店世家出身的陈美丽，大家都选择了只听不说话。而陈美丽自己却沾沾自喜，觉得自己管理有方，要不怎么个个都被训得服服帖帖的。

为了明确划分每个人在早班里的工作区域，陈美丽把全日餐厅的工作台全部调整了一次，并给每位员工重新培训工作流程。大家跟着她工作都有点紧张，她一来，大家都觉得自己像个傻子。餐厅经理只是暂时休假，陈美丽一个代理早班副经理职责的管理培训生，竟然把所有的工作流程都给改了。不仅如此，她还在员工和主管开会时，对之前的经理评头论足，让那些人大跌眼镜。

一天早会，她当着所有人的面直言不讳地说："我知道大家不服我们这些管理培训生，总认为我们是做直升机过来管理大家，没有实战经验。对这一点特别质疑的同事，我想通过这段时间的合作，大家应该看到了我的工作动力和能力。我不知道之前你们的经理是如何培训早餐服务的，但目前从餐前准备到客人体验，我都明显感觉到标准服务流程的不合理。不管各位对我的指令有多大意见，还是希望你们能把之前学到的坏习惯改掉，因为之前你们的经理对工作的安排实在是太不合理了。"

早班的员工虽然有点不服，但也不敢直接跟她顶撞，毕竟人家进酒店跟进自己家里一样，浑身上下都透着两个字：见识。

陈美丽的最大优点就是独立工作能力强，逻辑清晰，所有的工作安排她都会用自己的手机做好备忘，提前计划一切对工作有利的事情。当看到西餐厅的客户满意指数是8.5分时，她认为西餐厅的服务必须拉到9分才可以帮助酒店全年的总体客户满意指数达到目标任务8.8分。当她花了一些时间仔细阅读去年全年和今年MTD的所有与餐饮相关的得分后，得出了这样的几个结论：

第一，100%的客人在店期间最关注的餐厅是全日餐厅，因为几乎所有的客人都要去那里用早餐，少数行政楼层和套房客人会选择在行政酒廊用早餐。

第二，既然早餐对于每位客人都是必不可少的，那么早餐是除客房之外，客户感受最敏感的地方。早餐的出品和服务好，是应当的，早餐不好是万万不能的，是一定会获得超低评分的。因此厨师的出品一定要精致，比如煎蛋和华夫饼必须由厨师进行现场制作，不可以将客人的需求全部当成双面煎，直接堆十几个蛋在扒档上。

第三，越是出租率高，客人打分就越低，这说明早班员工并不是做不好早餐服务，只是因为前任餐厅经理不能好好安排人手，正确划区进行有效服务，让客人觉得服务不到位。

陈美丽召集了餐厅的四位主管一起开始沟通，她把自己对服务的评价总结和分析制作成PPT，请所有人参加她的培训，并讲解自己的行动计划。第一件事就是立即改变排班。上海EL Bench的平均出租率是80%，在上海算是一个客房出租率不错的高端酒店。她自信地将每天早班原本的六个人安排成三大工作区域，其中两个人迎送客人，一个人收餐具，三个人分ABC区看台。

餐饮总监Sam并没有太多反对，在他看来自助早餐的排班变化不过就是一个很简单的工作流程和工作职责发生了变化。按工作程序，陈美丽作为主要负责人，只要把早班员工的JD工作职责说明书进行调整给他审阅无误后，批准即可实施。自从这四位管理培训生入职以来，总经理经常开晨会时强调，要多给管理培训生展示才华的平台。这种小活交给她做，就是出了问题，也不会错到哪里去，再说对于他这种老餐饮总监来说，修正一个这样的工作流程也是不难的。陈美丽这回如果做得有效果，就在行政委员会给管理培训生进行季度评估时，对她美言几句，大家皆大欢喜。如果错了，也不用批评她，挫挫她那锋芒毕露的锐气也好，也让员工们都心理平衡一下。整个餐饮部所有员工，包括他自己都是从端盘子、做服务、送餐开始做起的，凭什么这帮毛头小伙子、黄毛小丫头可以快速发展？

既然几年就可以提拔管理人员，还要他们这些人奋斗十几二十年，才混到餐饮总监这种职位干吗？

Sam此刻只有一个念头，陈美丽在他的部门爱干吗干吗，一旦出错，他就可以用老资格出来摆平矛盾，一举两得。所以，陈美丽的任何计划在Sam这里也算是畅通无阻的。

果然不出所料，陈美丽运用自己在瑞士学习酒店管理专业的那一套，将提高西餐厅早餐服务体验为主题，重点对早餐班次进行了重新安排。在改革前，她清晰地给所有主管进行了讲解与培训，餐饮总监也没有反对，主管也没有拒绝执行。可不出一周，所有早班的员工先是纷纷申请调整自己的班次到中班，后又投诉到餐饮总监Sam和人力资源总监Lucy处，要求更换经理，理由是太不人性，工作太辛苦。

Sam通报了Lucy，陈述了陈美丽民怨较大，员工议论纷纷的问题。Lucy是人力资源总监，其实员工的议论对她而言，并非分内之事需要亲自处理，因为这些都是没有证据的。可是又过了几天，Lucy还是在员工餐厅门口设置的信箱中收到了一封来自全日餐厅全体员工的投诉信。号称全体员工，倒也不能算全体，落款处有10位员工签名，大约是超过半数多一点点。但按照员工投诉处理的工作流程，即便是一位员工投诉，只要是实名举报，人力资源部就应该介入调查。当事人自己需要举证，人力资源部也需要找到至少三名当事证人调查事件经过，最后找部门负责人核实无误后做出最后判断，并跟进处理。

员工信中的事件经过与Sam提前告之的差不多，只是在结尾处，那10名投诉的员工提出：

1．陈美丽作为代班经理，对员工不公平，并且态度不好，常有讽刺挖苦员工之嫌。

2．陈经理的排班导致早班工作流程不畅，并招致更高的早餐投诉率。

3．大家一致建议酒店将这位管理培训生更换岗位。如果她不走，其他人就申请更换岗位。如果酒店要偏袒管理培训生，那么联名投诉的10名员工都会集体辞职。

必须要说的是，管理培训生可是千里挑一的好苗子，这么大规模的投诉，是

Lucy始料未及的。

Sam对Lucy提出："既然这是所有员工的意愿，不管事情是否属实，我都坚持陈美丽轮换岗位，不能继续留在餐饮部，不然我们餐饮部无法平息这件事情。上海不是瑞士，服务也不是一天就能干好，经理更不是她陈美丽想象的那样简单。"

Lucy明白自己是管理培训生项目的指定导师，应该为陈美丽争取一次改过的机会。但Sam在酒店里也是行政委员会成员，跟自己是同样的行政级别，又不能硬来。而且看来他是有备而来的，他早就知道陈美丽无法获得员工的支持，却没有主动阻止过陈美丽的不恰当行为，让她一条路走到黑。

Lucy第一次意识到了，管理培训生的身后有很多潜在危险和困难，只是初生牛犊不怕虎，这些孩子根本就没意识到，他们的社会经验也无法理解和预判，获得部门总监的支持与员工的理解远比他们的业绩和表现来得更重要。陈美丽不懂，其他三个人也可能会犯同样的错。Lucy不只是为陈美丽捏一把冷汗，更为其他管理培训生担心。看来一定要多问问他们每天的工作进展，不可过于自信和冒进。

现在最好是尽快处理陈美丽的事情，想办法千万不能让陈美丽转岗。出了餐饮部，陈美丽就会相当尴尬了，谁还敢让她在其他部门工作呢。员工也会觉得这样一闹酒店就没辙了，下次的要求会更加有恃无恐，一定要妥当处理，不能留有后患。

想到这个，Lucy赶紧向Sam建议说："Sam，我想还是给美丽一个机会，让我找她谈谈。再说，按照工作流程，我也需要找这10位投诉的餐饮部员工当面了解事情经过，给我两天时间好吗？"

Lucy很快找到了陈美丽，因为是导师，询问起来会比其他人甚至是餐饮总监Sam要更容易进入主题。"美丽，最近在全日餐厅的工作进展得顺利吗？"

陈美丽很敏感，一听"工作""开展"这种类型的词，立即就很警惕地问了一句："Lucy姐，是有人向人力资源部反映什么了吗？"

"美丽，不用太紧张，如果工作中确实遇到了障碍，我们ExCom的工作职责就是帮你们解决或减轻的，不妨现在跟我聊聊。"

"一开始，我只想把工作方式进行调整，提高餐厅的客人满意指数，Sam也很支持我的想法。而且按照我对餐厅运作的理解，以及与主管们的沟通结果，也不应该会出现状况。可我也不知道出了什么状况，后来大家都十分不满意我对班次的改革。”

Lucy问：“餐厅的员工有没有人向你提出过不满呢？”

“没有，头几天大家还有些不习惯，后来我培训了几次调整目的和运作模式也就好了。”

“那在整个过程中，你有骂人或讽刺餐厅的员工吗？”Lucy继续问。

“我……不能算骂人或讽刺吧，我只是……”

“只是什么？你应该告诉我具体发生了什么事情。”

“我每天都会查早餐前的准备工作，因为员工的工作习惯实在不好，有时会在倒垃圾的时候，连看都不看就把勺子扔进了垃圾桶；有时忘记放菜的名牌。总之，凡是遇到这类情况，我都会给予他们惩罚。”

“惩罚具体是什么？”

“基本上都是罚员工停休半天或一天，严重的也不超过三天。”

聊到这里，Lucy大约已经明白双方之间的误解与分歧了。

“OK，美丽。设身处地站在你的角度，我知道你只是想提升部门的工作效率，所以做了这样的决定，是吗？”

“嗯，是的。我做过大量的数据分析，最后的结论就是前任经理的工作方式需要全方位提升。调整班次也仅仅只是一个方面。如果不是员工投诉我，使得我现在的工作开展比较被动，我早就采取第二步行动了。Lucy姐，我是瑞士洛桑酒店管理学院毕业的，当然明白管理培训生是初级管理人员，首先面对的就是员工的日常管理，我也很珍惜这个工作机会，又怎么会像大家说的那样，骂人或者胡来呢？这两天仔细想想，反倒是觉得有人在故意整我。”

Lucy看看陈美丽，一副很理解的表情：“美丽，我可以问一下你处理这件事的工作流程是什么吗？你是说，在做这个改变之前，你已经向餐饮总监陈述过目的和方法，并且获得了他的批准，同时，也获取了全体主管和员工的认同吗？”

陈美丽还是有优点的，多年的国外教育经历让她不喜欢撒谎，更不擅长绕圈子、找借口。她说：“Lucy，其他都是，但我并没有获取全体员工的认同。至少培训过后，让员工评估结果，在这一点上我确实做得不对。”

Lucy接着问：“那这一次员工对你的投诉还是有一定原因的，你认同吗？”

“嗯，Lucy你说得对，或许我还是没有在一个项目开始前，把准备工作做充分。我承认这是我的问题。”

不等Lucy提出解决建议，陈美丽问道：“一般被员工投诉的经理，如何打破僵局呢？”

“一般情况下，人力资源部会建议这位管理人员自己制订一个SMART Plan（SMART计划书），然后向员工展示并解释自己将要改进的内容。你能做到吗？”

“Of course.”美丽领会了Lucy的意思，频频点头。

谈话过后，Lucy请来了Sam，三个人讨论后进行了与投诉员工的座谈，员工们本来也没有一定要让陈美丽离岗，再说休产假的经理也只有两个月就要回来了，大家也就没有再提出什么异议。

倒是陈美丽，虽然她认可Lucy对她工作失误的委婉批评，但也觉得这件事情与餐饮总监Sam和餐饮部管理团队不支持管理培训生有关。当这种情绪一产生，自然就影响了她正面去思考，也就不再愿意发挥主观能动性对现有工作流程和方法进行改进了。

再来谈谈岳文，这个管理培训生中唯一的男生，外表斯文谦和，读书时就被称为“无公害人士”的财经学院高才生，个性上倒是比陈美丽圆通多了。

岳文知道Henry是英国人，主动跟Henry聊天，聊自己留学英国的一些有趣的经历，也听Henry讲他在中国的经历。

比起陈美丽，岳文倒算顺利，他先是分到会计部，他很安静，不需要说话的时候，他可以跟数字待一整天，任何事情交给他都会按时办得妥妥的，餐饮和客房的日审报表也做得很规范。

后来他调到成本控制部，他查阅了报表，发现酒水成本偏高，他去了解进货渠道及进货价，并没有找到什么疑点。他发现需要做一个详细的调研，于是他向财务部申请了一个灵活的上班时间，主动去酒吧了解酒水使用的情况。

他在几个餐厅观察了几天，发现酒水消费主要在早上和晚上，西餐厅和酒吧的流水很大，有点瓶装的，也有点杯装的，红酒是750毫升一瓶，可以开5杯，在酒水用量大的西餐厅和酒吧，不会造成任何浪费。但大堂吧有一百来种酒水，客人点酒水又不均衡。根据食品卫生安全审计的要求，那些开了瓶的红酒，若7天没有用完，就只能做报废处理。

酒水单上一瓶红酒1080元，同样的红酒一杯是350元，但客人只在酒店停留一两个晚上，所以他们不会去点那个貌似便宜的红酒，假如一瓶1080元的红酒，一周内只有两个人点了两杯，只收了700元钱，就直接造成了亏损，同时也因为开了瓶又未能及时喝完，就直接造成了浪费。

在开成本会时，岳文提出建议，因为西餐厅是24小时营业，他建议将西餐厅、酒吧和大堂吧的酒水都放在西餐厅统一管理，这样可以加大开杯的频率，减少酒水成本。当客人需要喝酒水的时候，都在西餐厅统一调配，5分钟内可以完成从点酒水到酒水上桌的全过程。

除此之外，岳文还发现，由于没有针对性的推荐，大堂吧的100多种酒水，让顾客在点单时无所适从，也是造成酒水浪费的原因。因此他建议在这些酒水中，筛选出性价比最高的十余个品种，在做酒水营销时重点推荐，同时给员工奖励政策，迅速解决了酒水营销散乱问题，当月就提高了盈收10%。

蔷薇则在市场传讯部负责上半年活动的执行。她在总部就跟媒体熟，打电话联系媒体的哥哥姐姐的，都跟自家人似的，执行能力超强。市场传讯部经理做了好几年，才积累了些资源，人家一个电话，一个饭局就全搞定了。活动方案写出来，她就在方案上做修改，活动流程、人员安排、预算等，基本上就是直接把一个复杂的专业相机，变成了傻瓜相机模式，任何一个人拿到这份策划，都能按图索骥，一目了然。

同时，蔷薇也表现出了英文翻译的超强能力，手册的翻译工作交给她，她都能高效轻松地完成，与同事之间的关系，也表现得大度和圆融。

可安倩跟别人有点不一样。因为她之前就是在这家酒店工作了一年多，加之这次是在同一家酒店、同一个部门交叉培训，自然是人脉、工作方式甚至领导都是非常熟悉的。她不需要用太长的时间证明给房务部的团队看自己的工作实力和能力，只是比别人有了更多的"接地气"的思考。

她认为，作为一个管理人员，不但要自己业务好，更要让团队发挥出潜能，否则团队就会懒散无力。同时她认为工作的每一环都与下一环紧密相连，假如没有一个全局观，也无法成为一名优秀的管理者。因此在餐饮部吃饭时，她会考虑，为什么中午这里的满座率只有30%，怎么样才能提高到70%？当酒店举办主题活动时，她会在心里琢磨，如果这个活动让她来做，她会不会有更好的主意？

通常，管理培训生的培训期到一半，也就是6个月时，实习的公司或酒店应该组织一次评估。评估分为自我评价和行政委员会评估。

首先，自我评价必须在网上Talent Review（人才回顾）的系统为全球同步进行的所有管理培训生特别打开，平时这个系统每年只会在3月被打开，全球员工才能在系统中与自己的直线经理进行职业目标的规划与回顾。由于系统打开的时间只有7天，安倩他们这些管理培训生也就只有3天进行自我评价，不过对这些综合能力很强的年轻人来说，实在是小事情。

关于管理层与直线经理评估部分，Lucy早早地就与总经理Anthony约好了，周三有月度ExCom会议，会上会专项讨论管理培训生上半年的工作表现。

“以上就是我从人才回顾系统中下载下来的四位管理培训生的自我评价报告，值得肯定的是，他们所有人都十分客观地为自己的上半年表现做出了评估。”Lucy用PPT展示并陈述着。

Anthony说：“谢谢Lucy，总部交给我们培训的这四位管理培训生到目前为止，都是获得了很多正面评价的。我们还是逐个做一下回顾吧。”

财务总监Billy先发言：“我之前在其他集团工作，这是第一次加入Benchmark，也是第一次接触管理培训生项目和快速通道的理念，所以对我们部门的岳文不仅格外留意，还经常沟通。岳文是万里挑一的员工，虽然经验不足，但理解力和执行力比部门里的任何员工都要强。而且管理培训生都有一个特点，很主动、很大方。到目前为止，岳文已经在财务部90%的岗位经历过交叉培训，他的专业底子我们全部门有目共睹，我个人对他是非常看好的。当然，如果提到岳文的提升空间，我认为他需要在与人沟通上有所加强。”

餐饮总监Sam说：“陈美丽虽然资质和专业水平不错，但也是让我头疼的一位员工了。自从上次出现了员工投诉那个小风波之后，她就变得特别谨慎，不多做一件事情，不得罪任何一个人。我所指的得罪，不是真得罪，而是凡事在她那里都变得很敏感，好像都是个‘坑’。她不再愿意做任何承担风险的决策。彬彬有礼，却拒人千里。虽然看上去似乎很低调了，但工作热情却大打折扣。”Sam本来就不喜欢陈美丽，给出这样的评价也算中肯了。

市场销售总监Andy说话倒是比较直白：“我们部门的蔷薇人非常聪明，干活也很麻利，几乎所有人对她评价都不错，基本是能胜任她现在的轮岗工作的。只是，销售部的管理培训生我见得多了，以前我在总部的时候也带过管理培训生，蔷薇跟他们的思维方式有点不一样，她的聪明是小聪明，不能算是智慧。”

“哈哈，听起来很有趣呀，Andy。”总经理Anthony的背景是餐饮，任总经理之前对销售就没有多大热情，但当上总经理后，也意识到销售对于酒店的重要性。一位总经理好不好，首先要看他是不是能每年完成预算。显然，Anthony能把自己“混”成上海这家旗舰酒店当总经理，如果不是因为自己管业绩，那他一定对市场销售总监情深似海。所以在酒店众多的行政委员会成员中，他最依赖的就是这位财神Andy了。

“说说看，你希望蔷薇有怎样的智慧？什么才不是小聪明？举个例子。”老外听到模棱两可的意见时，都喜欢请对方举例，这样比较直观。

Andy说：“凡属JD工作职责说明书里明确注明的一切工作内容，蔷薇都非常清楚，并且工作任务完成得非常好。可只要是工作职责说明书没有明确注明的，她就会选择性地来做了。比如，蔷薇一来这个部门就对OPRA系统认真学习，一遇到不懂的问题还请教部门里的前辈和前厅部的同事，钻研了所有OPRA系统里的操作步骤后，她还主动担负起了培训新员工OPRA系统的工作。但因为她不大喜欢宴会销售这个工作岗位，而且在JD里也没有这个岗位的必需要求，同样是系统，她就不会再去学习Infransys这个宴会系统了。这只是个小例子，我只是觉得她的学习目的性太强，或者说得严重点，有点功利心。”

Andy这番话听起来没毛病，而蔷薇的行为也没有什么大问题，毕竟学习是讲意愿的。

“Andy，你提出这么苛刻的要求，职场里的每个人都是有功利心的，别太敏感了。”工程总监倒是被这些话给说笑了，“我倒是也希望有个有学习功利心的管理培训生来工程部，可是再轮10次，都轮不到我们部门。”

ExCom会议都是用英文进行的，别看工程总监是后台部门的总监，但他的英文表达也是没有问题的。

Henry最后一个发言："安倩还是一如既往的好，部门里的每个人都很喜欢她，善于动脑筋，乐于帮助同事，谦虚肯干，不愧是我们自己培养出来的明星员工。"

Anthony点点头："谢谢大家的反馈。我也很高兴，四位管理培训生都能在各位的帮助下，开始并适应他们在Benchmark的职场旅程。而且这不是一段寻常的旅程，准确地说，总部为他们四个人提供的是快速成长的通道。我拿我个人最熟悉的安倩举个例子，如果说前半年时间她的工作得到了Henry的认可，那么接下来的半年就要迎接一个更高的挑战。之前得到好评的人，不一定在接下来的半年得到的就是最好的评估。我们整个高管团队需要为他们创造一个包容而又支持的工作氛围，让他们在实践中得到最大限度的发展空间。Lucy你宣布一下他们四个人在接下来6个月当中的工作任务吧……"

在结束上半年培训时，Lucy跟大家说："上半年的培训体现了大家的学习能力，但在接下来的半年，要体现出你们特殊的才能与个性。最重要的就是你们的团队精神、团队建设能力，你们是一个团队领导人，何为领导人？"

陈美丽回答："就是管人吧。"

Lucy说："那么，领导人是管人，难道经理人就不是管人吗？"

安倩说："领导人有一种以上率下的意思，经理人是普遍意义上的管理，更多的应该是制度性、强制性的，不强调管理者本身的主观能动性。"

Lucy点了点头，补充说："所谓领导人其实就是怎样用自己的人格魅力，带领一个团队朝着一个方向去奋斗，它更多是组织性的、策略性的。下半年，你们是身临其境地带动大家做一个项目，你们是团队领导人，这里没有谁是谁的领导，只有大家通力协作，把一件事情做好。"

管理培训生团队执行的第一项任务，是协助管理层做明年的年度预算。

四位MT的手上，都拿到了一份PPT的大纲。大纲上对年度预算的思考方向，做了清晰的排列。

Lucy介绍说，年度预算是一项重要的工作，每年8月，和行政委员会成员都会花一个半月的时间整理前8个月的实际收入和利润，再次精准预测后4个月的生意状况，依据"8+4"的实际加预测，并参考市场增长趋势和竞争对手当年的收入状况，对各部门收益进行预算分析，最终统计并整合各项预算报表，形成下一年度预算。这个已经被模式化的PPT有超过100页的巨大容量，其中主要涵盖了各类数据分析和文字总结，毫不亚于一篇博士论文。其中主要包括：

1. 总结和概览

2. 态势分析（优势、劣势、威胁、机会）

3. 市场状况（数据、线状图等）

4. 上一年度预测与实际差异

5. 前十名客户分析（如旅行社前十名、批发商前十名、散客前十名等，一一罗列）

6. 各部门计划

7. 前三年酒店的预测能力

8. 平均房价、出租率

9. 客房销售的各个市场细分

10. 餐饮各餐厅的数据分析（包括用餐人数、人均消费和食品酒水成本等）

这是一份非常详尽的说明，除了一整天时间的PPT讲解，打印出来的文字资料也有一本新华字典那么厚。其中所有的数据和结论，都在说明钱花到哪儿去了，为什么要花这么多钱，以及产生这些营业毛利的依据。

因专业性太强，又兼顾酒店次年的全年发展规划，年底预算一般由总经理向总部来表述，这既需要对每一份支出有精细的把握，又要有纵观全局的分析能力，否则就会像个傻瓜，一下子就被问倒。

作为管理培训生，安倩和其他三位都有机会跟随总经理观摩这次年度预算陈述会。是的，只是有机会，因为即使是Lucy，也从未有机会陪同总经理参与年度预算的陈述。而四位管理培训生，也只能有两人有机会参加年度预算陈述会。在此之前，四个人都必须为材料的准备做大量工作。

这一次，四位管理培训生被安排做一个态势分析。

岳文兴奋得像是迎接一个重大的节日，他擅长数据分析，一直苦于英雄无用武之地，所以接到任务就摩拳擦掌。

蔷薇也相当积极，至少对于客户分析、市场状况，她可以收集到很多参考数据，已在总部工作一年的她，对公司高层的作风了如指掌。对陈美丽来说，虽然是第一次参与整理素材，但也充满了新奇与挑战，她对自己的专业一直很有信心，这项工作正好扬长避短。

安倩是这四位里面最冷静的一个，她总是会盲目地把结果想得很美好，却在执行任务的过程中如履薄冰。

素材的收集，除了参考当年的数据，还有更多的其他工作。比如，提前收集明年在上海召开的会议，对酒店入住率的预见。又比如，由于税收政策、地价等，会有多少供应商离开上海。

她感觉其实脑子有点不够用了，但这是一次多么难得的机会。

记得在彩排预演的时候，Lucy 问了一个问题，假如一个会议团，今年是2万个间夜，做明年预算的时候，却只做了19000个间夜，平均房价今年是600元，这次是580元，还降了，这是为什么呢?

每一个问题，都逼着你去追溯另一个问题，步步为营，丝丝入扣。

当安倩作为仅有的两名管理培训生的一员，陪同总经理、市场销售总监、收益经理和财务总监参加总部的年度预算陈述会的时候，她几乎已经把那本“预算宝典”解读得烂熟于心了，但还是免不了紧张。

这是安倩第二次来到这个空间高大，外资气息比酒店更浓厚，却缺少酒店那份生气的总部办公室。曾经的面试休息等待室，这次还是等待室，不过是预算等待室。曾经一起等待的候选人，现在变成了各酒店总经理和高管们，大家都在低声交流。据说这是酒店管理层在总部每年最大的一次考试，曾经有个别酒店因为准备不充分，被严厉的德国总裁问得答不上来，直接被“out”了。所以即便在等待室里有着不输于酒店的精致茶歇，等候的管理人员也只是大多以双份浓缩咖啡来提神、打鸡血。安倩看到这种状况，想想连有经验的高管们都会紧张成这样，不免觉得自己有些好笑，但转念一想，又觉得连经验丰富的高管们都如此认真地对待一场预算会，她一个小小的管理培训生就更应该认真探究数字背后的策略了。

平时最爱社交的Anthony也没有去和要好的那几位总经理聊天。大家自顾自地与自家酒店的团队在最后时刻继续搜索还有没有未想到的细节，空气就这样凝固在一片紧张而安静的气氛中。

终于轮到上海EL Bench的团队展示预算了。Anthony整理好手提电脑，挺着胸自信地带着团队走进了会场，随后是四位高管。安倩和蔷薇走在最后，毕竟她们两位只是特许观摩，连声音都不用发出来。不过机会已经非常难得了，并不是每一位ExCom都能参加的。

这种场面确实很让人生畏，平时只有将照片凑在一排，才可以同时出现的人，竟然在这种会上“合体”了。中国区的总裁、运营副总裁、财务副总裁、市场销售副总裁、人力资源副总裁、收益总监全部都坐在面对会议室门的一边。每一位男士几乎都穿着定制西服，成套的领带和胸前的丝巾手帕，给人严谨而富有职业修养的视觉感。而Anthony则带领团队领导们坐在另一排，有点像是两方谈判。

按照既定顺序，Anthony先展示了预算PPT里的策略部分，Andy解释了今年和明年的客房销售目标的情况。一切都正常进行，每个酒店的展示时间是60分钟，时间已经过去了50分钟，只剩下最后10分钟。估算一下，总部应该只有一个问题要问了。大家之前悬着的心稍稍放松了些，大局已定，好像对面的几位“大神”也挺满意的，毕竟旗舰酒店已经连续保持6年收入都超过3亿，明年又给自己增加了10%的营业收入和12%的经营毛利润，未来还是很值得期待的。

可是突然有人问道：“你们酒店明年的市场传讯费用，为什么减少了18%，不担心会影响生意吗？”

总经理Anthony这次也过于关注数据的归纳与收集，他下意识地看了一眼安倩。

关于市场传讯的费用，安倩和三位管理培训生曾就市场传讯费用的构成发生过激烈的争执。安倩更注重费用构成背后的事实逻辑，因此减少18%的市场传讯费，她是有理有据的。

像是跟Anthony事先约定好了似的，她很自然地回答说：“关于这个问题，我们做了充分的市场调查，得出以下结论：

1. 现在是新媒体时代，我们需要曝光率更高，频次更多，投放更精准。因此明年我们在广告投放上，会减少传统媒体的投入，而更有针对性地投放到网络EDM上，因为网络价格更有优势。

2. 今年我们会减少电视媒体的投放，而增加医药、会务公司杂志的投入。

3. 我们将年度的客户答谢会，细化到了月度答谢会，比如二月份，我们做婚庆公司答谢会，3月份做烘焙会。因此我们把费用降低了，客户关注度反而提高了。”

安倩这番话思路清晰，逻辑分明，又不露痕迹地帮总经理解了围，Anthony长长地出了一口气。

然而这个问题不应该是由蔷薇来回答的吗？要知道她所在的部门是市场传讯部，在市场销售部实习的蔷薇想不通，她收集了很多关于收入的问题，却为什么会忽略了费用的问题？她也很努力，但为什么不问她准备的东西，却问一个刁钻的问题，而恰好这个问题，让安倩给赌中了！

Anthony最后还是带领团队为这次的预算会议画上了一个圆满的句号。大中华区总裁最后满意地表扬："看得出来上海EL Bench是一个积极努力的团队，而且连管理培训生都能协助酒店轻松应对我们的问题，证明你们为这次活动做了充分的准备。请给你们自己来一些掌声，鼓励并相信自己将在明年超额完成预算中的各项指标。”会议室里随即响起了一阵热烈的掌声。

Chapter 3

# / 十字路口：初心不改的选择 /

# 1

按照Lucy在培训时对下半年的工作安排，12月的圣诞主题活动，将是本年的重头大戏。与以往不同的是，本年将由餐饮部和管理培训生各出一个方案。

餐饮部对此不以为意，而且志在必得。每年都有新花样，管理培训生毕竟是新人，总不至于把圣诞活动放在月球上去开吧。

国际酒店的餐饮部毕竟对出品要求不低，所以他们这次拿出了一个“千人晚宴，原味欧洲圣诞集市”的活动主题。他们认为西方人喜欢去教堂，而中国人喜欢购物，那不但菜单要漂亮，还要加上唱诗班，比以往更有欧洲圣诞集市的原味。

安倩想到一个点子，宝马公司曾赞助了某酒店一个室内溜冰场的活动，整个冬天酒店的住店客人及消费客人都可以在那里免费溜冰。这场活动意外地为酒店带来了创历史纪录的经济效益，许多人在酒店用自助餐，顺便体验了一把溜冰的乐趣。当年的旅游杂志上，全程报道了当时的盛况，据说圣诞节当晚卖出的啤酒，相当于整个夏天的总和。

安倩上网查了很多关于室内溜冰场的操作，这种小型的溜冰场，其实就相当于一个开放型的大冰箱，国内已经有成熟的技术，一般在酒店的前坪空地，或顶层做一个封闭式的场所，制冷设备、水及电路都有全套标准方案。

她还了解到，市场上已出现一种仿真的溜冰场，用全新的材料制成，其实就是像地板砖一样，视觉效果可以达到以假乱真的程度，且不需要制冷成本，拆装都很方便。于是她在论坛里面做了一个市场调查，结果大多数的回复是更希望有一个真冰溜冰场，来体验真实的溜冰感受。

另外安倩从客史档案上还发现，东北的冬天很长，所以许多东北人都会在12月、次年1月和2月选择在南方的城市旅游。气候是他们得天独厚的优势，一定能为酒店带来一道亮丽的风景。

安倩为此做了一个名为“冰雪王国”的全套方案，岳文出具预算、成本，以及风险管控等，蔷薇负责与四大旅行社设计东北—上海的专线行程，这个方案很快获得了公司的认可。他们认为EL Bench虽然地处商业街，但仍然需要新的爆款吸引顾客，全球著名汽车品牌MPR曾经在俄罗斯等地赞助过此类活动，安倩迅速整理出上海消费业的相关数据，并把酒店前坪及露台的规格、地貌、搭建范围做成效果图，与MPR公司取得联系。

2002年，正值欧洲经济滑坡，MPR公司正在考虑将业务转向东南亚国家，安倩的邀请令他们喜出望外，他们表示，将在最短时间内提供100万赞助此活动。

合同签订后，赞助款三天内就打到了EL Bench酒店，按照合同约定，除溜冰场所产生的一次性产品（如冰）外，其他制冷机、抽风机及溜冰所用的全套设备，将在活动后由公司统一回收。

同时安倩还注意到，餐饮部虽然延续以往的圣诞集市活动，但今年他们提出了“原味欧洲圣诞节”的理念，在礼品的选择上也颇费心思，既有欧洲纯正特有的圣诞面包、姜饼屋及礼盒，更有专业烘焙师现场指导，免费品尝。往年都是以亲子活动、情侣活动为主的圣诞活动，今年还从上海外语学院请来了几位懂中文的外教助兴，甚至邀请了几位外国驻华代表及家属参加活动。

安倩决定将她的溜冰场设计与餐饮部圣诞集市合二为一，陈美丽听到这个建议时也很兴奋，她主动请缨负责餐饮排班及衔接工作。为了让活动影响更大，安倩建议将内场活动通过酒店外墙的电子显示屏现场直播，并在论坛、微博等平台上发出活动海报，这个提议立即得到了餐饮部积极的响应。

发出海报的当天，安倩就收到了比往年多三倍的订单。

当天晚上，餐饮部经理亲手做了一个精致的蛋糕送给安倩，上面写着：祝你好运！

事实上，酒店这个行业确实能认识许多不错的资源。一个在报社任职的年轻爸爸，带着4岁的女孩在那里玩耍，由于孩子年龄太小，为了安全起见，安倩专门安排了一位会滑冰的小伙子在现场指导，小姑娘很快就掌握了滑冰的要领，最后还拍了很多精彩的照片，贴在冰场的文化墙上。这一弄，这位年轻爸爸就跟安倩熟络了起来，他还在自己的微博里晒出女儿和安倩的合影照片，他那些记者朋友，有些还真就因为那个微博跑过来滑冰呢！

这位年轻的爸爸有个很罕见的姓——初，名叫初春。偶尔，他们也会在微博里互粉一下，也算是安倩的一个忠实粉丝吧！

但一周后，安倩却收到一个不太走运的消息。总部致电酒店人力资源部，称收到举报，酒店内部人员私下收取供应商MPR公司的佣金，并责成酒店三天内出具相关证明，否则将停止溜冰场活动。

由于合同的签订及付款，都是由安倩亲自执行的，这个消息的矛头无疑直指安倩。

安倩立即与团队商量，大家对这个突如其来的消息都感到十分诧异，不知道究竟哪里出了状况。陈美丽的第一反应是MPR公司的同行恶意竞争；岳文则建议公开账目，以证清白；蔷薇说自己肚子痛，吃了止痛药在房间休息。

最好的闺密关键时刻又生病了，安倩感觉有点无助。虽说清者自清，浊者自浊，但那也只是老天知道，而现在，她必须要有证据，否则所有努力都会成空。

她迅速与MPR公司取得联系，对MPR公司来说，私下给甲方回扣也是违反商业法的行为，在国外是要受到重判的，这对刚刚看到希望的MPR公司来说无疑是一个噩耗。MPR公司立即召集各环节经手人，核对所有物料账单及与此项目相关的一切收支，并在每一张票据上签上名字。上海是他们进入东南亚市场的第一站，他们比安倩更着急找出幕后黑手以证明自己的清白。

三天后，一切声音销声匿迹。

沉闷了三天的团队，终于恢复了活力。圣诞节那天，建在酒店前坪的溜冰场像新娘一样掀开了神秘的面纱，吸引了不少游客的关注，许多人都在“冰雪王国”四个字前面留影，并发到个人微博上。

MPR公司的中国区总裁在启动仪式上发言，对于首次在中国赞助的溜冰场活动，他们充满期待和喜悦。EL Bench酒店总经理Anthony称，这将是他在上海最特别的一个圣诞节。

四个管理培训生做了详细的分工，筹备工作进行了一个月，大家都期待奇迹的到来。蔷薇负责旅行社游客的接待，思路清晰，动作麻利。岳文、陈美丽负责跟老外们交流，并带领孩子们玩游戏。安倩则负责整场活动的调度，穿梭在现场。餐饮部也配合得很漂亮，集市的礼品个性化十足，买够988元还可以兑换两次老外组织的英语角活动，成了家庭型顾客的首选。

圣诞节不但卖票，还有自助餐，还能拉赞助。MPR最新款的车型在一排高高的桁架上轻轻地旋转，在彩灯的映照下呈现出独特的造型魅力。

圣诞节活动一直持续到晚上12点，大家才陆续散去。驻唱歌手来自上海音乐学院，状态也很好，许多顾客纷纷与他合影，并分享到自己的网络空间。

从圣诞节到元旦再到春节，酒店的整个外墙都充满了辞旧迎新的喜悦，溜冰场在酒店的展示也将延续一个半月，连附近写字楼的白领丽人，为了周末能来这里溜冰，都提前一周预订好周五的房间。

陆续地，溜冰场深蓝色的外墙上，开始挂满了各种精彩的照片。为了让照片的形状更漂亮，安倩在外墙上做了一个心形的勾边，这样，等照片填满，远远地看上去，就是一个大大的桃心。

春节前的三天，酒店与MPR公司合同到期，EL Bench酒店总部又收到一封信，但这封信不是举报，这封信是这样写的：

“感谢EL Bench酒店，为我们提供了如此有影响力的活动！作为东方明珠的上海，的确有着跨越国际的无穷魅力！就在圣诞节的第三天，我们又陆续收到了两个订单，他们分别来自四川的一个4A景区，以及成都一个即将废弃的高尔夫球场。

“感谢优秀的安倩小姐，在个人遭受诽谤之时，能与我们荣辱与共，并用自己的智慧和真诚，化解了原本糟糕的局面，令我们的合作能顺利进行！”

这封信，再一次让总部记住了安倩这个名字。

管理培训生计划即将结束了，虽然几位管理培训生各有千秋，但人力资源部仍然向总部推荐，把这个宝贵的名额留给安倩。

等待结果时，几位管理培训生心情都很微妙，相伴一年，有信赖和友谊，却也面临着各奔东西。每一颗骄傲的内心，都有一颗不服输的种子在蠢蠢欲动。

Lucy似乎看透了他们的心思，果然，她带来了一个好消息。

总部最新通知，四位管理培训生将留下两位，意味着还有两位即将离开，最后的去留，由总部运营副总裁和人力资源副总裁面试后决定。

在面试之前，中国区运营副总裁Benny Chan收到了酒店人力资源部发给他的邮件，附有四位管理培训生的评估结果。

面试按抽签顺序来决定，安倩是第一个。

Benny Chan是新加坡人，与其他新加坡人长得不大一样，他看起来瘦高，戴一副无框架眼镜，讲话斯斯文文，又不失睿智。由于大中华区所有的总经理都向他汇报，他本人在总部是很有话语权的。上次做年度预算时，他记住了安倩这个思维缜密又有全局观的女孩，是他第一时间收到安倩卷入私收佣金的传言，又是他派人直接进入到酒店调查。他很清楚，一个莫须有的罪名，对一个涉世不深的职场女孩意味着什么。这件事，他其实完全可以自己查清楚，但他临时决定考验一下安倩。虽然这是不在考核内的附加题，但他想从另外的角度，了解这个不怎么张扬的女孩，如何面对突如其来的诽谤。这样的考验，不用点极致的手段怎么行呢？也算是他对人才的一种爱护吧。

此时，他看着安倩清澈的双眼，说："一年的时间，你去了六个部门，并且与团队一起，完成了两个任务，你学到了什么？"

安倩想了想，说："果敢、创新与协作。"

Benny Chan点点头，又说："这些是你与生俱来的，还是工作带给你的？"

安倩说："我想，虽然它是与生俱来的，但在工作中，这部分潜能得到了呈现和开发。"

Benny Chan说："我们只能留下两个，你认为你有优势吗？"

安倩想了想，不紧不慢地说："其实我想说，我非常开心能与三位管理培训生共事，他们身上的优点，令我常常忘记我们之间其实是有竞争的。我羡慕蔷薇性格开朗、行动敏捷，我也羡慕美丽有那么多经历和故事，我还羡慕岳文，他在国外的见闻给了我很多启发，专业也非常棒。相比之下，我可能是最没有优势的一个，正因为这样，我试图比别人更努力一点，再努力一点，我想挑战一下自己的极限。”

“哦……你指的极限是什么，可以跟我们分享一下吗？”

“经过这一年的时间，我再一次把运营部门熟悉了一次，并且获得了参与到运营部门管理中的机会。同时，我也深深地意识到，对于我在行业中的职业发展，还有太多新的专业知识和部门运作需要我去学习、去尝试。我对自己进行了一个态势分析，认为自己乐于与客户打交道，也对营业收入的增长计划有很大兴趣。如果得到一个管理培训生计划毕业的机会，我可以直接升到前厅部副经理的职位，但自己就无法在短时间内调整专业方向，所以我想申请放弃管理培训生计划的评估，直接去酒店的市场销售部任一名销售协调员。”

## 2

这个晚上，再也没有比蔷薇更心烦的人了。

虽然淘汰的不是她，但她赢得不爽。

那个在应酬场所只顾埋头吃饭，连国际大牌是什么都不知道的安倩，竟然在总部汇报年度预算时侃侃而谈，在总裁那里抢尽了风头。要知道安倩说的可是她饭碗里的事，这不是直接打她脸吗？

还有那个收佣金的事，原本她只是放了个风给董秘，想顺便拉低一下安倩的印象分，也给自己多一分胜算，没想到公司竟这么重视，更没想到安倩还把MPR公司的人也发动了，最后不但澄清了事实，圣诞节的总收入还达到了300万，创了酒店有史以来的最高纪录！虽然在总部的内网里，关于圣诞活动的报告，同时表扬了四位，但安倩的名字就是放在了蔷薇的前面啊！

蔷薇觉得更可气的是，你安倩这是要照顾我吗？为什么好端端的前厅部经理你放弃了，要去选择当一个普通的销售主管，是因为酒店里只能留两个，所以你担心我没本事留下来吗？

蔷薇其实是升职了，是的，没错。她现在是ADOS，负责航空公司的业务对接。但她赢得不爽。

安倩选择了普通的销售主管，比她还低两级，但在蔷薇眼里，安倩俨然已是胜者。因为，蔷薇是被安排的，而安倩是自己的选择。

只有王者，才有资格自己选择，就像当年的释迦牟尼，可以放弃王位，选择苦行僧的生活。

但是她蔷薇，拒绝过苦行僧的生活，有一个秘密她从来没有跟别人说过，她不喜欢跟穷人玩，因为他们总是在无形地提醒自己卑微的出身。所以她总是要把自己弄得像豪门贵族，但夜深人静的时候，她偶尔也会想到死去的父亲，和她操劳的母亲。若不是父亲过世后母亲改嫁，和继父一起承包了一片苗圃，妈妈还在独自还着父亲过世欠下的债。她这么努力，这么张牙舞爪地去认识上流社会的人，无非是恨透了穷苦的生活。苦，除了苦还是苦，但富，除了遭人恨之外，什么都是好的。

安倩却不那么想。

她选择全球采购企业的散客订房业务（RFP），大概是源于跟马汀的上次聚会。路遥网非常重视大数据的收集，她隐约地感觉到，酒店行业即将迎来新的变革，而这场变革必定是全球性的。

然而，安倩也隐隐地觉察到了蔷薇的异样。

不知为什么，她想到了一件很久以前的事情。

那时她和蔷薇都是班上的学霸，两个女孩虽然情同姐妹，但也暗自较劲。有一天，蔷薇脚上感染，长了一个很大的脓疮，没去上学。蔷薇的爸爸跑来找安倩，请她把上课笔记抄了，晚上过来再讲给蔷薇听。

可是到了晚上，安倩虽然把笔记给了蔷薇，却故意将几个小考的重点画到了其他地方。那一次，蔷薇比安倩少了3分。这份虚荣不仅给安倩带来了一丝得意，也带来了不安。

但蔷薇对此浑然不知，她的心里，仍然装着她们纯洁的姐妹情。

后来，安倩考到了重庆市最好的中学，寄宿的她，只有在寒暑假的时候，才能回到父母的身边，而蔷薇却因为父亲病重不得已选择了辍学。

听说那天晚上，蔷薇的妈妈不忍心在她和弟弟之间做选择，于是找了邻居来抓树枝，两根树枝切头藏尾，拳头紧握，选了长的那根，就是蔷薇读书，选了短的那根，就是弟弟读书。不打开手掌，谁也不知哪一根是长的，哪一根是短的。

结果是，蔷薇选了那根短的。

那年秋天，蔷薇呆呆地坐在学校的门前，看着自己昔日的同学走进校园，看着沉重的大铁门向她关上，自己却默默地踏上去广州打工的列车。

昔日的对手就这么离开了，安倩的内心却一点也高兴不起来。

那年，一家全中国发行量最大的杂志上，登着蔷薇的打工故事。照片上的她，拿着第一笔打工的钱，黑红的脸上，洋溢着笑意。标题上赫然写着《重病在床的爹，我用瘦弱的肩膀扛起您》。她跟着叔叔去了那家工厂，由于自己个头高，又谎报了年龄，所以就在那个工厂待下了。每个月能拿到1000多元，不但解决了爸爸治病的费用，更供起了弟弟。

故事刊登后，一个同样是少年辍学的广东老板，毅然伸出援助之手，不但一次性支付了蔷薇父亲10万元的治疗费，更是帮助蔷薇重返校园。

直到这时，安倩才稍稍有点心安。

她没有想到，俩人大学又考到了一起。刚进大学那会儿，蔷薇还有些青涩，四年大学生活，倒让她的性格变得外向而开朗了。

然而变化最大的，还是这一年的管理培训生期间，安倩隐隐感觉到蔷薇在有意识地把自己当成对手。但每当她有这样的念头时，又会想到蔷薇小时候那张纯真的脸，想到自己曾经做错的事。最后还是对自己说："安倩，你能不能善良一点呀？"

不论怎样，安倩在管理培训生的考核中，还是赚足了眼球，即使心里不想，仍然会有那么点自鸣得意。正好是周末，凯文约了安倩看百老汇的歌剧《歌剧魅影》，安倩也想去商场买件衣服犒赏一下自己。她化了一个淡妆，梳了一个松软的盘发，别了一个伊藤莲娜的发夹，就出门了。

在等地铁的时候，她看到有大学生在发路遥网的会员卡，一个白白净净的穿着绿色背心的戴眼镜男孩走到她面前说："姐姐，能帮我注册一个会员吗？"

她想了想，说："好呀！可是注册会员有什么作用呢？"

眼镜男孩拿出一个掌上电脑，上面显示出一个用户界面，姓名、生日、电话、爱好、邮箱号等。

眼镜男孩输入会员卡号，并刮开会员卡上的隐形密码。

不一会儿，安倩的手机上收到验证码。

眼镜男孩在掌上电脑上将验证码输入，就算是注册成功了。

“姐姐，您一定要收好这张会员卡，我们已经将链接发送到您邮箱，您可以随时修改密码，下次您出门旅行的时候，登录账号，按提示操作就可以了。每一次您的旅行，都可以累积积分，您生日的时候我们路遥网还有礼品赠送。”眼镜男孩看来是经过了专业培训，一招一式都熟练无比。

安倩看着这男孩，想到自己刚到酒店时争取的那十个表扬分，不禁莞尔。

她笑着说：“我今天注册了会员，你算不算又完成了一个任务？”

眼镜男孩也报以微笑：“是呀，谢谢姐姐支持！”

“哈，不客气，加油哦！”安倩感到自己注册的这个会员，很有成就感。她向眼镜男孩挥了挥手。

眼镜男孩带着满足的笑，像一只绿色的蜻蜓消失在人海中。

凯文和安倩约在位于南京西路的大光明电影院，凯文的公司附近，这家影院外表雄浑大气，是中国现存最古老的影院之一，见证了中国电影近一个世纪的兴衰，享有“远东第一影院”之盛名。

凯文穿着一件卡其色羊毛大衣，上海的冬天有点清冷。一个多月不见，凯文留出了飘逸长发，也留了一小撮设计师专属的小胡子，令安倩惊讶的是，凯文竟然还点了一根雪茄。

“凯文，你怎么抽起烟来了？你不是最不喜欢闻烟味吗？”安倩问。

凯文也意识到了自己的变化，赶紧找地方掐灭了烟头，还顺手闻了闻手上残留的烟味，低着头说：“现在明白为什么那么多人抽烟了，烟有时就是能麻醉一下自己。”

安倩听凯文话里有话，她问：“最近发生什么了？你妈妈不同意你在外面租房吗？”

凯文说：“租房这事老妈的确不太支持，但她其实挺担心你的工作的。”

安倩说：“我的工作有什么好担心的，好着呢，我现在刚接手了一个新业务——全球采购企业散客订房业务，以后有的忙了。”

凯文说：“我妈说在国际酒店工作的女孩子心气都比较高……”

安倩打断他说：“你认为呢？你的意见呢？除了你妈妈，你的观点是什么？

你也是这么认为的是吗？”

凯文说：“你看你……”

安倩说：“大家都挺累的，别跟着你妈妈老是瞎想好不好？你妈妈一会儿嫌弃我不是上海人，一会儿又担心我攀高枝了。可是，假如是上海人，那一定比其他地方的人更幸福了？上海的离婚率不是全国最高吗？”

凯文说：“唉，这又不是我说的，你着什么急？”

安倩说：“是的，国际酒店接待的全是高端客户，许多VIP的确超级富有，但那又怎么样？我们还是得一步步地做好自己的工作，才能在这里生存下来，不是吗？”

凯文见安倩着急的样子，感觉自己的确不该把妈妈那些不靠谱的话说给安倩听，其实自己看中安倩，不就是看中她身上那股飞到哪里都能落地生根的劲吗？

像以往一样，凯文什么都不再说了，直接打开大衣抱住安倩，哄着她说：“好了，不说我妈了，每次说我妈你都急。其实，我是想跟你说另外一件事来着。”

安倩听着不太对劲，问：“什么事？”

凯文说：“最近我们公司不是在投一个市政项目吗？听说这次招标的评审团成员全是新面孔，总共有五家公司，有两家是上海的，还有三家，一家是深圳的，一家是北京的，一家是杭州的。那三家公司的情况，我不太了解，但上海的这家是我们的竞争对手乾艺公司，来头不小，老板是副市长的侄儿。师兄也动用了手上的关系，最近把我们原来在英国留学时的导师Paul也请过来给我们出设计图，打算联合招标，可是现在问题来了。”

安倩问：“什么问题？”

凯文说：“昨天乾艺公司派了人来找我。”

安倩问：“劝你们出局吗？”

凯文说：“不是，比这个更复杂。”

安倩感觉凯文遇到了一件棘手的事情，她试探地问：“他们想买通你？”

凯文没有点头，他抓着安倩的手说：“咱们不是想在外面租房吗？这租的房子终究是别人的，我们肯定得在上海买房，你看我们设计师一年撑死了也就是三四十万吧，在上海只能买个10平方米的房子，我……”

安倩打断了他，说：“所以你打算出卖公司的图纸？”

凯文似乎不太愿意接受这个类似“叛徒”的评价，但事实如此，他也只能厚着脸皮默认了。

安倩问：“你有想过吗？今后你在这个圈子里还能混吗？”

凯文说：“乾艺公司给我开的年薪，是师兄这儿的两倍。”

安倩说：“你出卖自己的导师，出卖自己的师兄，然后，乾艺公司可能因此拿到了中标的资格，可是，他们真的会重用一个出卖公司秘密的人吗？”

凯文沉默了，安倩说的句句在理，可是他昨天吃了乾艺公司的饭，最后竟然稀里糊涂地收了乾艺公司的礼盒。后来发现，那个据说只是一支钢笔的礼盒里，却放着一个价值十万的肖邦表。

安倩说：“退了。”

凯文说：“我这如果退了，人家岂不是会说我不知好歹？而且，这表在他们眼里，也就是一块普通的手表。”

安倩说：“你与其得罪导师和师兄，不如得罪他们，在这个行业你即使少赚点钱，至少还保住了自己的口碑，不是吗？肖邦表，他们还真懂你。”

凯文低下头，长叹了一声，说：“唉，来不及了！”

安倩松开他的手，看着他游离的眼神说：“凯文，你还有什么事瞒着我？你可千万别犯糊涂啊！”

凯文说，乾艺公司的翁总请他吃饭也颇费了些脑筋，说是什么同济大学几个师兄弟聚会，大家相互认识一下，所以也就顺便叫了他。听上去似乎都挺顺理成章的，没想到酒足饭饱之后，几位师兄都借故离开，凯文才明白这是给他挖了个坑。第二天，乾艺公司还发了几张吃饭的照片给他，说是作为友谊的纪念，但其实是在警告他，这张照片随时可以寄到他们公司，作为他被其他公司挖墙脚的证据。

这个意想不到的消息毁掉了他们当晚所有的好心情。

安倩感到前所未有的迷惘和失望，她感到有一群狰狞的面孔向他们俩扑来，一个蓝色的庞然大物用麒麟爪把凯文从她身边一拧而起，接着一个红色的飞鸟又用一对巨大的羽翼直接将安倩席卷而去。她感到自己面对这残酷的现实，既无力又无助。

# 3

虽然安倩在圣诞节的活动中获得了大家的一致好评，但她对这位未来的上司——市场总监Andy还是比较陌生的。这位一米八二的东北人，对待客人永远是笑盈盈的表情，但一开早会，立马目光如炬，语气威严，不留情面。

市场销售部与温情脉脉的前厅部相比，更像是在接受军训，每天早上和晚上各一次会议，大家都要通报new leads（新生意线索）和new accounts（新客户名单）。

安倩给自己专门准备了一个小本，每天记录她的新增准客户信息，并附上交流结果。

细心的她，在商务部的网站上搜索到进驻上海的外资公司名单，在网站及黄页上分别找到该公司对外的联络号码，并给自己安排了一天跑20家公司的任务。

销售经理Tom，三十来岁，曾在同业酒店工作几年，Lucy见他人脉甚广，把他挖了过来。他也很给力，顺便带了原来的几个VIP客户进来，保证了每年有固定的业务垫底，比新人多了几分说话的资本。平时他也算是个老油条了，偶尔跑出去风月一下，陪客户喝个酒，打个牌，回来又编些信息蒙骗过关。

Andy对此事早有觉察，但一直只在开早会的时候强调纪律，并未当众戳穿Tom。

一天晚会，Tom绘声绘色地汇报自己跑了5家公司，收到一个明年3月份的客房询价，说是对方公司采购部提供的信息。

没想到Andy当着市场部十几号人的面，直接给对方公司打电话，对方公司答复，第三方会务公司还在做预算，但由于参会人数较少，成本太低，很有可能去成都开会。

Andy当场揭穿了Tom，并提醒所有销售人员一定要亲自了解客户需求，信息不能模棱两可，更不能信口胡诌。作为市场销售总监，他并不认为有经验的销售经理就可以成为最佳销售。任何一个人如果只是躺在原有的业绩上工作，不去开发新客户，那这位销售和他所负责的板块就可以被一位新入职但有潜力的销售协调员用不到半年的时间所替代。

“请记住，你的客户资源不是你一个人的，准确地说，我们每个人都只是酒店的代言人。客户资源是酒店的，每天回来第一件事就是请各位到OPRA系统里把每条跑客户的报告写出来。报告没写好，你就不要下班。”说这番话时，Andy语气严厉，理由都摆在台面上，一清二楚、不容辩驳，十几号人鸦雀无声。

Andy对角落里的一位女同事说：“Angela，你来部门已经4个月了，到现在还交不齐每天的销售报告，你觉得自己还能准时下班吗？我有足够充分的理由相信你是市场销售部最没有上进心的员工。”这么直白的质问，让这位女同事瞬间涨红了脸，她正准备张嘴解释，Andy继续说，“在我们这个服务行业，在任何错误面前不需要理由，只要结果。一切你认为证据确凿的理由，对于客户来说都只是无法认同的借口。Angela，我从销售协调员到今天，在市场销售部工作了18年，除了休年假每天都要看OPRA里的报告。习惯是从第一天养成的，好习惯如此，坏习惯更是如此。我们很多同事，明明知道自己的坏习惯不好，就是纠正不了，而为了养成一个好习惯，需要一个日工资超过2000块的人花180多天的时间去催促你，那时间成本也高得太离谱了吧！你以为只是在浪费自己的时间，却从没考虑过你的上级会因为你的懒惰和对你的纵容而使酒店失去更多商机。我给你最后30天的时间，每日销售报告必须交，否则你自己看着办！不要跟我讲条件、讲借口！”

会后，Angela坐在办公桌前擦了半盒纸巾的眼泪。在前公司做文员的她，原本是为了在市场销售上挑战一下自己的，但还是没有摆脱过去一成不变的生活惯性，加上又没有酒店方面的人脉，扫了两个多月的楼，一直没能签下一个像样的单，的确也是碰了一脑袋的包了。

在这个有800间客房的酒店，安倩负责的这个板块虽然很大，但压力也很大。

全年23万间夜的产量是明年预算，而目前的在手预订最多只能达到15万间夜，而且平均房价还不到1000元，低于去年市场平均水平10%。Andy从来就不是一位讲客气的市场销售总监，他首先直接告诉所有人，如果今年连续3个月都不能达到自己的预算收入，就可以直接申请调离岗位，销售部员工存在的意义就是发现商机，追求收益最大化。要有狼一样的敏锐和狗一样的嗅觉！一天到晚对收入都提不起兴趣的员工就没有资格留在这个部门。

Andy问她会不会使用OPRA系统（前台操作系统），基于安倩在圣诞节做“冰雪王国”时的出彩表现，他直接扔了个预算给她，让她做一份SMART Plan出来。

安倩认为，只有先分析清楚历史数据才会清楚这个占据全年客房收入20%的渠道，于是她把已经签订了RFP协议的客户清单和收入报表全部整理了一遍。她发现酒店已经为今年签订了158份RFP合同，这就说明目前有158家国际公司已经与酒店签订了战略合作协议。理论上说，23万间夜客房的预算乘以15%，就是全年34500间夜的产量，而去年一年酒店在RFP上的产量只有不到80%。如果分解一下这个板块的产量，安倩感觉自己的压力实在是不小，但令她更费解的是Andy为什么要把如此重要的，至少是急需大幅度提升的生意放在一个目前市场销售部工作职级最低的人头上。安倩试问自己如果是领导，会不会做出同样的决定，至少自己是不会这样大胆。

当天晚上安倩把所有的报表总结了以后发现：第一，158家公司中真正有产量的只有82家，也就刚好一半，其余公司签了合同，但是属于休眠客户。作为负责这个板块的销售协调员来说，努力改变零产量客户的现状责无旁贷；第二，这82家有产量的公司中，年订房量超过1000间夜的有10家，换句话说，也就是不到十分之一的客户在产生40%的收益。从平均每家大客户公司的结果来看，这是很好的基础，但从收益结构比例上说，这是预算难以完成的源头，因为大产量的公司太少了。如果接下来要增加订房量多的大客户，就肯定要多花时间去开拓；第三，年产量在200~500间夜的公司是比例偏高的，大约占30%，这说明客户既然愿意与酒店签订合同，也有源源不断的产量，至少他们是认同这家酒店的，只是还没有达到最高效的忠诚度。如果要提升这部分客户的订房量，就需要多花时间去发展。

还没细细深究，安倩就明白了Andy的用意。这件事表面看是谁捡了谁倒霉，甚至销售部还会有人暗自嘲笑。但只要仔细研究，分清楚轻重缓急，这就是一个会给所有人带来好运和荣誉的板块。根据“二八原则”的道理，将80%的精力和时间花在大客户提升和休眠客户的开发上，RFP的销售员工一定会成为当年的“明星销售”。安倩隐约感觉到这是一个机会，但她也不敢随意揣测，毕竟Andy也从来没有轻易给过她笑脸，或是明白地告诉她，好好干，成绩全是她的。

安倩去找Andy，把自己的想法说了出来，并且请求Andy再给她一点时间去做一个详尽的销售计划。Andy还是一副很严厉的样子，没有批评，也没有表扬，只是淡淡地说自己同意安倩的思路，可是并不满意目前的平均房价。而且他的最后一句话也有那么点刺激人的意思：“一名好的酒店销售只是提升产量并不算本事，如果能提高平均房价和每间可卖房平均房价才是真本事。”Andy找人谈话，从来都是带着自己的行政助理Hebbe，并要求她把每天的工作安排计划好后发到全体销售的邮箱里，检查结果每天跟进。

事后，安倩很忐忑地询问这位人缘很好又肯帮人的小助理：“老板是不是对我今天的想法和描述很不满意？”

Hebbe看上去跟安倩年龄相仿，见安倩有点紧张的样子，顿时扑哧一笑：“怎么，紧张了？不应该呀。老板人挺好的，你这算是不错了。老板是出了名的对下属要求严格，他觉得任何一次对客户的误判，都会直接导致生意的流失。他今天其实对你挺好的，不过他那张脸啊，一年365天，有300天都不愿意随便笑的。你习惯习惯就好了。我感觉如果他不欣赏你，就不会同意你来负责这个最有挑战性的岗位。如果你还是想不通，可以再找他问问。”

“我才不要呢，老板说一个好的销售不是只考虑把房子卖出去就好了，还要想办法用高价把它卖出去，没好好理解之前我可不敢随便再找他了。”

“哈哈，你开始有点了解他了。冷酷的外表常常让人忽略了他在专业上的严苛要求，其实他人很好的。亲爱的，不要以为有些人拿着一个很容易的板块就轻松，其实Andy正巧就不是一个安分守己的老板，他会把挑战分给自己喜欢的、看好的员工，而把稳定、没有发展余地的生意留给他不喜欢，或者至少他认为没有太大前途的员工。比如，你和蔷薇的工作分配就很不一样……”Hebbe有那么点吐槽的意思。

“怎么会……蔷薇她可是通过测试的ADOS，负责的板块也是高端市场中的航空公司。”

“老板喜欢有大智慧的人，就自然不喜欢耍小聪明的人呗。”Hebbe笑笑。

这话好像说得有点敏感了，职场上毕竟大家都是聪明人，Hebbe岔开话题继续说笑，也不往下说了。安倩想，毕竟是老板的助理，她最在乎的只能是老板，只有对老板才需要有绝对的忠诚度，千万不要从这种同事嘴里探听口风。八卦的心长在别人身上，安倩没有。

安倩制作了一份SMART计划。从那一天开始，她一直没有停歇地做两件事：一是常规性拜访RSO—Benchmark集团中国区销售办公室的所有负责公司散客的销售经理，她会带着酒店的下午茶去给对方做演示，边吃边聊，得到RSO更好的意见，在Lanyon里修改报价书；二是尽可能在店拜访住店的RFP公司客人，提醒他们的积分奖励情况，帮助他们兑换积分。

两个月以后，效果出来了。

Andy开例会时，不仅表扬安倩来了后RFP产量增长了30%，还因为平均房价提升，整体客房的每间可卖房平均房价提升了30元。而且，安倩不仅为酒店的客户订房，还经常为客户介绍姊妹酒店，今年的Global Leads达到1000万，大大超过了年计划。大家对安倩报以热烈的掌声。

小助理Hebbe偷偷地向安倩眨了眨眼睛，安倩浅浅地笑了笑，表示了回应和默契。

# 4

一天，安倩在MSN看到马汀的头像在闪烁，她突然想到，其实路遥网所运用的技术与他们有许多相似之处，未来的国际酒店也许可以借助路遥网这类在线旅游网站，实现多渠道的业务开拓。想到这儿，安倩发了一个表情过去。

马汀的反应很迅速，他马上回复了一句：哈喽！

安倩正想着如何表达，马汀又发来一句话，是一首英文诗：

**The Sick Rose**

——William Blake

O Rose thou art sick.
The invisible worm,
That flies in the night
In the howling storm:
Has found out thy bed
Of crimson joy;
And his dark secret love
Does thy life destroy.

安倩有点迷惑，发了一个问号。

马汀回：我看到一首诗，想用一段美丽的文字把它翻译出来，但总是不满意。

安倩笑了，这真是一个有点孩子气的男人！她回复：路遥网不是旅游网站吗？

马汀明白她是误解了，马上回：哦，这个与路遥网没有关系，是我在一本诗集里看到的。我想也许是可以翻译成一首古诗的，你觉得呢？

安倩想了想，这首诗她隐约记得，英文老师曾经讲过，此诗是英语文学中含义最晦涩的作品之一。马汀为什么要拿这首诗让自己翻译呢？他是在考自己还是真的在问自己呢？这么想着，她又突然觉得有种跃跃欲试的感觉，或许翻译成类似诗经体是不错的。小时候父亲经常这么考她，倒是很久没有自己写过诗了。

她琢磨了一下，回：那个你不是很满意的翻译，能给我看看吗？

马汀少有地显示出有那么点迟疑：写得很烂，呵。

安倩回：哈，让我先学习一下路遥网总裁的古诗翻译。

马汀急忙回：那就更不敢了，这直接影响到路遥网的美誉度了。

安倩回：好吧好吧，我自己学习学习不行吗？

过了一会儿，马汀发来了他的翻译：

玫瑰之殇（伤）

——魏伦·布兰克

啊，玫瑰伤了

被那咆哮的

风暴之夜里

那无影飞虫

花床中觅到

猩红之喜悦

它暗秘的爱

致生命之殇

看得出，马汀的中文还是不错的，这可有点像是在考自己了，她琢磨了一下，发了一串这样的文字给马汀：

蔷薇有疾

——魏莲·蓬莱客

蔷薇有疾兮
虫飞无形
乘夜而至兮
彼雨稠急
床笫夷衾兮
舒而于朱
阴隐其情兮
致物夭殇

半晌，马汀回复了两个字：惊叹！

安倩笑了，写古体诗是她少女时代与父亲交流最深的部分。父亲觉得，一个聪慧的女孩应该是出口成章的。马汀拿出这首诗来请教也许是无意的，更没有刻意讨好安倩，但安倩却感到一种久违的舒心，好像被帮助的不是马汀，而是自己。

马汀又发来一串语音：“作为对你的感谢，你可以向我提三个问题。”

安倩禁不住又笑了，心想提个问题还这么高门槛。

不过，安倩想到了一个好问题，她问马汀：“路遥网最终的计划是什么？就是拿酒店的中间差价吗？”

马汀说：“当然不是。不过，我们刚回到国内创办路遥网的时候，真的只是想做成一个中介，一个通道。事实上即使只是这样，也能养活一家不错的公司。但后来我发现，原来这个行业可以爆发的能量超出我的想象。”

马汀是一个让人印象深刻的男士，安倩发现自己的好感在不自觉地向这位优秀的行业前辈靠拢。

一天上午，安倩开完早会，便去了位于自贸区的一栋写字楼。写字楼物业人员很规范严谨，他们很礼貌地请安倩出示了身份证并填写了拜访的公司名称，并引导她上了电梯。

安倩对两家已约好的公司行政总监进行回访，看看他们的员工是否在内部预订网站上对酒店有一些具体的住房体验分享，并一一做下记录。国际酒店的专业培训在回访时还是特别奏效的，行政总监很配合地将自己的邮箱发给了安倩，并承诺两天之内，完成安倩发来的调查问卷。

常规拜访完了后，安倩突然发现这层楼多了一家公司，门口的公司牌叫H2P，是家贸易公司。由于该公司恰好位于出电梯的右边最末端，所以刚刚走访了两家后，几乎没有发现这家新公司，然而这家新公司却在电梯口的那一长串公司名牌上，在自己的公司前面镶嵌了一颗闪亮的红宝石。

这不仅让安倩眼前一亮，看上去这是一家初来乍到又与众不同的新公司。她径直走到了H2P公司的落地玻璃门前，很礼貌地按响门铃。

前台员工长相普通，却有一副时尚的妆容，珊瑚红色的亚光口红把嘴衬托出一点小调皮，小西装配上一件粉红色的真丝衬衣，柔美，却不失职场的干练。

大办公区的色调为浅灰色，但办公桌椅却是深咖色，给人一种低调沉稳的感觉。然而办公区的侧方，却有幅近40cm宽的装饰画，这幅画是由一些宝石的碎石镶嵌而成，细看时，你只会因为宝石的光泽而被吸引，而当你站在3m开外，却发现这幅画，竟然是玛丽莲·梦露在《七年之痒》中的一张剧照。

一般来说，在自贸区有很多成熟的大型贸易公司由于业务发展，会安排高端客户和高管出差用房到Benchmark，并且客户的商务活动一般都会在交通便利、档次匹配的酒店进行。事实上，安倩在这些公司的联络人绝大部分就是负责行政的总监或经理，他们在公司内部对于住宿安排的推荐也是最有效的。而安倩对这家公司的经营范围、规模和品牌定位都还不清楚，完全属于新客户，在上海这个竞争激烈的地方，前期的接触如果没能把握住客户的需求，基本上不会有第二次机会了。安倩很清楚，她应该更多地去倾听客户对于高端酒店的综合需求，而不只是将客户的散客住房需求随即默认为第一大需求。

因此安倩当然要见的，就是H2P公司的市场销售总监。

运气还不错，前台5分钟后从办公室出来了，H2P的市场销售总监李总监答应15分钟后接见安倩。

不一会儿，三个上海人从办公室出来，从他们鼓鼓的商务牛津包上看，应该是带了些样品，有备而来的。而送客的总监，竟然是一位卷发老外。

这位纯正的老外就是前台说的李总监，他在中国待了20年，曾经是最早的外资企业高管，由于娶了位上海太太，且自己很享受上海的生活氛围，便从某汽车品牌高管职位上辞职，在上海专门从事贸易。说起来，他也是一个中国通了。

欧洲人在德国的珠宝交易排名第一，李总监本人来自德国的珠宝世家，但因为家里的珠宝加工事业属于手工作坊，产量并不高。他的哥哥一直在打理家族生意，他刚远渡重洋，来到神秘的中国，在奔驰汽车的中国区任高管。后来他决定在中国从商后，突然意识到这份家族背景可以为他带来重要的商业契机，于是，他研究了德国的货源与交易状况，并跑遍了中国珠宝加工业的大基地——深圳。在他考察的时间里，他发现中国消费者已经开始对钻石和个别贵重宝石产生了浓厚的兴趣，但是购买习惯却长时间停留在不具收藏价值，仅供欣赏的层面。

安倩虽然对珠宝不是很懂，但她很明显地感觉到李总监是一位很睿智的企业创始人。因为中国消费者基数大，消费潜力每年都成倍上涨，李总监给自己取的名字叫李顺，谐音为你顺。李总监开玩笑说，为什么姓李，因为李姓是中国最大的姓氏，而他要做的，就是中国珠宝行业的大众生意。

在这之后，安倩学到了一句此后10年在商场上都很受用的经典总结：“越小众的想法，就越会引起大众消费。越是把目标定在大众消费上，这产品就越是没人愿意购买。”

李顺新成立的这家贸易公司，主营半宝石进口业务，也就是除了官方承认的四大贵重宝石——钻石、红宝石、蓝宝石和祖母绿之外的其他宝石，只要他觉得有价值的，都会争取中国总代理，与中国珠宝商、珠宝加工商、首饰品牌进行交易。

安倩在接触李顺的时候，钦佩于他的胆识和对于自贸区、中国半宝石市场前景的透彻理解，同时觉得自己作为一个对珠宝行业客户知之甚少的销售，应该更多选择的是在客户面前认真倾听，然后发掘客人对于酒店行业的需求。

40分钟的交流过程中，安倩了解到李顺和其他在上海生活的老外一样，他们共同的爱好就是晚上去一些有独特风格的酒吧坐坐，与太太或者朋友喝酒。安倩便借机邀请李顺在方便时，去Benchmark酒店的Sky 50酒吧体验一下。那是酒店顶层50楼的一个酒吧，美国的DJ团队现场表演，酒吧里有最有特色的各类单一麦芽苏格兰威士忌和100种鸡尾酒，其中Benchmark的一个独特酒水文化，就是全球48家Benchmark酒店，每家酒店在开业的时候都要自行调制一款属于自己酒店的鸡尾酒，同时还要融入当地人文，或历史，或地理特色。

“哦。”李顺觉得眼前这位销售主管倒是挺让人耳目一新，并没有像别人一样不停地探寻客户的消费线索，而是用品牌的独特文化在自然地吸引自己的注意力，跟她聊天好像还是很有趣的。他问：“那你们酒店的自创鸡尾酒有名字吗？”

“有，叫本帮玛丽。”

本来准备喝一口手里咖啡的李顺顿时觉得这款鸡尾酒的名字有一丝“自来”幽默，从被故事吸引到被品牌吸引了。

“我有重要客户的时候，也订过你们酒店，可从来不知道你们是一个这么有故事的品牌。”

“本帮是指上海，玛丽是美国诞生的传统血腥玛丽。为了让这两个元素很自然地相结合，我们餐饮部酒水专家团队经过不断实验，调制出了一个以伏特加为基酒，佐以柠檬片、芹菜根等8种神秘配方的鸡尾酒。当然，您一定知道血腥玛丽的血腥红是用番茄汁调成的，我们酒吧的本帮玛丽却不是，我们是用自制糖原调制的，最后形成了上海特色水果——水蜜桃的颜色。”

随后，安倩发现这位第一次接触的客户开始进入聊天佳境，便介绍了一下酒店最有特色的会议设施——全上海最大，能同时容纳2000人的剧院式摆台。一切都聊得非常自然，不过，由于是第一次交谈，安倩特意控制在40分钟就告辞了，并邀请李顺先生能在方便时来酒店体验。

李顺果然没有食言，一周后的一天下午他给安倩发了一封邮件，约定第二天晚上和太太去喝一次安倩口中强烈推荐的本帮玛丽。安倩向老板Andy申请了宴请，并安排好了靠窗的江景台，在大堂迎接了李顺和他的上海太太，迎送他们去了50楼的酒吧，安顿好座位，并祝他们有一个愉快的夜晚。整晚，安倩只做了一件特别的小安排，请Sky 50的高级调酒师Billy推着酒水车走到李顺的桌前，亲自为他们调制了本帮玛丽。

事后，安倩花了15分钟向Andy解释了这位新客户的情况。珠宝行业在上海的酒店客户群体中还是一个不受重视的群体，几乎所有酒店都把会展生意的焦点放在医疗板块，而Andy知道今年的客房收入增长点不会只来自传统行业，所以他一直都在鼓励安倩这种销售新人通过“扫楼”，找出全新的行业或大客户，争取不期而遇的边际收益最大化。

## 5

凯文说的这间出租房，其实是一个高中同学单位的房子，因为全家人都出国了，上海的房价又在疯涨，所以也没有急着把它卖出去。恰好凯文在找房，于是这位高中同学就把房子便宜租给了凯文，一来他知道凯文会好好爱惜家里的陈设，二来父母都还在上海，以后还少不了麻烦凯文。

安倩也对这小小的两居室挺满意的，终于不需要蜗居在那两个人挤一个房间的集体宿舍了。虽然家具都有些老，但看得出原本的质感还是不错的，一个精致的黄花梨的梳妆台，听说是民国时期留下来的，颇有些年代感。坐在梳妆台前，安倩感觉自己颇有点林徽因的感觉。

凯文经过了一周时间的煎熬，终于把那款肖邦手表退还给了对方。为了避免对方再次拍照，他站在乾艺公司马路对面的楼上，然后托一个口风很紧的朋友，假扮礼品公司的送货员，看到公司几位老板开着私驾出了公司，他便立刻叫朋友把东西送到了乾艺公司的前台手上，并请前台签收。

做完这些以后，他感觉身心都轻松了许多。

第二天，他想了一下，又觉得不妥，前台有没有给他们呢？他们有没有打开呢？他们收到退礼后是什么反应呢？一定觉得我不识相吧。可是，既然他们愿意拿出10万元的表来买通我这个设计师，又承诺事成之后重金酬谢，证明他们无论如何是要拿下这笔单的，那他们会不会想出别的阴招呢？

要不要打个电话过去表示一下感谢，并且做个委婉的说明呢？想到这里，凯文打了电话过去。

电话占线。

凯文等了一小时，也不见回复。凯文又等了半天，也不见回复。

凯文仿佛看到，一群已经上了赌场桌上的人，各自放足了筹码，想中途退出已经是不太可能了。

不行，即使如此，我也不能任人鱼肉，为了公司能顺利地拿下这笔单，也为了不辜负导师对我的信任，我必须诚实地面对自己，我需要跟他们和盘托出。

想到这里，凯文突然感到自己有了一些方向，他找到师兄，把事情的来龙去脉一字不落地跟师兄讲了，包括前台已在收货单上签字这些细节。

没想到师兄听完后一点也不吃惊，只是冷静地问了一句："图纸确定没有给他们看到吧？"

凯文斩钉截铁地回答："肯定没有！"

师兄拍了拍他的肩膀说："老弟，幸亏你悬崖勒马啊！说实话，我们的四家竞争公司，都来头不小啊！但这个行业就是这样，平时吃吃喝喝没问题，大的项目如果出问题，我们在这行就彻底消失了。所以我现在真心相信你原来提醒过我的话了，这人啊，一旦沉沦了，就会一门心思走捷径，一脑门歪点子，就会像脱缰的野马失去控制。这事如果换作是我，我也会挣扎的。因为你有这份初心，所以你战胜了自己，你不简单，会有大出息。"

凯文听了这话，感觉心里有块石头落地了，师兄非但没有责怪自己，还给了自己一份很大的鼓励，让他五味杂陈，百感交集。

可是，毕竟这事还没了结，乾艺公司的人会不会又整出什么幺蛾子来，还未可知。

师兄看出了他的顾虑，笑着对他说："小事，乾艺公司的翁总我还是清楚的，滑是滑头了点，也相当精明，但事已至此，他们也不会去折腾那些费力不讨好的事情。他们是生意人，做任何事情，都会考虑投入与产出比，倒是……"

凯文问："倒是什么？"

师兄微笑地看着凯文，悠悠地说："倒是我会担心，接下来会不会开始有猎头公司来找我要人了。”

听了师兄这番话，凯文顿时被逗笑了。

安倩刚刚在市场销售部进入角色，也没太多时间陪凯文，更别说跟他聊工作近况了。

总的来说，安倩是十分享受销售的工作节奏的。她在这个部门找到了一种前所未有的满足，并不是说以前在房务部或者担任管理培训生时就不忙，或没有挑战，而是从现在这份工作中得到了更多自我价值的实现和兴趣爱好的升华。她觉得这应该是别人口中所说的职业成就感。

很多客户都喜欢跟安倩打交道，觉得她很热情，不做作，特别是她愿意为所有的客户做多种计划，不厌其烦地为客户调整方案，直到客户满意为止。即便是上海本地的客户在国内出差、到国外度假，安倩都会去集团官网上为客人申请B Friend特殊价格，让客人省去订房的烦琐，还尽可能帮客人找到最实惠的价格。

李顺也是客户中非常喜欢安倩的人之一。自从上次的消费体验后，李顺一直都与安倩保持着联系，不算太近，但总是会介绍国外的珠宝商订房。

“安倩，你能不能帮我查查10月10日至20日之间，你们酒店有没有连续五天的宴会场地，另外每天还需要500间房。”看上去李顺好像要策划一个大活动了。

安倩还是如同往常一样，在10天中挑了两个可选择的时段，出了份计划书给李顺，并表示需要了解一下会议的流程。

到了下午，李顺来到了酒店，要求安倩仔仔细细地带他在酒店把客房、餐饮以及会议室全部逛了一遍。之后，便坐在行政酒廊，拿出一份草拟的会议流程交给安倩。

原来李顺为了方便在中国做半宝石贸易，多年前就注册了全球半宝石协会中国分会，因为抢注得早，而且也是最早从事此类生意的人，一直就活跃于半宝石圈子里。近两年，他做了大量的工作，让协会对中国市场有信心，终于争取到了在中国上海举办协会高峰论坛和年会的机会。目前协会已经为他带来了100多个国家的专家和参展商，他需要寻找一个最能代表上海服务能力的酒店来承接这场盛会。

这些好消息也无疑给李顺和他的公司带来了很多商机，在中国国内也拿到了不错的赞助。

安倩按照三天的会议流程，粗略一算，这个会议至少会超过单次500万的收入。转到销售部以来，她始终只是在负责客房预订，还没有接过大型会议，平时再沉着冷静的她，也有点沉不住气了。

深吸一口气后，安倩还是很清醒地按平时老板强调的那样，不断询问对自己有利的所有信息，也了解到这次Bench最大的竞争对手还是他们的老对手——万瑞丽酒店和H酒店。

把所有知道的和推演的生意线索全部都汇报给Andy，这是安倩最简单的想法，因为越是大的生意，越是应该由经验丰富的销售经理来跟进。如果老板高兴的话，她可以求Andy让自己协助别人，至少生意线索来自她的努力。安倩想Andy应该不会拒绝自己的这个小小心愿吧，毕竟这是一个绝佳的学习机会，大单并不是月月都有的，也不会让她这种经验不够的销售随便碰上。

酒店圈就这么大，还没出48小时，这笔生意的信息就传开了。表面上，各个酒店的市场销售总监都在很谦虚地说，他们的酒店规模不一定接得下这个大会。可谁又愿意让这块“肥肉”流向竞争对手呢？

李顺是中国区会长，可是中国区只负责30%的会议费用，而另外70%的费用由全球半宝石协会出。

所以无论李顺多么欣赏安倩，也只能是一个小小的加分。关键是酒店能拿出怎样的计划吸引考察团来上海后做出的最终决定。其他的酒店不是市场销售总监亲自牵头，就是销售总监全程跟进。只有Andy不一样，直觉告诉他，安倩完全有能力全权负责这个生意。

安倩最早拜访某个客户，但最终花落他家的事情，在残酷的销售界也是天天在上演的事实。为避免抢单，开晨会时，Andy说：“我们是国际酒店，不是人一走茶就凉的茶馆。市场的机会，通常是在不经意中找到的，这次上海珠宝论坛活动，不是偶然。为什么珠宝展上海的负责人李顺信任我们，信任安倩？就是因为安倩自从拜访了他，无论有没有业务，我们都没有中断联络和服务，这绝不是运气，这是持之以恒的职业精神。

“所以，”Andy补充说，“我希望这个项目无论最终有多大的体量，其他人都不准碰，除非安倩认为她需要别人的帮助。”在利益的面前，谁都不是绅士淑女，Andy知道只有把丑话说在前面，自己亲自把关，才有更大的胜算。

但总经理Anthony却有点坐不住了，特意把Andy请到办公室，问他这次起用新人独自承接这么大的业务，会不会冒险了一点？

Andy很坚持，他认为安倩的前期功课做得充分，是整个上海市场上最早得到这条生意线索的销售，而且他认为安倩还是一个很聪明的销售，能随时更新信息，应对竞争对手的不变战术。

Andy都这么为自己的员工打包票了，想必他也不会是甩手掌柜，他向来是很认真严谨的。有了这句话，Anthony心里的那块石头也就暂且放下了。

接下来的日子里，安倩全力备战，搜集各种协会信息、国际上知名的珠宝展会案例，并请教李顺关于考察团成员的喜好。最重要的是，根据5天会议流程，做了一个全面的住宿、会议、交通、餐饮计划，并附加了参会代表上海一日游的方案，以备不时之需。

接待考察团的当天，由于前期准备工作充分，在店参观很顺利。在接待考察团的最后一项，试菜阶段，厨师团队也是特别参考了历次国际珠宝展的庆祝晚宴和茶歇，做得非常棒，赢得了对方的赞赏。

考察团回国后，参考实地考察结果和酒店报价书对比，最后以邮件形式回复确认了10月份的会议选择在EL Bench酒店。定金在签订合同后的三天就打到了酒店的账上。

虽然拿到了一份确认收入了670万元的大单，见过大世面的Andy却并未表现出夸张的兴奋。不过，就像一个一直陪练的严厉教练，安倩的每一点付出，他都看在眼里，部门例会时，他让安倩把自己成功签单的过程，分享给同事们听，大家听了都很服气，纷纷发表了自己的感想。

安倩在签订协议的时候对自己说，只要用心，平时的功课做得足，生意最终都是会“到你的碗里来”的。

## 6

经过上海音乐学院，宝莱纳餐厅就坐落在汾阳路上，它的建筑形体为方形和椭圆形的结合，建筑外墙及阳台楼梯都为灰白色，整个气质洋溢着浪漫的法国风情，也称上海的白公馆。

这幢外墙灰白的建筑可来头不小，曾经是国民党参谋总长、桂系将领白崇禧的寓所，中华人民共和国成立后曾作为上海越剧团的办公室和排练场。后来，上海越剧团搬到淮海路，这里便成了越剧院与梅龙镇酒家合办的越友酒家。越友酒家头几年生意还不错，但毕竟办企业不同于做文化，还得适应市场的需求，生意最后在一批文化人的经营下变得日渐清淡，最后只得把越剧院练功房租给宝莱纳开德国餐厅。

2002年5月，宝莱纳终于把越友酒家全“吃”掉了。白公馆变成了宝莱纳旗下的仙炙轩日本料理餐厅。

若芸打电话给安倩，说：“好久不见，来宝莱纳餐厅喝点德国啤酒吧。”

一见面，若芸就给了安倩一张装帧精美的结婚请柬，上面写着：10月22日大喜，若芸和陆遥诚邀。

“哎呀，恭喜恭喜！我们班上终于有了第一个拿到结婚证的啦！”安倩似乎比自己结婚还开心。

“是啊，你看我这身旗袍，刚做好的，怎么样？”若芸原本就恬静贤淑，穿上这套真丝旗袍更加秀丽玲珑了。

“哪儿做的啊？听说上海有几个不错的地方，现在都坚持手工制作旗袍呢！”安倩说。

“是啊，我在老介福买的料，那边的师傅给我推荐了一位老裁缝，都快八十了，老裁缝的妈妈，也是中华人民共和国成立前给大户人家做旗袍的。不过呢，老裁缝也不亲手做，是他女儿做的。她就是给我推荐了几个款式，她那服务还真是地道，款式都得看是否跟你气质相符，袖口用哪种，领口用哪种，包括这衣扣是用菊花扣，还是凤凰扣，还是双耳扣都跟我比对了，你看这裁剪，这款式，还是蛮不错的吧？”

“真心不错，这如果放在三十年代，你说不定就是哪个军阀的大太太呢！哦，对了，你家陆遥呢？出差去了？”安倩接着问。

“大小姐，你真不关心新闻呢？下个月路遥网即将在美国纳斯达克上市了，现在还有许多工作要做。陆遥早就跟我说好了，等公司上市我们就结婚。现在新浪、搜狐，还有电视台都在报道这事呢！”若芸说。

安倩一直忙着珠宝展的事，对闺密们的事情倒真是一点都没上心。也许是上海一直没有给她这份归宿感吧，以至于她只有不断地沉浸在工作中，才能找到一点安全感，和这个城市对自己的一份认可。

她恍然大悟，脱口而出：“这就是传说中的纳斯达克敲钟吗？”

若芸说：“是啊，到时候，四个股东都得过去呢。国人这两年的消费观发生了很大变化，有钱人和金领申请美签和申根签①，中产阶级在游东南亚，连大爷大妈都在国内游。路遥网的几位股东都坚信中国市场是马上要超越任何一个境外游的市场，以后很多旅游目的地都会来中国做推广，求着中国人去他们那儿消费。你知道近些年什么国家的游客在全球到处都有吗？”

“日本人。”安倩随口就能答得上。

若芸说：“对呀，大家都知道这十年来，日本游客遍布全球。为了他们，大

①申根签：是指根据“申根协议”而签发的签证。在所有申根成员国被视作有效，而无需另外申请签证。申根成员国包括欧洲大部分国家。

多数国家的机场、商场、酒店都有日文指引和说明，不过之所以有很多国家都喜欢这个国籍的游客，是因为他们的消费很不错。日本客人愿意选高端酒店，愿意花钱买古玩字画，愿意看名胜古迹。所有旅游市场只要把自己的目的地名气做好做大，日本客人就会通过系列团选择旅游线路。

“路遥网做了大量的数据分析，中国出境的人数每年呈10%以上的增长，而且由于中国的游客基数大，无论何种类型的国家或城市都会有客人选。值得关注的是，中国出境游市场并没有因为起步较其他国家晚，旅游渠道就老旧，事实上中国人自由行是非常有市场的。”

安倩说：“我也注意到这一点了。中国人出门就爱拍照，在景点前面都喜欢拍个照留个纪念什么的，所以在目前新兴的驴友网站上有很多共享的游记和攻略，查起来也特别方便。旅行成本也变得相当透明，绝大部分人旅行前除了攻略还会选择网络渠道，以便寻找最喜欢的品牌酒店和航空公司，他们甚至可以根据价格的波动调整自己的出行时间。”

若芸说：“市场需求决定产品形态。这就是为什么路遥网坚信公司的发展前景是与飞速发展的市场相吻合的。咱中国人多棒呀，影响着全球旅游经济的发展动向，没有我们，以旅游业为支柱产业的国家的GDP都无法上涨。中国游客的流量基数多大啊，世界上没有任何一个国家能够跟我们比。以前我们国人把钱存在银行里面，舍不得消费，可是现在无论是年轻人还是老年人都会在口袋里留出旅游的预算。陆遥还分析，会议奖励市场也会变大，全球最大的经济支柱产业都需要在中国有各类国际国内会议，想想都觉得确实是很厉害哦。”

“哈哈，加油哦！”安倩觉得若芸讲得有条有理，自己却是似懂非懂，毕竟自己的事业刚刚起步，哪里懂得融资上市是怎么回事，更无法想象，像路遥网这样的公司，未来将以怎样的魔力改变中国人的出行习惯，但若芸给她打开了一扇窗，让她看到了一片更大的天空。

想到这里，安倩莫名地有些兴奋。上海真是一个神奇的城市，它的古老和时尚，它的市井和现代，它的守旧和创新，都能引起任何一个外来人无限的好奇，继而想去探究，甚至征服。

服务员又给她们倒了些啤酒，两个姑娘却突然对这幢古老的建筑来了兴趣。

安倩说："这里这么大，咱们上楼看看吧。"

若芸说："行，我先上个洗手间。"

大堂的表演池，菲律宾的乐队正在投入地演奏萨克斯。千万不要认为菲律宾只有女佣，菲律宾的乐队也是不错的，而且菲律宾人的英语都不错。若芸穿着旗袍走过表演池时，想到这里也曾经是白崇禧的私人舞厅，当年这里可也是坐着一些上海滩的大人物，不禁觉得脚步都变得轻盈而有节奏，像是随时都会有某一个飘逸俊男，绅士般地伸出手来，将她带入舞池。

一个熟悉的身影从包厢冲出来，趴在洗手池狂吐，半透明的粉色披肩被咳得一抖一抖的。

接着又跑出来一个中年男人，像是美国人，或者是荷兰人，又或者是澳大利亚人。他一边握着那个女人的手包，一边拍着她的背。

两个人开始用英语交流，若芸听出来了，那女的在说："为什么我总是会输？为什么关键时候你都不帮我？"

男的大概是在说："不要喝了，去我那里休息吧，我会好好爱你。"

若芸恍然大悟，那个女人是蔷薇！

她有点不知所措了，想快步走过去叫住她，但很快又出来一个年轻人，两个人一起扶着她下了楼。二楼的落地窗外，她看到蔷薇被扶着上了一辆别克车，年轻的男人开动了车，蔷薇则斜靠在了那个中年男人的身上。

蔷薇跟他们是什么关系？那是她的男朋友还是上司？他们要去哪里？会不会不安全？

想到这儿，她立刻找到蔷薇的电话打了过去，可电话没有人接。

她又打，终于有人接了，是一个中年男人的声音，他"喂"了两声，若芸想了想，还是挂了。

安倩看若芸神情恍惚地回到座位，忙问："发生什么了？来例假了吗？还是…怀上了？"

"我看到蔷薇了。"若芸说。

"是吗？她在哪儿？叫她过来呗！"安倩叫道。

"已经走了。"若芸说。

“走了？什么事这么着急就走了？”安倩满脸疑问。

“她喝多了，有个好像是认识的同事，又好像是上司的人扶她走的，不清楚。”若芸说。

“哦，车牌！你记住车牌号了吗？”安倩问。

“没看清，只记得是一辆黑色别克车。”若芸说。

听到这里，安倩似乎也没了要参观白公馆的心思，听到黑色别克车，她心里闪过一丝念头，但很快又恢复了平静。她不是一个疑心很重的人，一切都要眼见为实。虽然这让她看起来有点笨笨的，但正是这个优点，让她能心无旁骛地完成一个又一个目标，不为一些细枝末节的事情所干扰。

想到曾经在马汀的MSN照片里看到的那张照片，安倩问：“正要问你呢，蔷薇怎么会认识马汀的？”

若芸说：“大小姐，蔷薇可是EL Bench酒店市场营销部的，上海有个留学生组织叫AEJ，他们一般每个月都会组织一次活动，蔷薇也去过几次，所以大家就熟了哦。”

“原来是这样。”安倩望了望窗外，白公馆闹中取静，连树的摇曳都那么轻柔，似乎生怕打搅了这红男绿女们的万种风情。

# 7

路遥网经过两年的奋斗，把在上海的总部搬到了浦东陆家嘴的国际金融中心，离EL Bench酒店不远。

新闻里正播放着路遥网的元旦鸡尾酒会，安倩看到马汀和陆遥在酒会上致辞，宣传了他们的下一步计划是明年在美国纳斯达克上市。参加酒会的有各大航空公司和饭店集团的高管，还有旅游局的相关领导。

安倩看到马汀的头像在闪，她发了一个萌萌的表情，说：嗨，马汀……嗯，马总，看到你们的新闻了。

安倩习惯了叫马汀，又突然觉得不妥，于是又换口叫“马总”。

马汀迅速回复：安倩你好！哈，你叫我马总，不习惯哦。

安倩回：我对贵公司仰慕已久呢！我一直关注你们的客户服务系统，做得不错，想学习学习呢！”

马汀回：好啊，我们有个同事正好负责这一块，我让他跟你联系吧！

很快，马汀联系了同事，给了安倩一个内部的账号。安倩吓了一跳，这也算是一个公司的核心机密了吧，怎么就这么轻易地给一个外人看？

平心而论，路遥网的客服档案系统既超前又专业。从他们的大数据里可以看到某个客户什么时间看到了某个信息，习惯提前几天购票，从中研究出他是商务型的客人还是度假型的客人。还比如公司有大数据显示，哪些城市是热门地区，会提前一个月订票，哪些城市是一般地区，会提前一周订票。出差的，自己订票是什么节点，让秘书订票的又是什么节点。因为下午四五点的时候是订票的高峰期，可能会设计这个时间点的价格会偏低一点。

他们的客服档案做得这么专业细致，让安倩感觉很受用，怪不得Lucy在培训的时候就说，个性化服务的前提是以人为本。

晚上Lucy过生日，她单独发微信给了安倩，还叫了几个大学同学，一起吃个家宴。

安倩叫上凯文一起去，自从在EL Bench酒店工作以来，他们一直就聚少离多。虽然现在两人有了自己的小窝，但她一上晚班，凯文一出差，两个人在一起交流的时间就很有限了。Lucy既是自己进入酒店的面试官，又是自己进入管理培训生项目的推荐人，自己多少对她是有一份敬重的。她也相信，凯文见到这位干练精明的女总监，一定会对她当初的选择刮目相看的。

Lucy的家在静安区郁达花园，小区绿化做得很好，在上海这个寸土寸金的地方，绿化面积高达46%，被评为了上海中心城区第一座生态示范居住区。虽然楼间距并不宽松，但180度的大全景阳台，却也令人视野开阔。许多像Lucy这样的年收入五十万以上的公司管理人员，都愿意选择这里。这证明物以类聚、人以群分。上海人讲究交往的身份、地位相匹配，小区的选择恰好为互不相识的人群进行了人为的划分。

Lucy从国外回到中国时，已经是近三十岁的大龄女青年。她的丈夫程劲松是她的高中同学，毕业后就一直待在一家生物科技研究院工作，为公司开发的几款逆龄产品，更是获得了技术专利，以至于Lucy跟丈夫结婚后，再也没有用过任何一款国外一线的护肤品，却仍然保持良好的皮肤状态。

唯一遗憾的是，两个人一直没有怀上孩子。

当安倩和凯文按响了12楼的门铃时，安倩看到门外放着一个精致的鞋柜，平时Lucy穿得最多的那双镶钻的黑皮鞋正优雅地矗立在那里，并且鞋面已经擦得干干净净了，这证明Lucy在生活中也像工作中一样一丝不苟、注重细节。旁边是一双男款皮鞋，看上去大概有43码，黑色的鞋面上凹凸不平的鳄鱼皮纹路，显示出男主人应该至少有1.75米以上，而且还比较帅气持重。

果然，开门的是一位系着围裙的中年男人。早听说上海男人心疼女人，喜欢做家务，今日一见，看上去还真是有几分专业，并不像是来了客人以后的装模作样。他一边热情地招呼着，一边从高过一头的鞋柜里拿出两双几乎全新的拖鞋给他们。安倩递过刚刚在生鲜市场买的八只大螃蟹，就直奔厨房了。Lucy并没有待在厨房，而是在里面的阳台上熨衣服。阳台是主卧的阳台，主卧里面有一台小投影，看起来像是夫妻俩偶尔闲暇时看看家庭电影用的，而此时正放映着一部著名的百老汇歌剧《歌剧魅影》。

Lucy穿着家居服，一边烫着衣服，一边随歌剧的音乐而哼唱，似乎没有察觉到他们的到来。

“Lucy！”安倩叫了一声。

Lucy回过头来，看到安倩和她背后这位看上去文质彬彬的小伙后，她笑呵呵地拍了拍两个人的肩膀，叫了声：“好一对金童玉女啊！”

她熟练地放下手上的熨烫机和几件男士衬衣，把安倩和凯文带到了客厅。

“安倩，这是一盒上海的点心，不晓得你吃过没？还蛮不错的。夫子庙也是有卖的，只不过也有假的，我这个是在最老的那家店买的。可惜老人家过世了，我们现在都是在他女儿开的那家店买，还是那个味。”Lucy一边说着，一边打开那个装着点心的铁罐头盒。

安倩和凯文一人用手指捏了一根，虽然他们并不清楚Lucy说的以前那个味究竟是个什么味，但还是在心里深深地记下了此刻的味道。

程劲松系着围裙炒着菜，奇怪的是，客厅里竟然闻不到一点油烟味。凯文感觉白吃挺不好意思的，虽然自己在家里也是衣来伸手，饭来张口，可现在自己是客人，他也很主动地系上围裙袖套给程劲松打起下手。

两个女人在一起，脱下了西装，女人的妩媚慢慢地从柔软的发丝透了出来。

“Lucy，你也喜欢看《歌剧魅影》？”安倩问。

“是啊，这可是一部耐人寻味的剧。百老汇的名剧呢！”Lucy说。

“那你觉得，克里斯提娜跟谁在一起会更幸福呢？”安倩问。

“魅影人其实是个悲剧，他原本有一颗高贵的心，除了长相丑陋，他的才华，他的学识并不比拉乌尔差，但他悲惨的遭遇扭曲了他的灵魂，他对克里斯提娜的爱，也令他变得更加自私，更加贪婪。但是，最后克里斯提娜的那个吻，给了他一个灵魂的救赎。”Lucy说。

“是的，我觉得这部剧其实故事很独特，它让我看到每个人都有天使和魔鬼的两面，甚至是爱，也有很多个版本。”安倩说。

“其实在我看来，克里斯提娜跟谁在一起都能幸福。”Lucy说。

Lucy走到客厅朝阳台的一角，打开白色的三角钢琴，问安倩：“我记得，你的简历上曾经有一个弹钢琴的才艺，想不想试试？”

安倩又惊又喜，小时候第一次跟妈妈学琴，还是那种脚踏式的旧钢琴，大学时很少碰过，看到这么一架高贵的钢琴，不由得心生敬畏。

她翻开琴旁的一个奏本，打开琴盖，悠悠扬扬的一首邓丽君的《海韵》飘到了心尖：

女郎，你为什么独自徘徊在海滩？
女郎，难道不怕大海就要起风浪？
啊！不是海浪，是我美丽衣裳飘荡。
纵然前边有黑雾，
也要像那海鸥飞翔。
女郎，我是多么希望围绕你身旁，
女郎，和你去看大海，去看那风浪。
啊！不是海浪，是我美丽衣裳飘荡。
纵然前边有黑雾，
也要像那海鸥飞翔。
女郎，我是多么希望围绕你身旁，
女郎，和你去看大海，去看那风浪。

仿佛是接通了上帝的天线，这种她从来没有弹奏的音乐，就这样静静地顺着指尖流淌，抚平了这房间的每一个锐角，洁净了桌面上每一粒灰尘。自从背井离乡读大学以来，她就像一个战士，无数的高地等着她去占领，去攻破。她已经不知道什么是疲倦，什么是休息了。

一段间奏结束，安倩已泪流满面。

Lucy的手柔柔地搭在了安倩的肩膀上，她似乎看懂了这无声的语言，似乎参透了一个二十几岁女孩所有的困惑与忧伤。

两个男人完全不知道外面发生了什么，他们在这熟悉的乐曲里听到了穿越天际的浪漫和柔情，于是在厨房里也跟着唱起了和声。

凯文端着一盘漂亮的沙拉上来了，还在桌上摆上了刚榨出的果汁。

Lucy立马迎了上去，她惊讶地看着凯文，连声赞美说："哎呀，没想到，这是你做的吗？"

凯文说："刚刚程哥现教的，我哪里会呀！"

看到菜已上桌，安倩也很懂事地跑来帮忙，程劲松赶紧摆手："你别动，今天你们都是客人，我来就好了啦！"

程劲松是做生物科技的，对食材也是相当讲究，菜品也以素食为主，鸡蛋都是他们自己的基地孵化出来的富晒蛋，加上有机蔬菜，以现在的流行词来说，就是蛋奶素。他在果汁里配了香蕉和牛奶，沙拉里配了七成熟的鸡蛋，光看颜色就让人心生愉悦。

上海女人很讲究，也很精致，若不是非常认可和欣赏，他们是不可能把客人请到家里来吃饭的。

Lucy已经四十了，却丝毫看不出岁月的痕迹。在酒店业，尤其是上海这样的大都市，大龄女青年、丁克家庭，或干脆选择不结婚的并不少见。安倩只是心里稍许有点遗憾，以他们的智商与情商，孩子得多聪明啊！

从Lucy家出来，恰好有一缕轻风吹来，安倩不由得深深地吸了一口气，这才是生活的气息。她看到郁达花园的中心湖，有个面容饱满的少妇，和刚做了爸爸的那个男人，推着婴儿车幸福地走着，自己都不由自主地洋溢出笑意。

安倩问凯文："你想过结婚吗？"

凯文一如既往地沉默。

安倩想问，你还爱我吗？爱我吗？可她终究没说出口。

许多人的爱，其实不是付出爱，而是索要爱。他们给出的那点爱，可能只是一点鱼饵，那些看不到鱼饵背后风险的人，最后因为贪恋那一点美味，而付出了生命的代价。

自己和凯文会是这样吗？可是为什么自己却不由自主要去照顾凯文，要去迁就凯文，这究竟是什么原因呢？自己在扮演一个拯救者的角色吗？

有人说，一个人可以受教育，可以去整容，可以离开熟悉的环境，但一辈子都不能逃脱的，就是自己的原生家庭。

母亲固然有大智慧，但何尝没有一些隐忍？

父亲固然有文韬武略，但何尝没有一些不可言说的痛楚？

安倩从小就是一个敏感的孩子，从她记事起，她就感觉到家里发生过什么。但是，父母都是爱她的，他们都在自己精力最旺盛的时候，给予了她最好的东西。只是，她也不自觉地成为父母之间的一个纽带，甚至在他们不开心的时候，她总是会第一时间想到，这是不是我的错。

以至于，刚刚认识凯文的时候，他身上那种单纯且不太成熟的心智，又唤醒了她内心里那份泛滥的母爱，那份可怕的拯救者心态。

一想到这里，安倩突然感到浑身乏累。这一切都是那么真实，却又那么虚幻。

# 8

总经理Anthony虽然算是半个中国通，但私生活还真的不敢恭维，蔷薇甚至都不能算是他一个正式交往的女朋友。只是他有一次正好跟上海那个名模掰了，身体寂寞的他，正好碰到精神寂寞的她，于是，按他的说法是，在酒精的作用下，发生了天下男人都会发生的事。

问题是，女人在这个问题上，永远不可能那么洒脱，好强的蔷薇自以为抓到了一根救命的稻草，软磨硬泡地让总经理给自己租了一套公寓。女人总是喜欢有一点归宿感的，她很用心地把公寓打扮成她想要的样子，并且认为这也是总经理想要的样子。她笃信搞定总经理，就是搞到了一张长期的饭票。可是，总经理穿上裤子和没穿裤子时，思维却是不一样的。不得不说，金发碧眼、胸毛横生，甚至还有点狐臭的外国男人，在这里还是很有市场的。东方女性大概是看多了英雄主义的美国大片，总感觉美国男人个个都是会做爱的肌肉型男。蔷薇虽然自视清高，但在Anthony眼里，她跟其他投怀送抱的女人并没有不同。即使在床笫之欢之后，Anthony都非常清楚孰轻孰重，让人不得不佩服，这个国际酒店的总经理，的确是见过风浪的黄浦江的老江湖。

即使知道像这样有些身份的老外，背后总有人愿意倒贴，蔷薇却仍然心存幻想。按她的思维和经验，只要她给一点甜头，没有哪个男人不乖乖就范的。虽然她交往的全是些有头有脸的人，但他们总有软肋，而蔷薇总是能最快地找到他们的软肋。而这一次，蔷薇感觉Anthony还真不是个可控的主。用现在流行的话说就是，不熟悉他的打开方式。

随着旅游生态的互联网生态的形成，一个全新的市场也成为大家的焦点。安倩提出，美国总部已经用Mini@Tech这个品牌与硅谷合作，打造智能化客户体验，亚太区也计划在市场费用上增加预算，提升网络预订比重，总部更是设置了一个叫网络市场销售总监的职位。安倩想，有没有可能率先在酒店设置Online Sales Manager（线上销售经理）的职位，并将酒店申请为试点酒店呢？

计划报到美国总部，美国总部在一个月后通过邮件统一下发了第一批试点酒店名单，果然有上海的El Bench。并且，总部还邀请安倩去硅谷在总部培训一周时间，在Mini@Tech交叉培训一周时间。

总经理Anthony非常开心。经过一年多的考核，Andy认为是时候培养储备管理人才了。在月末的晨会中，他宣布破格晋升安倩为一直空缺的销售总监一职。

蔷薇认为RFP占尽优势，找到Anthony想改做这个板块，但Anthony却认为安倩比蔷薇更适合。Anthony不会那么傻，他知道Andy比较铁面无私，也知道蔷薇不会跑去找Andy核实，所以他只推托说Andy有自己的考虑。因为每年市场部都有任务，所以总经理是没有理由硬生生地去干涉市场总监的人事安排的。

又是一个周末，在小公寓里，蔷薇没有主动约Anthony，因为她有把握，知道Anthony这周末没有其他约会。和其他老外一样，他是一个无酒不欢的人，虽然每天晚上都会点一瓶送餐的红酒独自在房间里喝，但对他本人来说，这种微醺的方式并不符合他的重口味。他还是喜欢邀一个性感的女人去情调很好的酒吧买醉，穿上便装，不受束缚，喝到凌晨或是更晚。

当然，时间长了，老外们也希望找几个安全靠谱的健康女人做备胎。蔷薇陪了Anthony一晚上之后，他最后肯定还是会回到租住的公寓里。

他虽然醉了，但还记得戴套，从这一点上看，他非常懂得保护自己。并且，他一定会记得把手机调到静音。

早晨，蔷薇为Anthony准备了早餐，她抠了一下他的脚心，他本能地弹跳了几下，又呼呼睡去。她知道，只要自己不无理取闹，任性一点还是有点小可爱的，可她一旦使性子拂袖而去，会有更多的人在外面等着，她可就前功尽弃了。而且她很清楚Anthony是被女人宠坏了，根本不吃这一套。

不过，女人的直觉告诉她，昨晚Anthony被她伺候得有点飘飘然了，趁着这种好感觉，关于RFP板块的这点小心思，蔷薇也就顺便提了出来："亲爱的，我觉得RFP这个板块的客户都是世界500强，他们的产量和实力都是超级好的。你看，我以前还是总部的，又是管理培训生，大客户应该都会喜欢我这种类型的销售。"

"OK，我想问你，你有什么信心会比安倩做得更好？"Anthony问。

"安倩，她是个慢热型的人，你知道的，我可是一个人来疯。"蔷薇自信地说。

"嗯，你的逻辑是，慢热型的人不适合做业务？"Anthony又问。

"你误解我了，我哪有这个意思，而且明摆着，安倩的业务能力可是我们这儿的佼佼者。可是，交给我做的话，也许可以做得更好呢！"蔷薇小心地揣摩着Anthony的意思，并试探地提出自己的想法。

"宝贝，我相信你的业务开拓能力一点都不比安倩逊色，甚至你的客户储备可能会更多。但是……"Anthony想了想，接着说，"美国公司曾经做过一个统计，业务能力最强的女人，具备几个特点，专业能力强，天生讨人喜欢而且可靠，形象好、有亲和力，却有一种若有若无的气场。"

蔷薇脑瓜儿一转，说："好吧，我可是几千人里面挑选出来的，专业能力我可不差，天生讨人喜欢而且可靠……客户对我还是很认可的，至于可靠，客户交代的事情，我可从来没有让他们失望过。最后一条，哎呀，我觉得这三条简直就是在说我！"

Anthony被她的可爱逗笑了。的确，他今天并不介意蔷薇跟他聊工作。

"那么，让我跟你聊聊你和安倩的区别，虽然这可能让你不爽，但你和她一定是有区别的，当然，这里面还有一点是我的私心。"

蔷薇有点不太服气，问："好吧，我洗耳恭听。"

Anthony说："安倩虽然第一次接触客户的时候，并不像你那么热情，但她很温和。她说话的语速不是很快，虽然她对酒店的情况介绍得很清楚，也很耐心地聆听客户的需求，但她并不像个销售。

"还有，最关键的是，无论她电话交流，还是邮件交流，都只是谈工作，抓住客户的需求，步步为营。她只关心如何用最专业的酒店服务吸引客户，从来就不会用其他的方式套近乎。所以其实你表面上跟很多客户都熟，但用力却不太对，明白吗？”

蔷薇听着，感觉老板说的似乎有几分道理。

“还有，其实我跟Andy曾经交流过，让你换一个更容易创造业绩的岗位，比如RFP这个岗位，但他认为，这个板块的客户在上海80%都是医疗行业和制造行业的中国区总部，他担心你并不擅长开拓新市场，比如明年要进驻上海的迪士尼，这是整个市场上都没有接触过的行业。他认为你目前守住现有的航空渠道的客户，也是一批稳定的客源。”

一年前的安倩也是新人，所有人都认为她不可能完成预定目标。Andy比谁都清楚，如果走老路，跟进老客户，就一定不会做到今天的业绩。

而现在蔷薇去做这个市场，无疑Andy自己就得花很多时间去分担她的工作。谁也不傻，为什么要给一个很难突破的销售员去管这一块呢？

Anthony也没有忌讳，把Andy的担心仔仔细细地给蔷薇分析了。

但蔷薇还是不想这么快就认输，她说：“Anthony，我明白你怕我承受不了工作压力，可是我目前特别需要这个市场。我的能力不比安倩差，为什么就不能让我试试呢？也不能什么好事都让安倩去做嘛！”

不得不说，蔷薇的确很懂男人心，她像一头老虎一样，直接就把这头雄狮摁了下来，三下就把他的领带拽了下来。一边解开他的衬衣，一边摸索着说：“我要。”

雄狮休息了一晚上，果然很快有了反应。他没有拒绝她的摸索，却也没有立即反扑过来。

“要不然这样，我向Andy承诺。Andy可以通知Lucy给我签一份额外的劳动合同补充协议，明确我的工作任务，如果我做不到，酒店可以与我解除劳动合同。”

蔷薇的这番话让Anthony有些吃惊，以至于刚刚都快撑破裤子了，现在突然就中场休息了。在他眼里，蔷薇是那种把自身利益看得很重的人。连签订劳动合同的补充协议这样的主意都用上了，只是为了说服管理团队，这也是他始料未及的。

谁做哪个岗位不都一样吗？关键是完成业绩指标，团队士气不减。作为总经理，他没理由拒绝任何对酒店有利的事情。

雄狮轻抚着蔷薇的头发，显示出了少有的柔情。看来蔷薇是认真的，从管理者的角度来说，明星员工在某些时候确实也能激发其他员工的士气，这种不服输的性格，不正是作为一名酒店销售最应该具备的素质吗？

蔷薇不想输，尤其是不想输给安倩。

她不想输，并不是因为别的，只是因为她太清楚安倩高不可攀，才更加不服。

Andy把总经理为蔷薇担保的事情给安倩解释了之后，直接询问安倩有什么想法。安倩虽然对客户细致入微，对自己的利益却向来神经大条，没有太多疑问就答应了，不但如此，她还主动向Andy提出来自己想负责OTA和官网销售。

OTA这个板块严格意义上就是渠道商，只是传统渠道商的旅行社和会务公司，现在被口语化成了“线下渠道”，而OTA和官网销售是新型渠道商，是通过网络平台来进行散客订房交易，俗称“线上渠道”。谁都觉得线上是未来方向，大有前途，可是目前这个前途也不知道什么时候才能实现，国外的几个出名的线上平台做得很不错，但那也只是在北美，而美国散客选择境外游，也只是通过OTA预订东南亚国家的酒店，如马来西亚、泰国、印度尼西亚的岛屿，等等。

安倩的请求让Andy有些吃惊，或者说是有点惊愕。

“你考虑清楚啊，我明白OTA很契合以后的发展趋势，可是目前生意状况还不够理想。如果这个板块没有太大产量，我也不会同意你去放低价。没有了价格优势，网络订房的客人就如同没有原动力，不会通过新渠道来订房的。你这么信心满满，有对策吗？或者说，需要我做什么吗？”

Andy平时讲话从来不拖泥带水，从来都是兵来将挡、水来土掩的。今天却难得有些犹豫：“安倩，我平时从来不表扬人，因为我的成长就是这样过来的。多年前，我的老板都是老外，而且都是东南亚地区的老外，对我要求严苛，使得我形成了现在的管理风格。你的成绩我都看在眼里，我是很欣赏你的。不只是我，连总部的领导也是非常看好你的。”

Andy的话让安倩差点笑出来，这哪里是她认识的Andy，员工信心满满，老板犹犹豫豫，这实在不是他的作风。OTA板块在老板的眼里看来太冒险，太激进了，似乎根本没有生还的可能性，导致向来敢打敢杀的Andy都担心爱将会战死沙场。她确实不能百分之百保证自己能成功，但是这不就是她要来挑战这个市场的理由吗？

“你有把握吗？在销售行业，虽然我们希望销售经理有开拓的能力，抗风险的本事，但并不代表要你去做一个冒险又不能马上看到前景的事情。除非你有200%的把握。”

“哎呀，糟糕！Andy，我现在跟进的业务都是只有70%的把握，我怎么办啊？”安倩看到Andy着急的样子，忍不住想跟上司逗逗乐了。

Andy着急了，看来他的顾虑并没有引起安倩的警觉，他可是个急性子，劝不了就只能打感情牌。

“安倩，虽然你还只是销售副总监，可直觉和经验告诉我，你一定会是最优秀的新一代市场销售总监。要尽快成为市场销售总监，获得上级和同事的认可，你可以做很多事情，但有一件事情你始终是绕不开的。知道是什么吗？”

“业绩。”安倩当然不傻，创新的情怀和决心固然重要，KPI的考核却是悬在头上的剑，“这是销售的天职。”安倩补充道。

“既然你都明白，那你懂不懂没有显著业绩是没办法升职的？老外们可不认你是张三还是李四，他们只看报表，只认业绩，只要你愿意尝试别的销售岗位，我还是可以帮你的。”

“谢谢老板。”安倩发自内心地谢谢Andy，不用说太多拍马屁的话。Andy几乎是不会吃这一套的。

安倩是感动的，她知道老板Andy是真诚的，因为惜才不愿意让她冒这个风险。但她还是需要跟Andy解释一下。

“其实，我早就想换一个新岗位来挑战自己了，只是之前一直没有找到特别适合自己的，走前人的路不是不好，只是不适合我。您说得非常对，年轻人敢想敢闯，固然是好的，但一定要有把握。我分析过目前的两大渠道，第一，集团内部官网应该很快就会有些动作，而且我推测会是比较大的动作。”

“哦，小朋友，你是怎么看出来的？”小朋友，是酒店人对年轻一代同行的昵称，听起来是很亲切的。

“在过去的6个月中，我粗略统计了官网建设和全球会员计划革新的各类大大小小的电话会议和网络会议，总经理和市场销售总监一共开了5次，这个主题的邮件也收了8次。”在国际品牌酒店，这种集团关于商务计划的邮件都是会给销售员工阅读的。“其他人看了之后，有没有感想我不知道，可我自己却是很看好这个方向的。全球会员系统升级和革新同步进行之后，内部官网就不会寂寞。只要我们积极响应官网的活动和做上海区行动力最好的酒店，就会大大优于姊妹酒店的效率和速度，第一个螃蟹就能吃到。我相信集团今年一定会推出这套计划的。”

安倩没有说错，Andy也注意到了这点：“那好，说说外部的渠道吧。”

“外部来看，OTA表面是在赚取佣金，但实质上他们更愿意赚取流量，而且是优质流量。而目前他们的产量大部分来自小酒店和经济型酒店，那么相对应的客户群体就还不够高端。他们需要大的好的酒店去挂在首页、首位，我们就会有很多合作空间。”

“OK，明白了。”说到这里，Andy已经理解安倩了，“也许你是对的，但至少有一点我敢肯定，你会全力做好这件事情。我同意了，你转岗做线上渠道。”

就这样，蔷薇和安倩都如愿以偿。由于过去的一年中，安倩把RFP的基础工作做得非常扎实，很多公司的出差客人相当认可这家酒店，自然就增加了很多产量。安倩也乐得跟蔷薇分享自己的拓客心得，甚至一些重点客户的信息，她都毫无保留地分享给了蔷薇。但果然如Anthony所言，蔷薇虽然很好地维系了老客户，但由于没有更贴切的创意和想法，在新客户的开发上，仍然进展缓慢。

而安倩也因为预测准确，Benchmark集团果然推出了灵活多变的全球会员计划，客人每一美元的消费都可以累积积分，全球的Benchmark酒店都允许兑换，从根本上解决了散客自行预订酒店的选择性问题。智能手机的面世和活跃，App端的兴起，让散客预订成了一种风尚。因为早有准备，上海EL Bench酒店是中国区最早在官网上实现平均每月预订超过3000间夜的酒店。

外部线上的产量和价格也略高于先前定的预算。Andy这种向来在专业上很骄傲的人，也不得不佩服安倩的胆识。每当分享自己酒店在网络渠道上的销售经验时，他都自豪地说：“我过去20年的工作经验，让我努力工作，不输于竞争对手。可是过去的这一年时间里，安倩教会了我不要输给这个时代。”

Chapter 4

# / 业绩，业绩：每一次重要的冲刺 /

# 1

作为OTA板块的负责人，安倩的第一步工作就是做自己的预订平台，酒店需要跟全国类似T-days的OTA网站达成联盟。从国内几家OTA网站的发展情况来看，在线旅游网站的确非常契合中国旅行者的需求。

然而，由此产生的矛盾也是猝不及防的。

一天，安倩收到一位VIP房客的投诉。该房客提前一周订了酒店的标准大床房，并已在网站上按协议价支付房费。但当他即将出发去上海的时候，发现路遥网上的大床房竟然已经降到了原价的一半，这位房客感觉自己上当了，于是一个电话打到了酒店。

虽然酒店跟路遥网签订的合同里，提到在极为苛刻的条件下允许有特价房源，但降到原价的一半还是大大出乎了安倩的意料。安倩认为路遥网是为了吸引网站流量而恶意竞争，伤害了酒店的利益。于是她也不客气地直接打了路遥网的客服电话来投诉此事。

安倩拿出合同，指出合同上未有房费半价的权限，但路遥网的客服却一口咬定这种行为是与各大酒店合作的合理范围。

由于房客是VIP，情急之下，她立即翻到马汀的电话，尽量压低自己的情绪跟他说话。

“马总好！”

马汀像是一边在翻资料，一边说：“你好啊，安倩。”

安倩说：“听说马总的网站马上要在美国上市了，恭喜你啊！”

电话那头的马汀笑了：“安倩小姐向来无事不登三宝殿，打电话来就是为了这件事吗？”

安倩说：“当然不是了，自从上次跟路遥网签订了长期合作协议之后，我们的酒店入住率同比增长了5%，这也是托马总的福呢！不过呢……”

马汀问：“不过什么？”

安倩说：“今天有房客投诉，说路遥网上的标准大床房的房价只有原价的一半，可是我们的协议里，并未允许有这一条啊！”

马汀明白了，可能在国内，这种特价房的做法还比较少见，也难怪安倩会难以接受。他停下手中的活儿，解释说：“哦，原来是这样，那我向你解释一下。我们这个也是参考了国外一些网站的做法，系统会自动设置几个算法，当入住达到某种情况，会自动设置每天有几个特价房。并且，我们在合同里也是有这么一条的，OTA网站可根据入住情况在不影响整体酒店价格体系的情况下，对特殊房源做价格调整，且必须在次日入住前夜支付房费才可入住。”

“可是，这个价格都低于团购价、协议价了，叫酒店怎么去跟房客解释呢？打来电话的，还是可以讲理的，那些不打电话的，可就直接给差评了。”安倩显然是有点着急了。

马汀笑着说：“所以我这不正在跟安倩同学讲理吗？其实路遥网并不是一个原创的产品，OTA的模式，是已经在国际上运行成功，才得以在中国落地的。这证明中国的市场很好，当然也证明，我们以往成熟的经验，是可以在这里复制的。况且，我们的特价房通常会挑选房型、通风条件等稍差一点的，并且需要在某个时间段立即支付全款才可以抢到。虽然同是标准大床房，但和那位房客提前一周订的房间肯定是不同的。所以，那位房客假如真的每次都需要抢特价房，很可能抢不到他喜欢的房型，不是吗？”

安倩问：“那现在我们面对这个投诉，马总有什么好的建议？”

马汀笑着说：“安倩小姐，我有两个建议。一呢，你可以把特价房的照片发给房客，让他选择；二呢，作为合作单位，我们也许在沟通上做得不够，才造成今天的误会，所以请允许我请安小姐吃个饭，当面解释。”

三年内在美国纳斯达克上市的时刻，马汀和陆遥都已经准备很久了。公司的股东也由创立之初的两个人，增[illegible]到四个人。时任德意志银行董事兼中国资本市场主管的徐蓝被陆遥说服，任[illegible]网公司首席财务官，负责路遥网融资、上市等业务；萧敏被前面三位股东[illegible]轰炸，最后也辞去上海一家大饭店的总经理职务，上了路遥网这艘“贼[illegible]

9点20分左右，[illegible]市场部的负责人在讲话，无非就是表示欢迎之类的话，然后[illegible]简短的讲话。最后大家一哄而上，都在台上挥着手，放点[illegible]就算完了。因为马汀自己也上台了，所以就没拍到那个时刻的照片。

好玩的是，外面大楼的屏幕上开始轮流放出他们的大头像，不知真相的人看到还以为他们是什么大人物呢。他们互相调侃，说以后可以用这张照片去招摇撞骗了。对面的路透社大楼的屏幕上也同时出现敲钟的新闻和图片，速度非常快。

最后他们还得到了一个小纪念品和一张照片，还是算比较珍贵的吧，也许人生中就只有这么一次了。

在美国上市当天，路遥网创下纳斯达克三年来开盘当日涨幅最高纪录，也在中国OTA的市场份额中稳坐半壁江山。首席财务官徐蓝为此立下了汗马功劳，擅长资本运作的他，非常清楚上市对一家公司意味着什么。

马汀提议说，去美国东北部看枫叶，作为对大家这三年来奋斗的犒赏。

徐蓝也很兴奋。在美国待了10年的他，每当一个人苦闷的时候，他最喜欢做的事就是去看枫叶。美国有三大红叶胜地：新英格兰地区、蓝岭山观景公路以及北部湖区。新英格兰地区的枫叶居于全美之首，北到缅因州，南至纽约州北部，每年的10月，整个美国东北秋色斑斓，绵延不绝的枫叶，像一个热情奔放的舞者，迎接世界各地的朝拜。

还记得电影《阿甘正传》中，阿甘一路长跑，横穿美国大陆，从麦浪翻滚的金色原野跑到满地红叶的珍妮农庄，长长的栅栏，暗红色的小房子，在山间漫游的小牛，秀丽静谧的农庄让观影者印象深刻，而这个农庄的取景地就在新英格兰地区的佛蒙特州。

佛蒙特州的州名来自法语“Monts Verts”，意为“绿色山岭”。这里风光绮丽，曾被美国《国家地理》评为全世界最美的观赏枫叶的胜地。古朴宁静的乡村小镇，星罗棋布的教堂以及哥特式的建筑，宁静却不枯燥，多彩而不喧嚣，令人流连忘返。

从白山向西南是佛蒙特州的绿山森林，7号公路和100号公路南北纵贯公园。这里名曰绿山，到了秋天可是名副其实的“红山”。马汀不知从哪里弄来一个大纸箱，他像一个孩子一样，捡下大大小小的枫叶，枫叶原本有秋风萧瑟之感，但这里的枫叶却透着喜悦和富足。

其实佛蒙特州的枫叶美景9月份就开始了，一浪高过一浪的枫叶，由绿转黄，再转橙黄，转鲜红，再转深红，直至最后落下，那饱满而富有光泽的叶面，都给人以勃勃生机之感。

马汀从地上挑出一些枫叶，放进一个箱子。

陆遥问：“马汀你这是干吗？难道还把这箱枫叶带回去？”

徐蓝说：“这寄回去，个把星期倒来倒去的，恐怕到中国都成碎末了。”

马汀一边埋头精挑细选，一边说：“一定会有至少两片叶子，会是完好无缺的。”

萧敏比他们几位都年长几岁，他拍了拍马汀说：“看来在美国上市，还不足以让你兴奋啊！”

马汀抬起头来，因下蹲太久，脸有点发红。他欣喜地看着萧敏说：“不，在美国上市一定是最值得庆贺的事情。回国三年来，我无时无刻不在一片负面的声音中度过。中国的企业三年是一个坎，许多人不相信我们能成功，甚至嘲笑我们发传单，说我们像是卖假药的，所以这对我一定是一个值得纪念的日子。”

陆遥和徐蓝听到，也无比感慨。

身后是一个砖红色的教堂，马汀就捧着一箱火红的枫叶，和三个合伙人拍下了一张露着八颗牙的合影。

安倩在国际珠宝展的项目中获得了与国际品牌打交道的经验，陆续又拿到了不少的项目，签下了LVHM旗下不少品牌的新品发布会、郭培定制、阿玛尼新品发布会，以及VIP年会的合同。随着中国加入世贸组织，这些奢侈品牌都非常看好中国市场，安倩通过打造一个积分共享平台，让他们之间的客户共享，这样酒店将获取一大批高质量的客户和预订率。

马汀寄来的满箱枫叶，其实安倩并没有打开。这个满脑子想着拼搏和独立的女孩，面对一份热烈的情感，总是显得那么呆萌。她甚至都不太好奇里面装着什么，她只是隐隐地感觉到自己与一个上市公司的老板，总有点灰姑娘与王子般的落差。可不是吗，自己就是一个灰姑娘，一上场就是那副灰头土脸的样子。

但是，偶尔，她也会有一种幻觉，像是《红楼梦》里的那句台词，她觉得“这个哥哥我见过”。具体什么时候见过，什么情景下见过，她却想不起来。

安倩怎么也没有想到，那个从美国寄来的礼物，却是以这样的方式打开的。

凯文一声不响地办了出国的手续，虽然说是一年，但安倩看得出，他是不打算回来了。尽管全世界建筑行业的新人都以成为Arnold Weddle导师的助理为傲，但他还是走得太突然了。安倩想过他们之间无数种分手的方式，却独独没有想到这个。

枫叶是从美国佛蒙特州寄来的，用一个木盒装着。木盒是长条形的，由于是国际邮件，凯文有一点点好奇。放在家里几天，安倩都没有打开，想来并不是什么重要的东西吧！

后来，安倩在淘宝网上又陆续订了几样东西。快件堆到一米高了，凯文发短信给她：七天内要拆包呢，要不就不能退货了！

市场销售部正开着晚会，Andy听到安倩的手机短信声，停了几秒钟。他也并不是那么不近人情，市场销售部几个人的个性他还是拿得准的，哪个需要重敲，哪个需要轻抚，他还是清楚的。

虽然安倩在市场销售部工作出色，但她还是不想给自己的上司添麻烦，每个员工受嘉奖，都会受到某些人的嫉妒，正因为这样，安倩不想让同事们感觉她有什么特殊的。她轻轻地把手机关了。

直到晚会结束，安倩才仔细看了那条信息。一天下来筋疲力尽，也没细想，就回了电话过去。

“一个包裹是两本书，还有一个包裹是我买的蜂蜜洗手液，还有什么，我忘了，你拆吧！”

可以想象，马汀的满腔热情，在凯文这颗脆弱的心灵里产生了怎样的核反应。这个原本就在事业上屡遭失败的男人，早已在一次次的打击中变得敏感而惶恐。他也想做一个让女人可以依靠的男人，可不小心却成了依靠女人的男人。虽然任何时候安倩都会坚定地站在他身边，安抚他受伤的心灵，可是他待在那个温柔乡里却会无数次地骂自己。这样的状态纠缠了他无数个夜晚，以至于他染上了烟瘾，那双清澈的双眼，也因经常失眠而变得有些灰暗。每个人都是这样被“虐大”的吧？每当夜深人静的时候，他看到枕边安详入睡的安倩，心里都会有一份温暖，一份心安。可是，这种感觉还没过多久，他又会被新的困扰侵蚀。他发现安倩的工作绝不只是帮人端茶送水那么简单，她的事业开始走向一个新的高峰。他听到她接电话，他知道那已经与读大学时的安倩有了很大的不同，她面对的是来自不同国家的贵客，来自不同行业的人群，来自不同品牌的竞争，以及业绩的压力、晋升的压力。他看到她为了一个方案绞尽脑汁，也会试着抓耳挠腮地提些建议，但通常因为行业不同而未被采纳。他有时会沮丧地想，是不是因为自己太窝囊，才把安倩逼成了这样呢？

当这样的想法产生时，凯文就会陷入一种患得患失的状态里。他发现自己没有能力爱，也没有能力被爱。爱或不爱，都成了一种伤害。

看到那个木盒子的时候，他已经料到了什么，这明显不是网购，但他还是打开了盒子。他看到一包像打了蜡似的枫叶，像一团火一样呈现在他眼前。当他试图拎起其中一片时，他发现竟拎起了一串，虽然大小不一，形状不同，但就像是选美挑出来的，皮肤光亮鲜红，外形饱满生动。

打开来，他发现一串枫叶足足有2m长，挂在窗台上甚是好看。

仔细一看，每一片枫叶上，都有一个小小的英文单词，一串连起来，就成了一首诗，翻译过来就是：我的心是旷野的鸟，在你的眼睛里找到了它的天空。

傻瓜都能意识到，兵临城下了。

凯文离开时，安倩正在美国培训，不知道是巧合，还是有意安排。

他想给自己一个机会，也想给安倩一个机会。或许她可以找一个比自己更好的人呢？她跟着自己未必会幸福。作为一个上海本地人，他无法阻止自己的妈妈戴着有色眼镜对待这个未来的儿媳妇。作为一个男人，他也暂时给不了安倩一个安全的港湾。那么，何不自己退出呢？更何况，成为Arnold Weddle导师的助理，不是自己多年的梦想吗？不但可以到国外开阔视野，还可以接触各国的建筑精英，一起完成更伟大的项目，这样难道不好吗？

但是，他实在没有勇气跟安倩当面解释这一切。枫叶是别人寄的，他知道并非安倩的意愿，但明显这位情敌来势凶猛，实力强劲。就算对方此时就站在他面前，他恐怕也会因为心虚而选择退出。

是的，他想，我就是这么㞞。

也许，离开才是我作为一个男人最应该做的一件事吧。

成全别人，是不是也是一种爱呢？凯文想着，就这么做了决定。

一周后，当看到那封离别的信静静地躺在木盒的旁边时，安倩已明白了一切。

报箱中是一张《环球时报》，首页的彩色大照片上，马汀亲手按下了那个敲钟键，有几十个同事和十几位明星齐来助阵，场面非常拉风。

# 2

“硅谷教父”、《失控》的作者凯文·凯利曾说：“破坏性创新的技术都有一个模式：刚开始出现的时候都是个笑话，被人忽略。”

Benchmark是一个历史不算悠久，却拥有足够典型性的老品牌——始建于1905年的EL Bench，仅仅比德国的Westner年轻了10岁。在其拥有的10个品牌里，不仅有美国最经典的品牌，也有自创的时尚品牌；不仅有专注商务客人需求的品牌，更有度假酒店里的翘楚，很多国内外著名的电影都是在这些酒店里拍摄的。B Plan是一个全球开发最早的酒店会员系统，全年有成亿的世界各地的客人为其优秀的积分奖励计划所吸引。无论出差、开会还是私人出行都会选择B Plan累积自己在Benchmark所有酒店里的消费积分，特别是出差的客人可以选择用公司报销的差旅住宿费入住酒店，不断获得积分，累积到一定的数额时，客人可以携全家赴全球最贵的旅游胜地，比如纽约、大溪地、迪拜之类的城市或海岛，并用B Plan的积分兑换免费入住。在中国国内的客人，万一在当年的积分不足以兑换很贵的酒店客房，至少国内游是没有太大问题的。中国人素有积分兑换奖励的喜好，这项奖励计划实在是太有诱惑力了，因此Benchmark的10个品牌有8个进入中国后，一直都深受中国客人的欢迎。B Plan的全球会员共计2.2亿，中国就占据了半壁江山，大大超过全美市场的个人会员数量。

Benchmark一直是乐于改革的公司，他们看到全球的奖励计划带来中国客人的数量倍增，就逐步将该计划推到了一个不可忽视的高度。不但如此，他们还立刻意识到自己推出这种奖励计划，竞争对手也可以用同样的手法、不同的名称来操作，那市场上这块诱人的散客“蛋糕”就会很快被瓜分瓦解。对于Benchmark的高层来说，改革不是改变奖励内容，因为它不是一般的受欢迎，而是颠覆客人的入住体验，引领会员的需求到达另外一个巅峰——High Tech（高科技）。

地处硅谷腹地的Benchmark总部坚持用高科技改变客人体验的另一个原因是，客人群体逐渐年轻化，80后客人已经开始登上了探索优质国际品牌酒店的旅程。他们更喜欢新奇事物，有时甚至会为了订一间客房而搜遍所有语种在网络上对于酒店客房和早餐体验的评价。他们在意酒店的地理位置是否有便捷的交通，他们已经慢慢地习惯于看图选酒店，官网图片是他们的选择依据，甚至于他们中的大部分人专挑网络差评读，越读得多，他们反而越是认为酒店是经得起客人考验的。所以，Benchmark在第一季度接受BBC采访时，谈到将要开启B Plan会员体验新时代，客人从预订直至离店都由App来完成，酒店工业革命4.0版将要很快由美国公司开启。

特别有趣的是，Benchmark最大的竞争对手欧洲公司的很多高管不断出现在国际媒体上，比如BBC电视台、脸书等，诟病他们不知天高地厚。酒店行业就是个靠面对面的优质服务来支撑的服务型行业，High Tech固然可以被美国人使用于很多行业和用途，但酒店行业绝对是要用High Tech来得到客人的最佳住店体验的。

Benchmark集团并没有就是否培育新的市场和新的服务方式继续回应，而是在公司内部开展了一系列的变革行动，他们与硅谷合作开发出了App、酒店智能机器人，酒店里60%的岗位由机器人完成，而100%的客房预订和餐饮预订都可以由客人自行在官方App上完成。当然，试行这样一个伟大的计划并不是那么容易被验证无误的，所以美国总部选择了硅谷的Little B酒店作为试点酒店，试行所有的设计方案，目前已经取得了初步成功。这一次总部选择不对外公布，而是邀请一些特殊的VIP来体验High Tech技术，并提出自己的专业意见，其中包括各大区的总经理、市场销售总监、负责网络订房渠道的销售经理。他们飞往硅谷的Little B酒店参观考察，并将此项新技术带回自己的区域进行试行，反复验证High Tech在酒店行业的可行性。

硅谷位于加利福尼亚州北部，旧金山湾区南部。在很多人眼里，硅谷是一个改变世界的神秘之地。这个影响全球的高新技术的开创地，像是一只巨大的潘多拉魔盒，一旦打开，就会产生神奇的裂变效应，只是，与这个希腊故事不同的是，魔盒里的美好和希望放在了最上层，灾难和祸害被压在了最下层。从硅谷走出的每一个人，每一个创新故事，都那么令人惊叹和瞩目，每一个从这里走出来的年轻创业者，都成了全民偶像。

作为Benchmark亚太区市场销售副总裁特意邀请的合作商，马汀带着他的T-days再度走入硅谷。

此时，安倩也被EL Bench上海酒店推荐至Benchmark集团总部，以中国区业绩最好的网络渠道销售经理的身份参加为期一周的培训。

收到总部的邮件通知后，Anthony还是非常开心的。作为总经理，无论做管理工作时间长或短，既然是在职场里，就想获得各方面的总部认可。认可的一个方式就是能代表一个区担任某一个新项目的先锋酒店的管理，实验完毕后还能向所在区域里的所有酒店介绍自己的体验和经验。他不由得向Andy表扬起安倩：“这个姑娘真是很棒，眼光好，能看准网络渠道的生意，还为我们争取了这么大的荣誉，一定要好好培养、发展她。”

Andy也很知趣，立马夸赞老板才是最有眼光的伯乐，顺便提议Anthony同意给安倩升职销售总监。他说这个职位已经空缺好几个月了，这么大的商务酒店不能缺少这种重要岗位。Anthony一时高兴，也就很爽快地答应了Andy的提议，只等安倩回来就可以在部门宣布了。但是任何形式的庆祝就免了，毕竟安倩在部门工作不到3年，从一个销售代表升任销售总监，很容易遭到老员工的排挤，至少是嫉妒，保护人才也是领导者的天职呀。

安倩在硅谷Little B酒店的培训内容是在预订部和销售部进行交叉培训，学习App和订房系统兼容后的操作流程。虽然总部已经发布了很多次实验结果，全球的销售对于这个系统并不陌生，可安倩实际操作了以后才知道它实在是太神奇了。客人下载官方App后，全球3000多家酒店的信息全都在系统中，当客人进入将要选择的城市和价位时，系统几乎是秒读客人的过往入住记录，判断出客人最有可能选择的酒店。一旦客人成功预订酒店，客史档案便第一时间进入OPRA系统中。

根据培训计划，安倩第四天是被安排参加讨论智能技术态势分析，她早早地做好准备，将前三天在这家美国的酒店里的所学、所闻、所感身临其境地梳理了一遍。

会议开始后，一位浅黄色齐肩直发、碧蓝色眼睛的女士开场介绍自己，她叫Michelle S. Tuning，目前任职全球数据信息副总裁，今天是她入职Benchmark集团总部的一周年。说到这里，随即有一位总经理用英文说了一句："Happy Anniversary! Can I buy you a bottle of champion for the celebration this evening?（周年快乐，我今晚能送你一瓶香槟酒作为庆祝吗？）"

这位副总裁很大方："Why not? Thanks so much for your kindness!（好啊，谢谢你的慷慨大方。）"这个破冰特别好，大家马上就融入进来了。

"大家猜一猜我在这一年当中的主要工作是什么？"Michelle问道。

"不会是协助IT部门做文字工作吧？"也不知道谁在底下喊了一嗓子，大家哄堂大笑。

Michelle展现出美式的幽默："正在努力，但是在成为高科技前沿的人员之前，我先小试牛刀，做了一个相关的工作岗位——全球数据信息部。它是一个1年前刚刚成立的部门，我本人却并不是酒店背景。不过大家不要担心，我曾经任职于全球最大的预订网络平台，最起码与酒店行业还是很相关的，而且还是酒店行业的上游客户，为酒店拉生意。我们集团的首席执行官和首席财务官还来自零售行业呢，跨界的领导者总是有一种不寻常的洞察力和好奇心，去开发一些被人忽略的潜力市场。所以我们今天邀请了来自全集团5大区15位不同职位的管理人员或一线销售经理来到试点酒店现场，请他们在听了我们的宣讲后，回到各自的岗位，帮助我们实现全球Benchmark酒店智能升级服务的宏伟梦想。我们还邀请了一位特别嘉宾，他不是我们中的一员，却是我们在中国区最有前景的合作伙伴，过去是我的同事，现在是我们的大客户。大家给我们的客人一点掌声，邀请他来到我们的现场。"

现场响起了世界杯锦标赛的运动曲。安倩一听说中国区最大的客户，就很奇怪，按照商业行为准则，公司怎么会邀请一位客户坐在集团内部的讨论会上？而且讨论的还根本只是在试运行的智能系统升级问题，难道他是一位IT专家吗？还没等思绪展开，Michelle就开始介绍了：“马汀是目前中国最大的OTA创始人，他将向我们描述Benchmark在中国市场的网络使用预测。”

天啊，原来是马汀，怎么事先就没想到呢？T-days网目前可是风头正劲，无论是百年老牌又有全球野心的Benchmark，还是实力不菲，带着硅谷基因的T -days，在这个时代的节点，双方都清楚，对方才是自己的最佳拍档。

风尘仆仆的马汀穿着一件非常合身的蓝色底浅咖色大格纹的休闲西装，配上一条深蓝色牛仔裤，脚踏一双Gucci新款咖色休闲鞋，皮肤仍然是小麦色，鼻梁高挺，站在台上，显得神采奕奕。

马汀的演讲刚好30分钟，内容非常简要，既清晰地描述了两家公司在中国市场和非中国市场的发展空间，同时还分享了T-days高端会员的智能服务体验以及下一步电脑端到App端的执行计划。

安倩听得非常入迷，从一开始向Andy主动提出转攻OTA这个无人问津的岗位以来，集团的官网销售渠道和T-days这种第三方优质渠道确实是为自己增色不少。到了提问环节，在场的同事都很活跃，特别是一些职位比较高的老外总经理，不断地问合作的佣金是否可以考虑降低，为什么T-days不愿意做阶梯返佣，等等。

马汀的台风自信而洒脱，他不厌其烦地表达着一个观点：“T-days的目标是5年内成为中国人出行计划的不二选择，他们的目标群体是具有极高忠诚度的高端会员，而不是在价格竞争的夹缝中求生存。”

安倩也举了手，很认真地问了一个问题：“马汀，谢谢您刚才的演讲。因为您不断地为我们描述您的远景蓝图是培养高忠诚度的T-days会员，那您能不能给我们说一下忠诚度是如何打造的？”

马汀微笑着向安倩点了点头，似乎是认出了久违的朋友，又像是早已有了某种不可言说的默契。他认真地回答说：“对于T-days来说，忠诚度就是旅行者在购买决策中，多次表现出对我们的偏向性行为反应。请注意，我所提到的是多次，而不是一次性购买。中国的经济和信息产业发展迅速，人们的商务和旅行需求也是潜力巨大，而选择何种出行方式、哪家酒店便成了旅行者的刚需。我们公司认为它与旅行者本身的特性密切相关，每一位客人所需要的是便捷、快速，甚至于极速的反馈与成功预订，没有高科技一切都无法在片刻间转化成客户的高度满意。品牌忠诚度是T-days的发展动力，我们的十年计划是5亿中国客户加2亿国外客户。”

停了停，马汀环视了下现场，自信而坚定地说：“所以，我希望和Benchmark一起，共同创造这个奇迹。”

现场的眼神纷纷亮了，像一颗颗闪烁的珍珠，安倩听到周围的掌声呼啦啦地响了起来，自己心里也瞬间亮了起来。

## 3

安倩在整理旧物时，难免有点失落，虽然凯文尽可能地带走了一切他的东西，但还是有些不便带走的物件，零落地留在家里。

恋旧的人会留下旧物，哪怕它会带来无穷的伤感。

洒脱的人会清空旧物，因为他们期待更远的未来。

安倩试了试蓝牙音响，还有电，里面存着那首单曲循环播放的电影《毕业生》的主题歌，此时听上去却有点凄凉。

学生时代的爱情真的如泡影吗？她本以为她至少会一个人跑到城隍庙狂吃一顿，或者去商场不理智地买一堆衣服的。可奇怪的是，她像是做了一个微创手术一样冷静，虽然也有点隐隐作痛，但更有一种如释重负的庆幸。天啊，她怎么能这样想？对即将逝去的青春和懵懂的爱情，这是不是太过亵渎了呢？

重庆女孩的特点，是不拖泥带水，虽然她们用情极深，但一旦结束了，却真能抽刀断水。奇怪的是，安倩从美国回来后，脑海里经常跳出马汀的身影。安倩想，不论怎么样，马汀都是一个值得交往的人，他的热情奔放也正是她比较欠缺的。更何况，他的合作伙伴还是若芸的先生，在上海这种外地人扎堆的地方，马汀的身份，真给人一种亲上加亲的感觉了。

马汀离开硅谷后，自然而然地去看望了父母。在美国的文化里，养育的意义远远大于生育，也因此，马汀比一般的孤儿要幸福。从他在MSN上发给安倩的照片上看，他的笑脸甚至跟他的养母很像，尽管他的养母是蓝眼睛、黄头发，并且已经快70岁了。

安倩当然也回应了马汀，并且拍了那串枫叶的照片给他。

硅谷一见，安倩感觉自己在OTA事业上有了一位现成的导师，这让她不禁又多了一份信心。

自安倩上次“投诉”马汀之后，马汀还欠着一顿饭，在MSN约了几次，时间都不太凑巧，倒是安倩自从接手OTA业务以来，代表酒店跟T-days网签订了长期合作协议，所以聊天时更多了一些内容。

马汀会跟她讲硅谷的创业故事，还有在上海开公司期间跟中国的官员打交道时，由于他不熟悉国情而发生的各种笑话。安倩经常张大嘴听着，她一直觉得自己像个丑小鸭，听了马汀的故事以后，才发现这哥们儿更像个愣头青。

作为文科生，安倩觉得高智商的理工男通常少了一些情趣，似乎除了沉浸在自己的数字世界，就像一个火星人一样不食人间烟火。

有一天，安倩好奇地问：“理工男在IT公司，更容易成功吗？”

马汀想了想，觉得这个问题很有趣。他说：“其实理工男是一个很笼统的概念哦！在IT行业创业成功的，可能有理工男的底子，但却已经不是一个单纯的理工男了。举个简单的例子，新浪创始人王志东，搜狐创始人张朝阳，网易创始人丁磊，他们都是学理工出身的，但后来，这类网站慢慢引入资本，有些公司的股权结构在资本进来后，可能连创始人都会踢走，纯做技术的反而会被淘汰。即使你是公司的创始人，但由于资本的介入，当你的理念与公司不符，占的股权少时，也会被洗牌。所以理工男如果仅限于技术，公司就很难成长。现在在IT业，纯粹的理工男会越来越少，相反，懂技术又懂管理的复合型人才，才能走到最后。”

安倩频频点头：“原来是这样。”

马汀接着说：“陆遥的一个大学同学，也是理工男，原来读到大三就辍学了，去以色列混了几年，后来做了一个跟体育有关的网站。但是他大部分的时间却是在做融资、做管理以及人员的激励等，与他原来所学的专业已经完全没有关系了。”

安倩问："假如辍学了，拿什么去大公司应聘呢？"

马汀笑了："作为创业者来说，大公司就是他自己的，他哪里还需要去应聘？"

安倩也笑了："看来国内还是有不少书呆子的，很多人为了逃避工作，从本科读到研究生，又从研究生读到博士。"

马汀解释说："美国的创业环境可能与中国有所不同，我们在上海的公司，第一桶金是我的导师资助的。与国内某些学校不同的是，美国的产学研的结合是非常紧密的，一个新技术出来以后，首先在市场上检验，而国内很多学校却是脱节的。我走访国内的一些大学时，发现有很多高科技，在学术上已经是很高端了，并且也有很多专利了，却在市场上没有找到结合点，就一直停滞在那里，无法转换为经济效益。尤其是信息产业，一切都是以市场需求为原动力。"

虽然这都是别人的故事，但安倩想，兴许哪一天，自己也可以创办一个属于中国的品牌酒店呢？

有一天，前台给安倩送来了一张邀请函，是T-days公司的信笺。为了公布公司一系列的新举措，T-days邀请全国前100名的大客户参加客户答谢会，并与几家公司签署战略合作伙伴协议。

这张邀请函是一张足有3mm厚，一半A4纸大小的卡片，外壳套着一个金色封套。为了彰显T-days对每一位客户的特别感谢，封套上还采用了深红色火漆封缄，并盖上了M字样的火漆印。M代表总裁马汀。这是他的个人邀请，既代表与公司相关的贵宾出席，又含着一份特殊的深意。

活动要求服装是晚礼服。不知为什么，安倩对于任何裙子，连衣裙、半身裙、鱼尾裙、礼服裙，只要是黑色，就没有任何抵抗力。

在上海工作的酒店销售总监穿个礼服都不在话下，为了工作需要，安倩也会备上几条出席正式场合的衣服。只是无论她试过多少件衣服，衣柜里最后只会留下黑色的裙子，晚礼服也不例外。她挑了一条黑色一字露肩高叉晚礼服，黑色是白皙肤色女人的最佳搭配。安倩没有选择盘发，大大的板栗色发卷飘逸在肩头，一颗2克拉戴妃款豪华镶嵌的钻石吊坠配着10mm粗细项圈挂在胸前，越发衬得她的脖子细长而迷人。

答谢会是在外滩的一家酒店举办的。这是一家刚开业的酒店，也是这个酒店进入中国的第一家，秉承着品牌的酒水文化是餐饮中的第一文化这样的概念。开业不到3个月，这家酒店就获得了很多年轻时尚客户群体的青睐。

6点在大宴会厅的序厅签到。序厅里已经聚集了差不多80%的来宾，都是酒店同行，或者相熟的媒体，或者T-days的各位管理人员。

T-days主要做三种业务代理，一是渠道商，主要做度假产品，酒店、机票。第三方旅行社经常以团购的形式包下酒店1000间房，或包下航空公司的座位。

T-days这次邀请的媒体，主要有上海几大电视媒体、电台媒体，以及一些门户网站，他们有的是想来挖掘新闻的，有的就是想来拉广告的。作为一家企业，面对这些媒体人，可真是又爱又恨。挑剔曝光的是他们，排队拉广告的也是他们，但企业无论如何又离不开媒体人，即使拒绝他们，都需要很高的情商，否则一不小心就被媒体揪住小辫，反而不如割尾求生。媒体，尤其是知名媒体的作用，就像外汇保证金交易一样，完全是一种无限放大原理，经过媒体这个大喇叭，做多或做空，都会被放大无数倍。

到场来宾都是由公关部联系的，大多跟T-days公司早就有业务往来，偶尔也会有些生面孔，通常是一些新媒体，或者老记者带来的实习生。

每位来客的桌上，都摆了精致的小果盘，以及一张由T-days公司制作的绿色通道卡，这个通道卡可真是为这些经常在全国抛头露面的人的一份实在的福利。持卡人可在乘坐飞机和火车时，享受免排队的贵宾待遇，并有专人帮忙寄存行李，或提送行李上车。

同时搞定火车和飞机两样交通工具，背后需要强大的技术和服务支撑，绝非在餐厅吃饭送个现金券那么简单。并且为了防止通道卡转让，必须当场激活才能启用，来宾们都感觉这份礼物挺让人惊喜，纷纷按上面的网址开始注册。

酒店提供了强大的Wi-Fi，在主持人的引导下，有些客人已经注册成功，有些客人还在手忙脚乱地填写身份证号，输入验证码。

几年前认识的那位叫初春的记者，正忙着拍照。大家认识几年都比较熟络了，他兴奋地跟安倩说："赶紧，帮我也注册一个，初始密码，就今天的这个日子吧！"

安倩打开自己的手提电脑，按卡上的网址注册，突然发现订阅的新闻网站弹出一条新闻《上海某特级教师在T-days网站购买机票竟被诈？》。她一看标题，感觉不妙，T-days网正开着发布会呢，安倩发了一条短信给马汀，提醒他注意事态的发展。之后她赶紧打开新闻，作者是上海某中学的刘老师，每年高考之前，都会在报纸开设专栏，在上海图书馆开设高考专题讲座。可以说，只要家里有中学生的，没有一个不认识这位大人物。

这位大人物在暑假之前，在T-days网站上抢了一张去成都的机票。为了尽早拿到票，她提前4个小时就赶到了机场，可是当她去柜台取票的时候，却被告知没有座位无法出票了。这类事情其实对于做酒店行业的安倩来说，也不是新闻了。OTA网站包价部门低价采购旅行社产品，航空公司超订座位，基本上也算不上是行业秘密了。航空公司通常会根据一些航班入座率的经验值，多订出一定比例的机票，这样，当某些旅客临时无法登机的时候，座位也不会浪费。但这一招对于基本满座的热门路线却不管用，因此，发生没有座位的情况概率其实还是很低的。但作为T-days网这家在OTA行业最拉风的美国上市公司，出现这类情况，可不是那么容易被原谅的。

由于这位老师的微博链接了很多大V，加上以往这类事件发生后，OTA公司的反应都比较被动，所以大多数民众只要看到OTA公司的态度不那么强硬，还是可以容忍吃点小亏的。但一旦有人曝光，无论是媒体还是论坛，就像点燃了火苗一样，大家纷纷跟帖，有起哄的，有吐糟的，有落井下石的，大有星星之火可以燎原之势。

所幸，现场的嘉宾们都还沉浸在注册绿色通道的热情里。没有人关注到这条新闻。只有安倩屏住呼吸，静观事态的变化。

这时，一家新媒体的实习记者站起来提问："请问马汀先生，刚刚我在新闻中获悉，贵公司网站出具的机票，在客人登机后却被告知没有座位，这是怎么回事？这种现象在贵公司正常吗？"

这是一个扎着马尾的小姑娘，个头一米六左右，看上去还像一个大三的学生。她对什么绿色通道卡似乎兴趣不大，于是在网站上神游，正好看到了这条新闻。新闻敏感，以及初出江湖的新闻热情，让她抢过了主持人的话筒。

事情太突然，现场欢快的气氛突然像沸腾的水中丢进了一个冰块，短暂的躁动后，迅速平静下来。

还有什么比这条新闻更能博人眼球，那些刚才已经准备好新闻通稿的记者，已经准备换上这篇更具爆炸性的稿子了。

众目睽睽之下，安倩也为马汀捏了一把汗。

只见马汀一脸诚实地站到了台前。

他说："很抱歉公司也是刚刚才接到这个信息，恰好还有另外一个飞往成都的航班有三个空座，我们迅速与这位老师联系上，帮她改签为这一趟航班。为表达我们的诚意，我们还赠送她成都当地的五星级酒店两晚，希望刘老师旅游开心！"

不得不佩服，连在场的嘉宾都没有来得及看完那条新闻，这边的处理方案就已经出来了。不一会儿，刚才的一片抱怨声随着刘女士在网上晒出刚打出来的机票而消失了，呈现出峰回路转之势。慢慢地有些正面的声音出现了，有的说不愧是上市公司，还是很爱惜自己的羽翼的；还有的说，这家公司的危机公关做得有水平，不撒谎，也不推卸责任，还把一个负面的新闻做成了正面的宣传。

更神速的是，在这短短的几分钟，安倩和初春已经写好新闻通稿，同步发到了电台及几个知名媒体。传统媒体毕竟反应没那么快，但传统媒体是一个客观、权威的存在，因此无论新媒体如何发展，传统媒体都自有它存在的空间。负面消息还没有来得及散开，正面的新闻已经走"绿色通道"妥妥地送到了主播间。甚至在新闻发布会酒店的休息间，已经由初春联系了几位电视台同行，在对马汀做事件采访了。

当嘉宾一一散去，马汀留住了安倩。

"做我女朋友好吗？"马汀突然问。

"今天这事……T-days网有负面消息，对我们酒店并没有什么好处吧？"安倩问。

"当然，但我现在不谈工作。"马汀说，"今天就谈咱们俩的事。"

安倩说："你……你怎么不先问问我有没有男朋友呢？"

马汀拉着安倩的手说："我不关心这个。我还曾经是别人的男朋友呢！"

有点尴尬，安倩一时不知道该说什么才好。

马汀想一把抱住安倩，却又像怕摔坏了一个瓷器一样，只能傻傻地站着。

他似有千言万语，说出来却很艰难。

“我觉得，你需要一个人照顾，哦不，是我需要一个人照顾。”

这算是男人的表白和撒娇吗？听上去有那么点无赖，有那么点强势，却又有一份浓浓的暖意。

安倩毕竟是个聪明的女孩，她笑了笑说：“马总是个生意人，说说看，做你女朋友，我有什么好处？”

马汀说：“好处多了。”

## 4

很长一段时间，Andy都会胸痛，虽然他没有说出来。可所有人都会留意到他开早会时捂着胸的动作，仿佛已经成了一个习惯。渐渐地，他的声音也变得嘶哑起来。

Benchmark公司虽然对员工有很高的要求，但福利也是不错的。Andy待在上海多年了，但骨子里还是一个东北人，年轻时还是篮球运动员，所以盲目自信也是有的。他甚至拒绝参加一年一度的体检，因为每年的体检都是老毛病肺炎，而医生的建议他又做不到，到最后他干脆不去体检，省得听医生唠叨。

有点小毛病，他就上小医院检查，开点消炎药就完事了。大医院排队难，挂个专家号得等个把月，Andy不喜欢这一套。

但这半年来，Andy莫名其妙地开始消瘦，又开始咳嗽、咯血、胸闷，甚至偶尔会呼吸困难，最后被妻子逼着去医院做了检查，先是查出胸腔积液，最后又做了一个活体组织病理切片检查（简称活检），查出是原发性肺癌晚期。

到了这一步，Andy只好将自己的病情告知了总经理，平时一个特别有主意的大将在病痛面前也不知所措了。Anthony是第一次遇到这样的事情，他当即决定让Andy无限期地休带薪病假。

Andy拒绝医院提出的化疗建议，他不想自己的五脏六腑在即将离开人世的时候再经历一次浩劫。

他甚至不愿意通知自己的家人过来，这么多年他把儿子留给当老师的妻子带着，父母也都是妻子在照顾，他能做到的，只有金钱上的回报。他曾经答应妻子，干到50岁就回家团圆。上海滩的粉面再好，也不如东北的粉条好吃。

他不是没想过回去，可是在东北，一年有五个月都是闲着的，国有企业没几个景气的，回去能干吗呢？

一个周日的上午，市场销售部的好几位同事商量着一同去Andy的家里看望他。Andy虽然平时要求严厉，但却公正磊落，强将手下无弱兵，只要在市场销售部待了一年以上的，基本上都有独当一面的能力。神奇的是，按Andy要求的每日拜访量，时间长了，客户基数大了，总会有客户主动找上门来，因此同事们不得不佩服Andy如此重视拜访量的原因。说一百句口号，不如走百里路，不如打一千个电话。当你的努力足够，成绩就自然上升了。

但是，想到这位昔日颇为严肃的上司，如今一定不想让太多身边的人看到他目前的窘状，大家决定推选一位与Andy走得比较近的同事去，而且最好不要是同性。相比之下，从几次难得的笑脸看来，他对女下属的脸色，还是会稍稍柔和一点的。

安倩是最合适的人选，她周末一般都会去酒店转转，拜访一下在店入住的熟客，这完全是Andy带出来的工作风格。很多个周末，他们都会一起加个小班，而这在很多同事看来，上司陪自己加班简直是如临大敌、如履薄冰。

所以，安倩对Andy是感激的，这感激并非来自业绩给她带来的财富增加，而是因他的支持，让安倩发现了自己更多的可能。

为了让这个探望显得更自然，安倩特意先转了一封亚太区总裁发给上海EL Bench的邮件，感谢酒店市场销售部在这一年中的努力工作，并祝贺他们获得了三个全亚太区第一：客房收入第一、全年神秘电话测试第一以及官网综合成绩第一。

于是，安倩耍了点小聪明，从部门里借走了这三个奖杯和亚太区总裁签署的三个证书，都带去了Andy家里，说是跟老板一起分享成功的喜悦。

坐在去Andy家的出租车上，安倩回忆着昨天总经理Anthony通知她去办公室开会的场景。

Anthony只用5分钟时间就结束了这段对话，他宣布了对于安倩的职业生涯有重大历史意义的事件——安倩从下周一开始，升任为代理市场销售总监，全面负责市场销售部的各项工作，汇报对象是总经理。希望她今后继续勤奋工作，带领团队把酒店做得更好。

安倩做梦都没想到，自己梦寐以求的这次升职会这么快，宣布也如此仓促。

总经理除了询问并确认她是否愿意接受这个职位外，几乎没有任何鼓励和谈话，好像这次升职不是他的意愿，而是……

安倩不敢再往下想，在职场上，Andy一直教她不能过于敏感。过度分析对方的意思，就是在浪费自己宝贵的时间。

实力胜过一切假想。

按照地图，安倩很快就找到了Andy的家。

也不知道Andy是幸运还是不幸，他3年前买了一份人寿保险里的大病赔付。发病不到30天，他就收到了一次性赔付金80万，加上医疗保险的报销，到目前为止这场病居然没有用到家里一分钱积蓄。上海的房子虽然不大，但目前80平方米的房子也够妻子和孩子将来用的。

Andy看起来很平静，但身体还是很虚弱，也许是深知时日不多，他难得地放松，并微笑着告诉安倩，癌细胞已经转移，一切努力都是徒劳。

安倩看到上司这样，心里也不好受，七尺男儿突然变得像个病老头，怎么看都让人有些心酸。更何况市场销售部在他的带领下今年已经拿下了好几个大单，大家都铆足了劲，准备刷新一次历史纪录的。Andy这一病，加上总经理的一番话，安倩感觉自己有责任帮这位昔日的上司走完人生最后的一程，虽然她不愿意承认这个事实。

安倩很想安慰这位酒店销售界的大神级前辈，可是一时词穷，只能竭力地转移聊天话题，便立即把话引到了昨天总经理找她的那段谈话，并问Andy怎么看。

Andy狡黠地一笑："看来这20年对集团的贡献没白做，最后Benny还是听了我的。"

这个笑容把安倩弄糊涂了。难道是Andy向哪位大领导做了推荐？

"你是不是觉得这样不好？我了解你，如果一早就告诉你，我要绕开总经理向总部举荐你，你可能会担心别人评价你胜之不武。我一个将死之人，向总部做个担保，说得又恳切。Benny Chan曾经是我在海南工作时的总经理，对我的为人非常了解，他相信我的眼光。

“毕竟你是我培养的，业绩又是最突出的。听说Anthony还是有点不高兴的，但总部领导都开口了，也就只好答应了。但大家都折中了一下，把你任命为代理市场销售总监，条件是3个月之内完成预算。放心吧，问题不大。就凭现在手里的leads，你也能把部门业绩做好。”

“Andy，我不怕比别人多付出，可是这样会不会让别人觉得接受不了？”

“听着，不论Anthony有多么不情愿，他都还是一个很公道的总经理。目前，你唯一要证明的就是你是一个好领导，能把自己的团队带好。”

安倩十分感谢Andy为她所做的一切，也终于明白了总经理一定不会选她，只是拗不过总部的安排。但这些并不重要，在业绩面前，谁都不会说“no”的。

Andy为自己做了这么多，在他走之前，安倩决定给他及他的太太一份礼物。安倩很早前听Andy说过一次，人生中最大的遗憾是当年结婚没有仪式，后来工作忙起来，两个人没空，以后金婚的时候一定要办一个婚礼，感谢太太这些年来对他的陪伴和呵护。

为了帮Andy完成这个心愿，安倩特意为Andy与妻子在崇明岛最贵的酒店里补办了一场草地婚礼。

安倩到今天都不会忘记Andy的那番讲话。穿着燕尾服、打着领结的他，在这个简单的婚礼上拉着太太的手说：“如果让我再选择一次，我会放下工作，选择陪伴。对不起！”

安倩不敢抬头直视这伤感的画面，感觉死神正在一步步向Andy逼近。市场销售部的员工们都穿着客户答谢会时才穿的各式礼服，这种严肃的场面在安倩看来似乎更像是一个葬礼的彩排。他们每一个人在草坪婚礼结束前都拥抱了Andy，就连经常挨批评的那几个，都忍不住哭了。

Andy的太太默默地牵着丈夫的手，一刻也没有松开。

现场响起了勃拉姆斯的《圆舞曲》，Andy搂着太太的腰，露出幸福而惆怅的神情。这段音乐是安倩特意准备的，她把这段音乐加长了，在过门的位置做了一个剪辑的处理，使整个曲子听上去起转自然。大提琴的音色，听上去令人心境平和舒缓。她明白，即使一个七尺男儿，此时的心情也是柔弱而带着沧桑的。

活动结束后，安倩坐在婚车上，陪着Andy回家。癌细胞扩散很快，也许这将是此生最后一次相见了。想到这里，安倩竟然连安慰Andy的话都觉得无从说起了。

Andy也知道自己的时间不多了，虽然他身体虚弱，但他脑子是清醒的。他知道安倩的确是一个能当大任的管理人才，但他也知道，有些话，他不得不说了。

“安倩，你和蔷薇是同学？”

安倩说：“是啊，小学就是同学，后来兜兜转转，大学又考到一起了。我们还在一个寝室呢！”

“哦！”Andy似乎欲言又止。

安倩说：“Andy，我们重庆女孩其实都是直来直去的，您有什么就直说好了。”

Andy说：“那好，安倩，还记得有一次开早会，我谈到你的那笔上海珠宝商展的业务吗？”

“我当然记得。”安倩说。

Andy说：“那天散会后，蔷薇找到我。她说，由于你们是闺密，她又喜欢珠宝，所以这个地方，其实是她最早发现并告诉你的。是这样吗？”

啊，蔷薇为什么会这么说呢？安倩无法理解。

Andy接着说：“其实蔷薇不止一次地跟我推荐过她自己。我不是没考虑过她，你们都曾是优秀的管理培训生，是酒店的骄傲。但是，我希望她把注意力集中在酒店本身的业务上，而不是借酒店之名，认识一大堆虚而无用的社会关系。

“安倩，相信我的直觉，蔷薇跟你是两个世界的人，也许她并没有错，但我不希望你受伤害。还有，在集团，你还是需要一个欣赏自己又位高权重的导师，不能只埋头拉车，不抬头看路，不然Anthony一定会偏袒蔷薇的。”

这不禁令安倩大为惊诧，她很想细问为什么是蔷薇，而不是别人？

Andy走了，还差一个月他就满40岁了。他从被医院宣告“死刑”，到离开人世，只有短短的45天。据他太太所说，临走前，他唯一的感慨是工作和生活原本可以平衡得更好。

## 5

送走了自己尊敬的上司，安倩感觉内心有些虚脱，她申请了一周的年假，想出去散散心，马汀说，要不，回家去看看父母吧！

马汀提议回去看父母，还有一个原因，他找到父母的线索了。

在他们的公司网站上，他看到一个去往重庆的旅游团中，有一位18岁读大学离开重庆到南京定居的中年妇女，在网上发布了她的游记及照片。其中一张照片里，有他那只有一点模糊印象的鹅岭山和他母亲所在的那家工厂。在那家工厂门前的一棵槐树旁，30年前，站着一个扎着小辫的女孩；30年后，同样的地方，换成了一个满脸富态的中年人。

他循着线索，找到了那位中年妇女，说明情况，没想到那位中年妇女的父亲曾经是那家工厂的副厂长。一直在寻亲路上苦于找不到线索的他，结果竟然通过一篇游记找到了。

这是他第一次坐上归乡的飞机，难免有些激动。坐在飞机上，他一路问安倩，重庆是什么样？有什么特点？重庆话怎么说的？重庆人跟上海人有什么不一样？安倩被他弄烦了，故意说："哈，重庆人跟上海人，不是一个人种，他们一般长三只眼。"

马汀笑了："我也有三只眼呢，还有一只长在肚子上，叫肚脐眼。"

安倩也被逗笑了，好久没这么放松过了，想想自己当时去巴厘岛的时候，还是一个傻丫头呢！脱下职业套装的安倩还是蛮可爱的，重庆话在马汀听起来真是悦耳动听。

座位前的航空杂志上，正好刊登着T-days网站那天的新闻发布会，马汀想起那天安倩的机智和处理事情的果断，心里不免升起一股欣赏和爱恋。是什么样的工作，能把一个懵懂女孩训练成这样？又是什么样的一种动力，能让一个弱女子完全凭着自己的能力走到今天？

他知道，这不容易，而在这个奋斗的过程中，他总觉得自己还可以为她做点什么，但总是不知从何处下手。安倩太坚强了，虽然她率真而温婉，却对他一无所求。除了在巴厘岛时，狼狈地向他借了钱，其他时候，她就像一个走钢丝的运动员，不需要队友，不需要帮助，有时想想，还是蛮令人沮丧的。

甚至，当他好不容易等到安倩的休息日，带着安倩在上海的闹市区闲逛的时候，安倩都只会挑两件价格很适中的衣服，既不让他扫兴，也不让他过于破费。

“倩，记得我那会儿在巴厘岛跟你说过，请你来我们公司吗？”马汀问。

安倩若有所思地琢磨了一下，说：“记得，不过，这种玩笑话，谁会当真啊！”

马汀拉着安倩的手说：“当时是一句玩笑话，可是，我现在跟你说一句认真的。”

安倩笑着说：“请我去做首席执行官啊？哈！”

马汀说：“请你过来，我愿意给你干股，分管我们公司的人力资源，如何？”

看马汀认真的样子，安倩说：“听起来好像挺有吸引力的。”

马汀说：“那是不是算答应了呢？”

安倩刮了一下马汀高挺的鼻子说：“No.”

马汀翻了一个白眼说：“虽然T-days公司还不是百年老店，但这可是百分百的民族企业啊！”

安倩说：“民族企业还取个英文名干吗？原来那个路遥网的名字不是很好吗？”

马汀说：“血脉是中国的，但我们的市场却是全球的。T-days这个名字，具有全球传播力，又好记。不是吗？”

安倩说：“没错，马总，我的理想也是要做我们中国的品牌酒店。可是，我们要学习那些百年老店的成功经验，否则百年老店只会是一句口号。”

马汀明白了，他说：“你的理想是，要做EL Bench酒店的总经理吗？”

安倩说：“是的，当我做贴身管家时，我只知道服务好客户。当我做管理培训生时，我学会了协调作战。当我开始做市场时，我知道酒店能够有优秀的表现，都源于客户的信任。每当我走到一个新的台阶，我都像海绵一样在吸收公司给我们带来的管理经验、职业训练。我非常期待，我能够作为职业经理人的最高层，接受公司对我的考验。”

马汀想了想，说：“说得不错，但即使做到了总经理，你还是在为别人打工！在我这里，你可是股东，这个身份可就完全不同了。”

安倩说：“马汀，我知道你希望我能与你并肩作战。但是，假如我成了你们的股东，我就有了一份责任，我就会全身心地参与到管理中来，我们可能会有矛盾，你想过吗？”

马汀无奈地眨了眨眼，表示理解和认同。

他一把揽过安倩的头，让她靠在自己肩上。只有这一刻，他才感觉自己是被需要的，她柔柔的发丝，飘来一丝浅浅的果香，沁人心脾。

下了飞机，由于行李比较重，还装着专业的摄像机，安倩叫了一部出租车。在路上，安倩跟父母报了一个平安。车子径直来到了鹅岭二厂。

打完招呼后，安倩直接跟中年妇女用重庆话聊天，很快就熟络起来。

中年妇女的父亲，长得精瘦精瘦的。客厅里还摆着他和老伴当年的黑白结婚照，当时没有彩照，因此照相馆为了满足市场需求，便在洗出来的黑白照片上着色，相当于现在的美图秀秀功能，这样加工出来的照片，像是人物都化了淡妆一般，很有年代感。老爷子在厂里可是待了几十年，现在虽然厂子倒了，但他们还住在厂里的职工房。在那里，一家三代都在工厂的有十几家，可见当年工厂的规模有多大。

工厂的玻璃已经破旧，这里成了无人打理的危房，墙上还隐约有几个大字：抓安全，促生产。据中年妇女介绍，曾经有几家地产公司来谈，但涉及2000多工人的安置，以及企业的不良资产，成本太高，最后都不了了之。工厂里能力强的，都出去挣钱了，只剩下一些老弱病残，还留在厂里。

老爷子很健谈，马汀提到母亲的名字，他马上能清楚地描述出她的模样，连连说："祝莲芳，我记得，我记得！"

听说马汀是她儿子，他抓着马汀的手，仔细端详了一番，又是摸脸，又是捏手的，像是找到了自己丢失多年的孩子。

老爷子说，马汀的母亲曾经是工厂的"三八红旗手"。老厂长家的旧照片里，还存着一张马汀母亲的照片。

"什么叫'三八红旗手'？"马汀好奇地问。

老爷子抓耳挠腮地想了一会儿，实在想不出有什么词可以代替这个称呼。安倩抢着说："就是杰出女性，明白了吧？"

"噢！这么厉害！"马汀兴奋地跳了起来。

"不过……"老爷子面露难色。

"不过什么？"马汀问。

"你母亲身体不太好，再加上你父亲因为经济案件坐牢，加重了你母亲的病情，所以你母亲在你父亲关进去后一年不到，就过世了。"

"啊，妈妈是这么走的？真令人伤心！"马汀的心情瞬间跌到谷底。

老爷子缓缓地说："是啊，你母亲想了很多办法，但是，看病要花钱，你父亲被关进牢里也是吉凶未卜，谁敢帮她呢？就连亲人们都躲得远远的。"

安倩问："那他最后怎么到了孤儿院呢？"

老爷子说："大概是他母亲感觉时间不多了，她托我们联系了好心人家收养他。有个大妈把他接回了家，可是没多久，她爱人工伤，需要很多医药费，不得已，又把他送到了我这儿。可是那会儿，谁家里都有两三个孩子，都不宽裕，于是我只好联系了孤儿院，我以单位的名义为他母亲开了证明，最后孤儿院才同意收留他。"

马汀看着妈妈的照片，百感交集。

他问老爷子："我妈妈生前还有其他的好友吗？"

老爷子想了想，说："好像是有个当官的朋友，跟你父亲的事也有些关系，你父亲进去之后，他去医院看了你母亲几次，那时候工资只有几十块，但他每次都给你妈妈留点钱。唉！好人啊！"

安倩问："现在还联系得到他吗？"

老爷子说："自从马汀母亲过世以后，再也没有看到他了。但是，这么多年过去了，我仍然记得他那伟岸挺拔的样子。”

线索断了，马汀感觉有点失望，假如这位救命恩人还在，他一定要当面跟他说声谢谢。

老爷子说：“我带你去看看你母亲曾经工作过的厂房吧。”

厂房的设备早已老化陈旧，工作椅磨得很光滑，但上面已有厚厚的积灰。站在这里，马汀似乎看到上百人曾经在这里埋头作业，他循着工作台找过去。

马汀问：“倩，你觉得，我爸爸还在吗？”

安倩想了想，说：“别急，那时候的经济案件不多，说不定我爸能知道呢！”

## 6

从重庆回来，安倩迅速回到了工作状态，虽然仍然像过去一样繁忙，但她第一次感觉自己是幸福的。

一直沉埋在心底的结，竟然因为马汀的到访，全部被打开了。

安倩对父亲的“污点”释怀了，安然受牵连的经济案件，竟然跟马汀的父亲马路有关。马路的妻子祝莲芳，是自己父亲一直资助的对象，而身边这个男人，竟然是父亲传说中的私生子！安倩觉得，老天的安排实在是太巧了。由此她也深深地敬佩父亲，且重新理解了父亲经历的一切。

Andy走后的3个月，安倩由于把业绩做得非常好，不仅升任了市场销售总监，还参加了Hi-Po Mentoring-Future General Manager Program（高潜能人士的导师计划–未来总经理的培养）的课程。

这是一个所有Benchmark员工向往甚至于渴望的课程，也是酒店行业各大集团在模仿的领导力培训计划。

课程的大致流程是这样的：

首先，这是一个为期12个月的课程，但课堂上由培训老师完成的培训却少得可怜，加在一起总共只有5天。

其次，这个培训里的被培训人是严格选拔的，虽然候选人不及管理培训生的十分之一，但选拔的方式却是大大不同，由于候选人的提名条件比较严苛，够得着资格也就迈过了半个门槛。提名条件是：一要总经理推荐，区域副总裁批准；二要过去一年的工作突出；三要通过集团五大网上考试，其中包括行政能力测试、财务能力测试、英文能力测试、情景模拟测试以及管理风格测试，最后还要被评估委员会审定通过，并被评估为24个月内可以被培训提升为总经理的人选。就如同Andy经常教育安倩的那样，有了好的业绩，即便你不懂职场政治，还是可以得到发展机会的，至少手里有块漂亮的敲门砖。

因此，勤奋永远都是职场里的必备条件。人脉再好、政治背景再好，也跨不过这个垫脚石。

近三年来，中国区每年大约选拔30位管理者参加这个领导力培训计划。同时，还要选择30位领导者来担任被培训者的导师。看到这个数字，就明白了培训的模式，说通俗点，就是师父带徒弟，还是一对一。大学里的博导都是一人带2～3名博士，而这个项目只允许每位导师带一位学生。导师的来源都是通过自愿产生，他们中既有总部的高层领导，又有经验丰富的总经理，美国人、欧洲人、亚洲人都有，只是都是清一色的老外和男士。换而言之，中国区的高层领导中鲜有中国人和女性。

导师和学员是由评估委员会根据他们的背景来分配的，可以说他们的搭配是一个量身定制的结果。比如，一位从简历上看做过四次开业酒店的管理者，会被分配给大型商务酒店总经理当学员；又比如，从来都是与东南亚总经理合作的管理者，不出意外会分给欧美总经理当学员。总之，一定要借此机会，让学员跳出舒适圈，不去做自己最擅长的工作，通过不同类型的导师获取新的工作方式。即便不在一起工作，但一年的沟通会让学员通过交往，学习到导师身上的优秀工作经验。

结果Benny Chan成了安倩的导师。这样搭配肯定有原因，但评估委员会并不会宣布，所以Lucy还在开安倩的玩笑：一定是总部看你太聪明，升职比别人快，找一位最权威的导师来盯着你，放慢你的发展速度。

不过Lucy的玩笑开得也有点小道理。安倩从一个没有经验的大学生到一家大型酒店的市场销售总监，到现在也才用了7年时间。以前没有出现过这种奇迹的原因很多，不过始终没有人能突破这样的纪录。

这样一说，一贯自信大方的安倩反倒是有些不安了，毕竟Benny是中国区的运营副总裁，是自家总经理的老板。老板的老板如果对自己印象不错，以后还能加分；一旦在他眼皮子底下做错一件事情，缺点可不就暴露得更快更狠了？

Benny倒是一位待人极亲和的导师，一点都看不出副总裁的架子。按照课程要求，明明应该是安倩作为学员多约导师沟通，可Benny只要是不出差去外地，都会约安倩去总部的办公室或去安倩的酒店谈工作，帮助她设计工作计划和职业发展战略。

Benny的第一课，就是用午餐的时间与安倩聊了两个小时的职业轨迹，他鼓励安倩一定要成为第一位女性中国总经理。第一和第二的区别，就在于担当。担任总经理最重要的两个工作，就是个人表现和与雇主的关系。当安倩特别没有信心的时候，Benny告诉她，中国总经理的出现是必然的，因为越来越多的业主意识到酒店的外籍客人平均不再超过10%，有些二线城市不超过5%，更不要说各大饭店集团为了追求股价的增长，不断接管新酒店，所以就不得不创新品牌，开发三线、四线城市市场。还有国外的业主，特别是旅游目的地酒店和商场的业主，更是意识到接下来几年是中国人出境游的高峰期，精品游是主线，所有的奢华品牌都需要中国籍总经理。但过去的10年，中国还一直没有突破总经理的瓶颈，这两年已到了呼之欲出的临界点。另外，美国上市公司选用女性领导者，能在股民心中树立开放包容的形象，美国那边又何乐而不为呢？

Benny的话，给了安倩很大的信心。过去10年，中国人还一直没有突破总经理的瓶颈。而今天，随着中国经济的迅猛发展，越来越多的中国酒店管理人才都具备甚至超越了外聘人才的专业能力。这第一把交椅，是否能幸运地降临在安倩的身上呢？

所幸，Benny是个真正的好导师，他不仅为安倩制订了最好的cross exposure计划，还要求她自己在E-cornel上寻找职业提升课程。

有些课程不在酒店的年度培训费预算里，Benny则自掏腰包帮安倩付费。

时间过得非常快，转眼11个月过去了。安倩的高效能人士发展计划即将结束，此时的她也在一年中成长不少。

评估委员会正在安排进行30位学员的评估，忙于结业的准备工作。

一天下午，中国区人力资源副总裁打电话给安倩，让她今天不要出酒店，有重要的事情找她问话。结果，中国区总裁和人力资源副总裁来到酒店，拿着一封打印的匿名信，投诉Benny与安倩有男女关系。信中还说Benny以权谋私，把安倩列入了未来12个月内总经理人选名单。

两位总部领导来找安倩谈话，即使是没有通知任何人过来，但酒店人的鼻子都是最灵敏的猫系鼻子，一看到他们出现在大堂门口就开始了各种猜测。他们两个人解释道，按照集团关于内部员工投诉的政策与程序，那封投诉信是匿名的，本来不需要处理，但由于投诉话题非常敏感，最后，Benny本人建议，还是要找安倩作为当事人问询，他自己回避。

安倩一点也没有因为被冤枉而觉得委屈，只是心中对这种诬告特别反感，特别是对自己最敬重的导师十分愧疚。她第一次鼻子有点酸，职场这条路太不容易了，稍有不顺眼的，人们就总觉得女同事是靠男女关系升职的。可是到现在，这场空穴来风实在是让人摸不着头脑，安倩一时间也想不出来得罪了谁。

不过初步分析，也不可能是Benny Chan招惹的，那么就应该是自己招人恨了。

安倩很坚定地询问："根据公司的政策，凡发邮件投诉上级的任何员工，都必须署名。为什么总部要处理匿名投诉呢？"

人力资源副总裁解释说："本可以不理会这个投诉，可现在各大知名的论坛类网上满是文章，要求公司查处此事。根据公司今年年初的社交媒体新政策，24小时内网上评论必须有回应，72小时内下结论。"

目前也没有时间想这些，安倩向总部的领导解释道，自己与Benny因为导师计划而熟悉。导师是她敬重的人，绝对没有任何不合适的交往。

调查完毕后，人力资源副总裁在两个小时后给安倩发了一封邮件回复调查进展。由于匿名投诉对象职位相当高，中国区总部决定申请美国总部IT部门查找投诉来源。

美国公司要求全球雇员都要签订商业行为准则，在任何时候公司都有权从主服务器上读取工作邮箱上的所有往来邮件和文件。公司总部从美国服务器上读取了邮件记录。发现这封邮件是从市场销售部的一台电脑上发出来的，发出人竟然是蔷薇！由于蔷薇自始至终都是以匿名的方式发邮件，所以中国区总部封存了蔷薇的工作邮箱逐一查看。结果却发现了更大的秘密，蔷薇在邮件中威胁总经理Anthony将安倩踢出EL Bench，可是总经理不同意，原因是安倩在担任市场销售总监期间，预算超额完成。毕竟工作更重要，Anthony也不傻，就算是蔷薇牵制了他，也不能随便把自己的饭碗砸了。他干脆不再与蔷薇喝酒、吃饭，晚上也不再去公寓里与她私会。这彻底把蔷薇惹恼了，一天一封邮件威胁总经理，警告他不做就要抖出来他玩弄女下属，说他的行为属于性骚扰。于是她发了这封匿名信，并要求Anthony接受调查时要配合，把安倩彻底赶出酒店行业。

水落石出后，蔷薇陷害安倩的消息不胫而走。Anthony接受停职调查，而蔷薇被解除劳动合同。

当Lucy找到蔷薇时，她仿佛一点也不吃惊这样的决定，马上同意当天办理离职手续。就这样，蔷薇很快离开了EL Bench，离开了Benchmark集团。有了这么不光彩的历史，蔷薇也不打算在酒店圈里继续混下去。当年的管理培训生出了这样大的丑闻，一时间在集团弄得众人皆知，也就把安倩的传闻给淡忘了。

过了几天，安倩在几个门户网上，看到了这样一条公示：

本公司从2006年8月3日起，解除与上海公司销售总监蔷薇的一切人事关系，该成员任何对外商务活动均与本公司无关。

EL Bench中国区总裁

作为此次事件的胜利者，安倩却比任何时候都茫然不知所措。

为什么是蔷薇？安倩一直想不明白这个问题。

作为一位曾在14个国家待过的酒店资深管理导师，一直保持沉默的Benny从事件一开始，就觉得这种八卦级别太低。

有一天，他对安倩说："给你讲个小故事。寒山问拾得曰：世间谤我、欺我、辱我、笑我、轻我、贱我、恶我、骗我，如何处治乎？拾得云：只是忍他、让他、由他、避他、耐他、敬他、不要理他，再待几年你且看他。"

安倩想到了另一句，在上旅游课时，老师说过在湖南长沙岳麓书院有一副对联，上联是：是非审之于已，毁誉听之于人，下联是：得失安之于素，成败归之于零。

她把自己关在房间里，泪眼模糊中，她找到了*Eat, pray, love*，翻到这一页：

最终，我开始相信我称之为‘寻求物理学’的理论，这是一种跟万有引力一样真实的自然界的力量。寻求物理学的法则是这样的：如果你有足够的勇气抛开你所熟悉和让你安心的一切，包括你的家、你的痛苦、你的怨念，开始一段真理寻求之旅——外在的内在的都可以——如果你真的愿意把旅途中所经历的一切都看成一种暗示，如果你把旅途中遇见的人都当成导师，最重要的是，如果你准备好去面对并原谅你身上并不讨喜的特质，那么真理就不会离你太远。通过自身的经历，我不禁开始相信这一法则。我找到了我的关键词。它的意思是：“我们跨越过去吧！”

## 7

每年的4月17日，安倩本科同学的QQ群都会有些不平静。那年春天，他们的同学卓芳像平时一样，平静地下完第一节晚自习，在她寝室门口的走廊上一跃而下，结束了她年仅21岁的生命。

死前，她没有留下一个字，甚至她的水杯，还留有余温。

她为什么而死？为什么一定要死？

这么多年，这件事一直是一个谜。

尸检结果是，她曾经有过性行为，但同寝室的同学都表示，她并没有男朋友。因为任何时候，她都是与耳机相伴，不是听英语，就是听音乐，剩下的时间要不就在图书馆，要不就在羽毛球场上。

她总是一声不响地把寝室的水打好，把女孩们大大咧咧留下的生活垃圾及时处理掉，却并不奢求别人记住她的好。

她的电话，也多是打给父母的，声音小小的，生怕惊扰了别人。

她在班上并不算出色，虽然五官清秀，但个头却比较娇小，这让她在大学期间刻意地训练自己的体质，专门选择一些个头比自己强悍的同学，跟自己打羽毛球。她原本想打排球或篮球，但大家都以她个头太小为由，拒绝跟她一组，所以她最后选择了羽毛球这个既能锻炼弹跳，也能锻炼协调性的运动。一个学期下来，她看上去已经有点生气，原本白得没什么血色的皮肤，已经有点黑红。当她穿上那套运动服从别人身边走过的时候，还能感觉到一股风吹过，至少显得不那么柔弱了。

但无论如何，比起成绩优异的安倩和花枝招展的蔷薇，她顶多只能算一朵雏菊，安静不招摇，万事先考虑别人，这是卓芳的特点。

心理学上提到，有一种讨好型人格，她就是。

可是，这么一个无公害的，试图与全世界和谐相处的女孩，却因为什么而走得那么决绝？

同学们从一些蛛丝马迹里找到了一些端倪。有一次，搞卫生的阿姨在收拾垃圾桶时，看到一个皱巴巴的小纸盒，由于那个盒子在电视上经常可以看到，搞卫生的阿姨好奇地打开看，却发现是一个避孕药的盒子。而阿姨最后收走的那包垃圾，是卓芳捆好的一大包，很显然，那是她自己的东西，而且并不希望别人看到。

还有一次，大家在用寝室的电脑查阅资料时，发现前一天的历史记录里有一条查询：如何判断自己是否已怀孕？而那几天，安倩和蔷薇都没有碰过电脑。

最关键的是，在卓芳发给自己发小的邮件里，虽然没有写到教务处的陈某，但表达了自己当时的困惑：我去教务处办公室时，他并没有像往常一样跟我聊学业方面的困惑，而是跟我聊了他的家庭，说他和他爱人当时结合的时候，并不懂得什么是爱情。当我一脸困惑的时候，他抓住了我的手。

但是，即使有那么多疑团，当学校为这件事草草地下了结论时，同学们还是没有足够的证据质疑。一个刚刚读到大二的花季少女，就这样消失在黑夜里，校方用最快的时间处理完血迹和尸体。第二天，当校广播站的主播开始播报新闻的时候，很多睡眼惺忪的同学都不知道前一天晚上发生了什么。

当全班同学一起去卓芳家时，没有一个人不为她的父母感到悲伤。

她父亲一直抓着她母亲的手，表情凝重。身为知识分子的父母，他们没有办法让自己的情绪喷薄而出，他们感激地看着这些和自己女儿一般大的孩子，试图从这些孩子身上找到自己女儿的一些影子。卓芳的母亲拿出一摞相册，指着一张张女儿的照片，不时用干枯的手默默地抹着眼泪。她偶尔会向一个同学问同样一句话，却与另一个同学张冠李戴。

她眼里有跟同学们一样的困惑、不解、无助和无奈。

黑裙

每个同学，都自发地、情不自禁地拥抱了这位母亲。大概是伤心过度，他们感觉到她的身体和手都是凉凉的。他们明明知道，所有的安慰都无法让生命复活，但他们只能试图把全身的温度都传递给这位孤独的母亲。

还能如何呢？一群二十出头的孩子，他们并不清楚，当他们远离父母，独自开始求学，就已经走入残酷的社会；当人性的魔爪伸向他们的时候，哪里会在意一个母亲的哭泣？

同学们约定好，无论天涯海角，每年都派出四位代表，在4月17日那天，看望她的父母，并陪同他们到公墓祭奠。

网络媒体越来越发达，即使有些同学已经离开了中国，他们仍然可以在同学群里，看到4月17日当天的照片和一些文字记录。

卓芳的父母加入了一个失独家庭组织——雁离彩虹，这里全是失去孩子的父母，但这些组织都接受了一些专业的培训，从注视到对话，再到肢体语言，都给了这些失独家庭一些温暖和慰藉。有时，他们还一起唱唱他们那个年代的歌曲，那些内心的创伤，也悄悄地抹平了些。也因此，他们最近几年的照片里，难得地出现了几张开心的照片。

同学们各自奔赴四方，卓芳的意外渐渐被淡忘。岁月像整容后消肿的脸，虽然有隐形的疮疤，但外表还是光亮如新。

然而，这一切的平静还是被一条从美国发出的微博打破了。

当年留美的同班同学冯灼灼，在一条美国女老师状告原校长性侵的新闻里，写下了一条长长的留言，详细描述了当年自己在学校遭受性侵的过程，并附上当年的日记。一时间，国内媒体炸了锅。美国一家媒体甚至第一时间对她进行了采访。

结果，冯灼灼就扯出了当年卓芳的事件，称卓芳的背后，还有很多既无力反抗又没有勇气自绝生命的同学，毕业之后都无法扫除这件事情给自己带来的阴影。而为什么今天有勇气将这个难以启齿的事件公布出来，是不愿意看到一个个鲜活的生命再一次被摧残。帖子刚一贴出，一些当年的学弟学妹都在帖子后面跟帖留言，纷纷以亲身经历举证那位当年的教务处主任陈某。这让事情更加以不可遏制的方式持续发酵。

学校被逼拿出当年对这位教务处主任的处理意见，却被指漏洞百出。况且这位教务处主任现在早已调至另一所大学，且已经是多家媒体追捧的某电视讲坛的著名专家。一旦把事情搞大，无论是他所在的大学，还是他担任嘉宾的那档电视节目，在名誉，甚至利益上，都将遭受重大损失。

陈某迫于舆论压力，先是在网络上发布声明，言之凿凿地表明，相信组织，相信学校，相信公安部门对自己做的调查，后又晒出自己跟家人旅游的照片，大打亲情牌。再后来，又在网上传出《致亲爱的同学书》，回顾学生们的青葱岁月，还晒出跟同学们的合影，试图通过感情收复失地。最后，他干脆直接承认与卓芳有过师生恋，而自己最后受到道德的谴责，更不愿意对家庭造成伤害，因而提出分手，而卓芳却因为深陷情网不能自拔而选择了轻生。

这混淆视听的一招暂时起了一点作用，舆论稍稍平静了几天。

陈某现在任职的大学，也趁此机会撇清与此事的关系，声称因学校当时缺乏有留学经历且外语好的教授，所以并未认真了解该老师的情况就草率引进此人，实属工作失职。

与此同时，那位美国女老师在指证自己的上司之后，也引发了很多女性的共同指控，一些女性甚至说："尽管我已经有了孩子，但是，我仍然要指控这个禽兽，因为只有站出来，让这些人畏惧，我的孩子才能避免悲剧重演。"

最后，这位校长被判刑100年。这真是一个惊人的数字。这意味着，这个校长的下半生，将在监狱里度过。

事件沸沸扬扬地炒了几个星期，一直沉默的卓芳母亲，在看到陈某的声明后，终于通过微博打破了沉默。她说，虽然丧女之痛一直围绕着她，但是，人死不能复生，即使她有万千困惑，但最终只能接受学校和公安当年的调查结果，独自舔舐伤口，毕竟自己手上没有证据。但是，她看到陈某的声明后，感觉疑点重重，作为母亲，她认为这不是真相，她希望公安部门能再次取证，让逝者安息，让陈某得到法律的严惩。

狡猾的陈某最后出具了一张医院关于直肠癌的诊断证明。

陈某的微博不知什么时候，屏蔽了各种消息。

但安倩还是在消息屏蔽之前，在一堆跟帖的名单里看到了蔷薇的回复。在这条回复里，蔷薇只有简短的几个字，但安倩还是看懂了。

“禽兽陈某，托你之福，完成了我们的成人礼。”文字背后，是几把带血刀的图案，令人不寒而栗。

安倩一直想找蔷薇谈一次，但是，自从发生了那件事，蔷薇竟然奇迹般地从公众的视线里消失了。

几个月来，这条信息回复，是唯一能证明蔷薇还活着的线索。

这么多年来，自己真的了解蔷薇吗？她的心里是否装着常人无法体谅和理解的痛？安倩很想知道。

# 8

EL Bench酒店发生这么大的事情，马汀是不可能不知道的。何况安倩已经有一个星期没有上MSN了，而且每次的电话都很简短。

就在一天前，他接到了一个叫马路的中年男子的电话，自称是他的父亲。

马路在电视上看到自己的恩人安然作为党的十七大报告起草专家组的成员接受访谈，他百感交集，联系到了安然。

与此同时，马汀也通过各种线索找到了生父马路。

马路出狱后，曾有过那么一段万念俱灰的时候，妻亡子散，家徒四壁，他不想找同学，也不想找朋友，他只想找到当年帮助过他的安然。在他判刑之前，安然力排众议为他说情，但在严打期间，马路仍然没有逃脱被重判的命运。马路找到市委传达室去问，听说他们早搬家了，去哪儿找呢?

他出狱后第一件事就是生存，在里面关了9年，自由了反而心里很迷茫。

他去找了一家餐馆，做服务员，他挺能吃苦，工资要得不高，老板也是明白人，他又是经济罪，比那些偷扒抢劫犯要让老板放心一些。从生意的角度，找他一个等于找了三个，也就让他安顿了下来。

有一天下班，他穿过一块老城区，那里到处写着“拆”字，他看到好多商铺把过期的囤货随意地扔在垃圾堆里，而不远处，总有几个戴着口罩、拿着工具的人，在那堆垃圾里找到宝物，放入袋中。

他想，如果有一天，自己也成为这捡垃圾队伍中的一员，该是多么悲凉。

继而，他又开始自嘲，醒醒吧，自己比捡垃圾的也好不了多少。即使自己哪天真的去捡了垃圾，也要跟别人不一样。

他看到一堆报纸，刚刚被扔到垃圾堆里，看日期也不算太老。因为他没有电视，在狱中他也是坚持看报的，所以他立马挑了几张干净的捡起来。

有一条新闻，引起了他的关注：重庆第××号地铁，将于1996年某月某日开始启动，途经某某站和某某站。

敏感的他意识到，翻身的机会来了。

他在狱中一直有看书的习惯，尤其是关于历朝历代的县志、城市历史演变、城区位置变化等。他知道那几站，500年前就是当时的城市中心，当年的衙门、学宫、寺庙以及兵营的驻扎地，许多宝物就藏在地下，只是经历朝代更迭、城市变迁，大多数的人并不清楚这里发生过什么，也就更不会关注这地底下的秘密了。

他发现，城市垃圾的处理，要么有专门的填埋场，要么是由垃圾处理厂划一块独立的区域。建筑垃圾不存在垃圾回收，泥土车把垃圾运到指定的区域后，卸了就走，之后怎么处理没有人关心。不正规的填埋地，也没有专人看管，想直接进去翻垃圾淘宝也相当容易。

所以第一步，就是把垃圾控制在自己手里。首先，要沿路踩好点，看附近哪个位置最方便卸货，然后直接告诉卸货的车主，把货卸到指定的地点，因为这个地点比正规的垃圾厂要近很多，为了省钱省油省时间，他们会很乐意这么干。其次，垃圾翻完以后，还得专门找人把这些垃圾运到填埋的地点。

但这里又有两个技术问题，一是对垃圾的预先判断，另一个就是拦截垃圾的方式。

不是古城区的垃圾，自然就没必要去拦截了。古城区的垃圾，头几天也没必要，因为还没挖到历史文化层。

这个时候，你就得每天去工地看翻出来的土质。如果土质有变色、带木屑这些特征时，就可以开始布置拦截了。

这第二步，就是翻垃圾了。

垃圾必须是今天到位的垃圾今天翻完，明天又会有新的垃圾。他必须每天花很多时间挑拣垃圾。

当他收集到足够的宝贝，他便上了南下的火车。

他找到了广州当地的一些收藏家，把自己收的宝贝一一拿给他们鉴定。慢慢地，他遇到一些香港的、台湾的买家，赚到了第一桶金。

后来，他经常去香港参加拍卖会，根据自己的经验，他买到一些价值被低估的好货，有时不到三五年便翻了几番。

人生总有贵人，那些识货的、买货的，都是贵人。

而那位当年帮助过他，力挺过他，甚至因为他而影响了政治前程的安然，当然更是他的贵人。

Chapter 5

# /离开舒适圈：中国人才“混迹”海外酒店/

# 1

Anthony的丑闻出现后，他立即向中国区提出了辞职，离开了工作18年的Benchmark集团。后来听别人说，Anthony去了中东国家的一个欧洲品牌酒店，虽然不习惯那边禁酒的规定，但他也通过上次的教训在个人问题上收敛了许多。再后来，还听说Anthony所在的酒店在中东地区获得了年度最佳酒店，他本人也被提升成了区域董事总经理。

当然，总部又为上海EL Bench酒店调来一位美国籍的年轻总经理，男性。他在来之前，担任了5年华盛顿的EL Bench的酒店经理，在运营方面有非常丰富的经验。这家中国区各项业绩都最厉害的酒店毕竟不是一蹴而就的，也不是某位总经理的个人文化使然，而是Benchmark集团多年积淀的文化，以及管理人员一点一滴地将工作细化到指尖，才能将这个堡垒筑成今天这样坚实。因此，所有的部门总监都在淡定地等待新任总经理，期待新总经理的加入，能站在集团的高度对酒店进行变革与战略调整。

作为酒店的市场销售总监，安倩认为自己重要的职能就是如何打开脑洞，让酒店的创收实现更大的可能。她非常期待这位新来的总经理能给自己一些好建议。

午餐时，安倩收到一条通知，请她不要离开酒店，总部的人力资源副总裁会过来宣布一个重要决定。

又出什么幺蛾子了？虽然经历了不少风波，安倩已经处变不惊了，但总经理刚上任就宣布重要决定，而且必须要她在场，安倩还是难免有点小紧张。

难道又有什么突发事件，或者是又被人投诉了？酒店行业其实一直是媒体喜欢关注的焦点，新闻里也曾有不理性的顾客投诉的，媒体偏听偏信，难免有不实报道。虽然身正不怕影子斜，但吃瓜群众更愿意相信八卦，谁会在意真实的情况是什么呢？

大家也都在为这事议论纷纷，集团的老员工也说，总部的领导是不会随随便便为一个普通的决定去亲自宣布的。所以，一定是要爆猛料了！

下午2点，中国区人力资源副总裁Jack Grey和人力资源总监林玲来到约定好的行政酒廊会议室开会。和任何一个欧美人一样，一坐下来，Jack就习惯性地问了一句：“How are you today, An?”

Jack面带微笑地说：“首先，我们想在宣布之前，恭喜你成为今年高潜能人士未来总经理项目的最佳学员。在过去的12个月当中，你的聪颖、努力、担当给所有人留下了深刻的印象。你圆满地完成了总部和你的导师Benny Chan分配的所有工作项目，而且结果都相当出色。在上周的中国区行政例会上，你被总裁提名为这次学员中第一位晋升总经理的人选。”

“什么？您是说我……升职了？”安倩有点不相信自己的耳朵。

“是的，安倩，你没有听错！”Lucy似乎早有准备，虽然隔了两个座位，但还是向安倩投来了一个鼓励的微笑。

要知道，安倩一直的目标就是成为总经理，独当一面地管理一家国际品牌酒店。但是，她又很清楚，中国人要在国际品牌里获得这样的机会，概率实在太低了！而Lucy在她的心里，一直是一个难以逾越的高峰，也是一个暗自学习的榜样，所以，她一直用不懈的努力去实现梦想，不争时间的早晚。

原本预计至少还要在这种职位上工作两年时间才能被提升，没想到机会来得如此之快，而且一步到位。

林玲脸上的笑容比Jack的还要灿烂：“没错，安倩。这不是一般意义上的升职，你会成为公司历史上第一位中国籍女总经理，而且还是最年轻的，31岁。你，是Benchmark集团的骄傲，更是我们中国管理人员的骄傲。恭喜你！”

Jack站起身，用热情的拥抱恭喜了安倩的晋升。重新回到原位后，告诉了一个令安倩更兴奋的事情：“当我们把总裁提名报给亚太区人力资源部批准时，得到的答复竟然是建议将你调往印度尼西亚的一家已开业酒店任总经理。这确实是超出了我们的意料，原本是想让你去一家二线城市的中端商务酒店工作。第一次任总经理，上海办公室这边更希望你的胜算大一些，这样也能做一个表率，让以后的中国总经理更有信心。”

“印尼？我能知道亚太区办公室选我的原因吗？”安倩想到了她去过的巴厘岛，旅游和在那里工作可是两回事，涉及种族、信仰、文化的不同，这可是要做一些功课的。所以安倩觉得这不能算是好奇，作为当事人，她有权知道选她的原因。其实这个原因，不也正是她在别人眼中的优势吗？

“当然。”Jack很愉快地回应着，“如果你同意的话，你即将上任的酒店叫作Le Challion Bali。当亚太区总部在选择这家酒店总经理之前，业主已经三次向东南亚区总部投诉，认为酒店收益不理想，没有达到业主投资前的预期。因为投诉3次以上，就会升级到亚太区总部的运营部门来关注并处理。接着，我们与Le Challion Bali的酒店进行了充分沟通，发现业主最关注的是它的综合毛利润。去年这家酒店的经营毛利润不到15%，交完集团的管理费，扣除维修基金，还没搭上折旧，就已经不赚钱了。”

“Jack，你的意思是总部认为业主很不容易相处吗？”安倩接着问。第一次做总经理，难免工作方式和沟通技巧有不够成熟的地方，安倩还是挺慎重的。虽然这是一次绝好的机会，这么年轻升职，而且还是积累海外经验，对自己来说肯定是不可多得的。但是，这样听来，好像挑战风险与升迁机遇并存，甚至是大于机遇的。

Jack说：“恰恰相反，总部的领导们也认为业主虽然显得强势，甚至还有暂缓支付管理费的想法，但我方委任的总经理连续3年没有达到预算目标，这也是不争的事实。”

全球各大国际品牌酒店集团在酒店行业，几乎都不会自己投资酒店或酒店地产这种重资产。它们的专业输出才是生意的根本，也就是说，酒店集团创造各种不同定位的酒店品牌，然后拿酒店品牌与投资人合作，签订委托管理合同。业主将自己投资的酒店交由酒店集团进行管理，赋予其绝对权限，而资方并不参与日常管理，只就重大决策提出意见或建议。换而言之，唯一能让业主衡量管理方委派的以总经理为首的高管团队的重要依据就是，每年8月由酒店高管团队和总部共同完成的下年度预算，在获得业主最终批准后，必须严格执行并保证完成。如遇长时间无法实现预算且没有让业主满意的行动计划，业主则有权向总部提出更换总经理或高管团队。

安倩在大学时，曾经有一位老师在课堂上用了一个生动的例子来描述业主和管理公司作为投资方和管理方的关系。“比如有位富商，自己有个孩子，天资聪颖，全家人对他的期待值相当高，希望他能成才，扬名立万。可是这位富商并不擅长教育孩子，于是他便请了一位最有经验、最合适自家孩子的家教。这位富商就是酒店投资的业主，儿子就是酒店，家教是管理公司。当然，家教也不是永久的，当儿子长大成人，觉得不需要家教时，之前签订的合同也就停止了。”所以，一般来说，投资方与管理方签订的委托管理合同是10~15年不等，而且都是新酒店。

也有人把这份管理合同比作一纸婚约。如果“夫妻双方”因性格不合而“离婚”，也就是解约，那么就得看看是谁的过错来划分赔偿责任了。但即便是因为管理公司的经营不善而解约，投资方也要付出很大的成本，因为更换掉所有的酒店用品、标识标牌等等的费用一般都是以千万元来计算的。

Jack继续介绍目前酒店的状况和挑选总经理的过程：“Le Challion Bali酒店的业主虽然对业绩不理想提出了极大的不满，要求更换总经理。但在这之前，还是给予了亚太区总部足够的重视，请他们提出行动计划。当然，总部也给出了很多专业的支持计划，比如加大对酒店的全球订房系统推介、亚太区内各酒店给予交叉订房量的重点推广等等，这些业主都比较满意。但最后业主提出来，目前巴厘岛50%的客源来自中国。既然是这样，能不能安排一位中国籍总经理来岛上经营？”

“亚太区接收到业主的要求后，经过讨论，认为这个建议可以被采纳。而且这样的任命也能鼓舞到很多中国雇员，让大家看到国际公司的文化、种族的大融合。”

“那么在众多候选人当中，你们又为什么会选中我这个中国人呢？”安倩的好奇心也被Jack说得越来越重了。

安倩正打算循着这个方向和思路继续刨根问底，追查清楚自己被选中去这家酒店担任总经理的缘由，以及总部对自己的期望值时，会议室的门被打开了。

Benny Chan，中国区运营副总裁面带微笑走了进来。

安倩这下明白为什么Jack过来时，还跟行政楼层的员工多点了一个双份浓缩咖啡。

再次看到自己的导师，安倩有一种莫名的亲切感。她觉得在导师面前，自己永远像个孩子，但此时很显然，导师要送这个孩子远行了。

Benny在安倩的对面坐了下来："安倩，就知道你一定会有很多问题，毕竟你这次的升职决定很快，甚至超出了我们的想象。这是你的努力，也是各种机缘巧合。而一般的人，如果听到自己要升职做总经理了，一定是喜形于色，且立马保证没问题了。但我知道你不会，否则那就不是你了。怎么样，我对你的了解还是很深的吧？"

被导师说得这么入心，安倩有点羞涩了，她说："导师就是了解我，那我猜您亲自过来的目的，也就是来告诉我选择我的理由，是吗？"

Benny礼貌地向Jack点了点头，示意接下来的部分，由他来解答。

Benny说："我们同意选中国人去巴厘岛当总经理，不能说完全是因为业主的提议，最主要是他的提议动因与我们整个团队未来的发展恰好相符。中国市场已经成为全球最大的旅游来源，谁都不想放过这块马上要到口里的蛋糕。"

又是"蛋糕"，英文真省事，什么都用"蛋糕"来形容。例如，a piece of cake，表达的意思是"小菜一碟""很容易"。

"要想尽快吃'蛋糕'，全球的生意方向就会偏移到中国来。让中国人通过对我们各个品牌的认知度和忠诚度，转化成他们在国外消费时住在我们品牌酒店的结果。Benchmark集团25年前进入中国市场以来，现在已经由178家酒店在运营中，另外还有230家酒店在建，这就是Benchmark在中国市场的品牌渗透力。我们用积分奖励计划吸引客人，用独特的品牌精神留住客人，这是我们在中国区做的战略计划，但是，更大的目标是中国人走遍全世界，都习惯性地入住我们的10个品牌。目前集团在上面的基础建设确实还是很不错的，完成了阶段性的短期计划，可是让中国客人选择国外的Benchmark酒店，就意味着我们在非中国的酒店里需要懂中国客人的管理人员，这样可以减少很多沟通成本，让中国的客人在这里找到安全感和归宿感。”

Benny说的都是公司战略层面的计划，直接把安倩从上海的地图，拉到了中国的版图，甚至世界的蓝图，安倩频频点头表示理解。

“你应该听说过，现在很多欧洲和美国的酒店，为了取悦中国客人，在早餐里加了自认为很不错的粥。可是，被中国客人投诉，米还是米，水还是水。又比如，国外的员工不懂带‘4’的数字不吉利，在给中国客人分房时闹出了很多笑话。我们是一直以“最懂客人需求”为目标的酒店，又怎么可能不对服务精益求精呢？也许听起来很荒唐，美国总部正在请中国区市场销售副总裁组织编写中国客人习惯指南呢。”安倩听了觉得确实挺好笑，但又觉得很自豪，看来中国客人确实引起了全球旅游业的下一个热潮，她之前的判断没有错。还有另外一个判断，下一个阶段也一定会马上成为现实，80后中国游客会选择自由行的方式在全球各个旅游目的地出行。准确地说，80后中国客人才是掀起全球旅游下一波热浪的主力军，研究好他们的说走就走旅行、热恋旅行、婚礼旅行、家庭旅行等模式和需求，就能事半功倍。

“导师，您的意思是，巴厘岛的业主主动要求派中国总经理。选择我的主要原因是我的国籍，其次是我的背景——市场销售，这些都可以帮助我招徕更多的中国籍游客。对吗？”自信的安倩很自然地总结出了这个原因。

“不止这样，”Benny说，“你曾经是一位很优秀的集团区域管理培训生，总部对你的能力和适应性十分看好。去一个全新的环境，做一份全新的工作，我们可以派一位在职的中国籍总经理过去，可是通过讨论，大家觉得应该突破过去选拔人才的老方法，破例选择一位能开拓市场、不怕困难的年轻总经理。所以，你成为不二人选。意外吗？”

当然意外，想过升职，没想过这么早升职。

“不过，在推荐之前，我们必须先问问你本人，作为当事人有没有意向被调到Le Challion Bali担任总经理。机会虽好，作为你的导师，我对你很有信心，但是，所有的成功都不会100%被保障，集团将全力支持配合你。而能不能做好，却是全都靠你自己，没有人能左右你，但也没有人能保证你成功。而且，目前这家酒店已经3年没有完成预算了，也正因为这一点，业主变得越来越挑剔。你没有多少时间慢慢地循序渐进，最多3个月，你就要用实际的业绩去证明自己的能力。”

“你愿意去吗？”Jack的问题简短而有力。

万一……才打算想“万一”，安倩就制止住自己了。难道就因为自己对风险的不确定性就放弃如此好的机会吗？这不是她的作风，哪一件事情能控制一切“万一”呢？而且，业务的挑战，不就存在于这不可控的“万一”里面吗？假如一切都可以按部就班，安倩也不会脱颖而出了。至少绝对不会在31岁就能获得这种国际品牌酒店高管的职位。

“安倩，你需要多长时间考虑？”Jack表现得很温和，他知道这对于安倩来说，是一个重要的决定，希望安倩好好利用一点时间考虑。其实对于亚太区总部的这个决定，当时也并非全票通过，至少Jack在中国区总部例会上是持反对意见的，但看到中国区总裁和运营副总裁都支持上一级总部的做法，也就接受了。尽管Jack有着30年人力资源背景，并且也是集团内人才发展计划的倡导者，但一直以来，都是培养一个已在总经理职位上有过漂亮业绩的熟手去国外工作，这一次完全是起用新人担任总经理职位，又是开发一个完全没有中国总经理占领的国度，在他看来，实在不是明智之举。此时，他其实希望安倩能有所顾虑，毕竟这个决定，对总部来说，也是有“万一”的可能的。

“不用考虑了，Jack，我愿意去，也谢谢集团对我的信任。”安倩的回答令Jack有点意外，当然内心也有几分赞叹。他原本想以个人身份，劝她留在上海，毕竟在国内，上海已经是很不错了，虽然没有出国，但哪一个国家可以具备上海这种国际化大都市的视野呢？况且，总部将在中国开辟更多酒店，安倩仍然有机会去其他一线城市任总经理。印尼虽然是一个旅游国，但当地人的文化水平却并不乐观。可是，长期的职业训练让他放下了个人的意愿，虽然只是短短的会面，但他毕竟阅人无数，他感觉到安倩比较稳重，绝不会轻易接下这份重任。况且，这是由中国区行政例会决定的人事变动，作为企业高管，应该严格遵照执行，并向候选人做好解释工作。

“好吧，安倩。你这么快就同意了这个新岗位，也给了我很大的信心，按照一般的集团内部总经理调转流程，我们先要向业主推荐人选。最后的结果如何，还需要等待。”

坐在对面的Benny，默契地向安倩点了点头，流露出鼓励的眼神，似乎在说：“去吧，孩子，我相信你！”

批准流程很快出了结果，正如总部所料，业主选择了3个候选人当中的唯一一位中国人。

安倩从那天开始，正式成为美国Benchmark酒店集团史上最年轻的一位女总经理，也是第一位中国的女总经理，第一位80后总经理。

## 2

原本中国区的市场传讯部准备在各大媒体上宣传一下这条新闻，最后还是被运营副总裁Benny拦下来了。他的理由是给安倩一份平静的心态，去面对她职业生涯中最大的转折点。

当总经理，不代表你成功了。成功是要靠你自己获得与职位相匹配的结果。这是Benny作为导师，给安倩上的最后一课。

总部给安倩的到岗时间是10天内，安倩匆匆安排了工作交接。一周后的周五下午，Lucy代表酒店为安倩准备欢送会。

酒店里的每一位高管离开时，无论是内部调转，还是同行业跳槽，酒店行业一直都是非常有人情味的。只要这位高管不是因故被解除劳动合同，这个欢送会就一定会举办的。

但安倩很害怕，到上海九年，这家酒店已经快成了自己的家，离别在即，那些平时难以回顾的往事像电影一样涌上心头，她怕自己会在欢送会上哭得失控，特意跑去跟Lucy请求，还找了个借口，现任总经理还没有正式到任，按规矩连个讲话发言的领导都没有。安倩遇事从来不胆怯，此时却在自己的事情上有点发怵，所以提议，要不然这欢送会就取消算了。

Lucy坚持，别的事情可以低调，但是高管离职时必须受到应有的尊重和礼遇。还笑称让安倩不要小看她和其他ExCom，他们的发言不会比总经理差很多的。

实在是拗不过Lucy这份职业化的热心肠，安倩又请求各位昔日的同事不要太煽情，她可不想哭得稀里哗啦。

周五下午2：30，运营部门的经理例会都已经开完，这是一天当中酒店的经理们最能集中的时间点。安倩的欢送会就安排在这个时间，地点是丹妮意大利餐厅。

这是一个装修风格很意式的餐厅，不仅有设计颇为新颖的用餐区域，有明亮的厨师现场制作区明档，更有橡木烤制的意大利薄脆比萨烤炉。

这个时间点，全部客人已经离开，丹妮餐厅的员工用最快的速度将茶歇甜品摆放在餐厅入口临时设置的一个茶歇区域。还没开始，饼房厨师长就跑来恭喜安倩，他俏皮地塞了一口热腾腾的杏仁饼给安倩，说："安总，我们为你感到骄傲，中国人得到这么高的礼遇，你是头一个。"

安倩立即说："Thomas，你还是像从前一样叫我安倩。无论我去哪里工作，做什么职位，我们的同事友谊永远都是不会变的。对了，今天的派对主题是什么？怎么茶歇都这么艳丽呢？"

"你说对了，这是我们餐饮部送给你的最后一个礼物，主题茶歇——花样年华。所有的茶歇点心包括装饰，都是用食材做成花朵的形状，或者用花来做的甜品。而且今天的茶歇也不是我们饼房一个厨房完成的。你看，这些装饰的雕刻水果，是中厨房出品的。"

最惹眼的是三个西瓜雕刻，每一个都不是传统上的在绿皮上浅层雕刻，而是深入那圆滚滚的海南无籽瓜半径深度，植入到鲜红的西瓜瓤里刻出来的三个图案。"恭""喜"和一朵大牡丹。中厨房厨师长正巧赶到，便介绍说："安倩，升职是喜事，牡丹花是中国的国花，也有着妖娆不做作的独特品格，和你的工作风格很像。我们中厨房祝愿你一直花开富贵、欣欣向荣。"

中厨房的打荷是一个很特别的岗位，在西厨或是任何一个厨房都不会有这样的岗位，他们除了平时为炒锅和烧腊师傅配菜，还要负责每个菜的装盘。为了使装盘精美，他们练就了在瓜果上雕各类造型和人物、动物的本领，可是西瓜瓤不是冬瓜瓤，水分是各类瓜类的数百倍，能把造型深入超过10cm，雕刻出如此精美的花朵和创意字，确实是相当厉害。

除此之外，中厨房还别出心裁地用中式盖碗茶杯、工夫茶具和汝窑茶具准备了各种中式花茶和以中国常见鲜花为造型的象形点心。

如果说，中厨房擅长于象形菜，这却绝不是西厨房对厨艺的追求。西厨房厨师长看到大家都在很高兴地介绍自己的主题出品，便跟安倩表示，今天整个茶歇的主题是他拟定的，而且整个布局也是他设计的。安倩立即用大大的微笑表示感谢。

西厨房和饼房自然是没的说的。光看茶歇西式甜品五彩斑斓的颜色，就知道至少用了10种新鲜的水果来制作。大大小小的、高高矮矮的慕斯杯里承载着杧果慕斯、草莓慕斯、柠檬慕斯，颜色鲜艳欲滴。诱人的苹果搭配上别出心裁的自制桂花酱，让人味蕾和脑洞大开。最有趣的是，一个名为七彩花田的大蛋糕上，装点着各种花的样式，从正中央切开后无论从任何角度看，蛋糕的侧面都会呈现出一朵玫瑰花的侧影。

精彩绝伦，还不足以形容厨师们今天的主题茶歇。茶歇2点半开始，酒店里的经理们陆陆续续到场，大家吃着茶歇，喝着红酒或自制饮料，兴致正浓。还不到10分钟，安倩就有点感伤了。

正在惆怅之际，不知道谁开始提议，和今天聚会的女主角合影留念，突然在场的同事三三两两，或以部门为组，或以朋友为名，分别跟安倩合影。说说笑笑间，Lucy还说："大家温柔点，都找安倩拍照，人家多累呀，收钱！单人合影50元，集体合影100元！"

大约又花了10分钟的时间留给大家合影，Lucy很优雅地在茶歇间取了一个小甜品勺，敲了敲手中的红酒杯，声音不大，但不锈钢与玻璃杯之间的碰撞声很清脆，所有人都听到了。顿时，大家都很识趣地停止了聊天和嬉笑，让今天的主持人Lucy开场。

"今天，感谢各位同事来到丹妮餐厅为我们上海EL Bench培养的明星员工——安倩送行，同时庆祝她的升迁。安倩在9年前加入我们的团队，她的优秀我们有目共睹。正因为她的优秀，我们也借此鼓励了许许多多的年轻员工努力工作，用实际案例验证企业的责任与员工的发展是息息相关的。安倩，再一次用自己的职场成就向我们证明，中国的年轻一代酒店人是用实力、能力和动力取胜的。让我们恭喜安倩，从明天开始，她就要去新的城市就任一份极具挑战意义的新工作，成为总经理俱乐部中的新成员。"

Lucy的话音刚落，现场掌声雷动，所有人都带着微笑和兴奋的眼神注视着安倩，祝贺她升任总经理一职。

安倩下意识地把前一天晚上准备好的讲话快速过了一下，正准备开口讲话，市场销售部一位同事却跑上前来。

“老板，在你讲话之前，我们市场销售部的全体员工，你曾经最亲密的伙伴，为你准备了一份礼物。请容许我们现在就给你献上。”

安倩很开心地点了点头，暗自偷笑，市场销售部总共有24名同事，难道他们凑钱买了一份大礼吗？不管是什么，当着所有的人面把包装一层层地拆开，这样就一定是皆大欢喜了。

刚咧着嘴，打算开个玩笑，猛然间发现原本摆在餐厅西南角上的钢琴前站着一位熟悉的同事，自称是这个节目的外援，他竟然是餐饮总监George。

George也算是位老同事了，一起共事7年时间。安倩以前总觉得身为老上海，又是酒店行业老资格的他，是行政委员会成员中最厉害的人。甚至有时候，她部门的宴会销售经理为了菜单的报价都要向George申请好长时间。后来安倩才意识到，George身上有很多不可多得的优点，他只要看到销售经理没有与客户花时间沟通菜单细节，就忍不住要挑战一下他们，坚持无论任何菜单都需要符合客户的要求。有些一天到晚干活怕多事的销售经理自然就不乐意了，跑过来向安倩抱怨。但当安倩理解之后，一直都对George的认真和担当报以钦佩。

没想到，George竟然是第一个站到钢琴前，宣布今天自己是受市场销售部的邀请，参与一个节目表演的。

天啊，原来礼物是个集体表演。

只见George煞有介事地先请出市场销售部的全体小伙伴。大家都微笑着一齐向在场的观众鞠躬，却一句话也没有说。George端坐在漆黑如墨的德国烤漆钢琴前，三脚支架里的RUSLAU琴弦发出的声音被18层专用弦釉板过滤后，清脆而有质感。

歌曲有个很长的过门，带着一份纯真的记忆，飘然而至，是当年的经典歌曲之一《祝你一路顺风》。第一次听到这首歌时，安倩还在学前班呢！安倩的心一颤，不知道是因为George的琴弹得太好太意外，还是这首老歌太应景，她感觉自已的鼻子有点发酸，眼泪开始打转了。不行，得忍，忍一忍就过去了。

Lucy拍了拍安倩的肩，说："George小时候可是考过了钢琴十级，但因为他是个十足的吃货，硬是强迫父母接受他放着音乐学院不考，去学了酒店专业，于是他毫无悬念地加入酒店并投身餐饮部门直至今天。"餐饮才是George的兴趣所在，但正因为从小的音乐熏陶，使得他出手的餐品都有一种艺术的美感。而钢琴这种小时候被逼出的爱好，他只有兴致高的时候才碰一碰，这次是拗不过市场销售部的小秘书威逼利诱，再加上圣诞晚会时跟安倩的精诚合作，一直希望借个机会向这位可敬的姐姐表达一下敬意，才愿意出来显显身手。摩羯座的他，属于社交被动型，要不是有次餐饮部聚餐，喝了点酒说出自己学过钢琴，谁都不知道他还身怀绝技。当然，很多人也只是当时表现出一些惊讶，过后却并没有当回事，只有他的秘书真当回事，在秘书群里说开了才有人知道的。

谁说酒店行业全是些伺候人的活儿，这里和其他地方一样藏龙卧虎啊。

煽情的火苗已经燃到了极致，站在George身后的24位市场销售部同事竟然变魔术般地掏出了一份"小抄"，人手一份。经典老歌的调调人人都会，要唱出歌词确实有点让人为难，这"小抄"也就能让人理解了。安倩想，一首歌最多4分钟，顶住，不可以哭。

"那一天送你送到最后，我们一句话也没有留。"第一句话大家唱得齐，还能听得下去，要知道销售部的精英们到了卡拉OK一般都是"麦霸"，到最后一分钟都要闹腾，所以唱首这样的歌自然也还算是不在话下。

唱到第五句的时候，依稀听到有人在哽咽了，再过几句，还听到有人在抽泣。安倩本来就不敢看自己最熟悉的这个部门的人，听到声音已经高高低低，甚至连George的弹奏都跟不上了。她偷偷地斜看了一眼所有人的表情，钢琴旁至少有一排的同事在哭，连站在对面的其他部门的眼熟的、不眼熟的同事也在抹眼泪。

安倩的眼泪终于还是流了下来，久久不能止住。过去的9年，上海EL Benchmark见证了她的成长，在她犯错时，酒店给予了机会；在她遇到压力时，酒店给予了理解；在她遭遇困难时，酒店给予了信任；在她需要发展时，酒店给予了平台；在她需要升职时，酒店最后成就了她。酒店不是一个生硬的营业场所，这里也有爱，也有情；有欢笑，也有泪水。当然，也有险滩和暗礁，但所幸的是，这不是一个人的战场，EL Bench酒店的每一点成长，都集合了800多位同事的共同努力，而安倩成了这里的佼佼者。

作为一个外地人，安倩觉得自己能够有今天，绝不是一个人的成就，而是大家齐心协力的结果。她旁若无人地哭了出来，冷静了几分钟后，她打算再讲几句话感谢所有同事，可是无奈又被哽住了。

同事们纷纷拢了过来，还有几个刚到市场销售部的实习生，也在不舍地看着这位他们尊敬的前辈做最后的告别。泪眼模糊中，安倩的手被很多双手握着，有的很纤细，有的很饱满，有的还有些柔弱，有的则充满力量。她看不清是谁，分不清是谁，感觉却如此贴近，如此温暖。

很长时间后，安倩想到那一天的窘状，都会哑然失笑，估计自己精心化的妆容早已是面目全非了，精心思考的感谢辞也说得支离破碎的。

## 3

欢送会后的第二天开始，安倩开启了短暂的休假模式，她给父母报了个平安。妈妈超级有趣，怕女儿在国外吃不惯，托顺丰寄了重庆的坛子菜过来，也不嫌重。

虽然管着一家大企业，但马汀对安倩却真是呵护备至，这倒让安倩多了一份愧疚，不知不觉31岁了，这不正是一个女人恋爱、结婚、生子的最佳年龄吗?可自己不仅要忙事业，还把自己给奔波到国外去了。倒是受西方教育的马汀很大气，丝毫没有要求安倩相夫教子的意思，一听说安倩得了这个升职的机会，立马就表示大力支持，而且巴厘岛毕竟是他们相识的地方，有着特别的意义。马汀打趣安倩，说她是有工作强迫症，到了那边工作，正好可以强迫自己每个月休个短假了。

那天，他开着他的奔驰，迎着黄浦江的清风，带着安倩在上海转悠。

“再看看这里吧，以后回来的机会可能就不多了。”马汀一边打着方向盘，一边对安倩说。

“别说得那么伤感好不好？我可没打算移民。再说了，我早就听说，总经理这个职务，在一个地方顶多就是三年，总部就得换人了。”安倩说。

马汀说：“哎呀，去美国也行啊，或者奥地利，音乐之国。千万别派到非洲去了。”

安倩说："去非洲，虽然会晒得黑点，但工资可能会比较可观哦！"

马汀说："可是，人就不可观了。"

安倩哈哈地笑了起来，说："巴厘岛也很热，估计也好不到哪里去呢！"

马汀说："巴厘岛比较近，我以后每个月跑一趟，关机，休假。哈！"

"真的？每个月都去？马总能忙得过来吗？"安倩调皮地调侃。

"为什么不能？休息好才能工作好，而且，从上海去巴厘岛的机票便宜又是免签，东航的航班是晚上的，航程才4个半小时，抽个周末就过去了。其实你去巴厘岛工作的好处对我们俩来说太多了，两只手数都数不过来。"

安倩问："是吗？说说看，有什么好处？"

马汀说："比方说，假如有酒店投诉你，你就不会顺手拿着电话，又来投诉我。"

安倩故意斜着眼睛说："什么啊？"

马汀继续说："还比方说，以前啊，周末一有空，我就忍不住想打电话约你去看电影，现在呢，反正你也不在上海了，就不用看了。"

安倩说："上海这么大，约个人看电影还是不难的。"

马汀说："我才不。"

安倩说："想起来了，上次去巴厘岛的时候，我带了一本书过去，那本书叫*Eat，Pray，Love*，上次我还去看了这部电影，是朱丽亚·罗伯茨演的，你看过吗？"

马汀说："你明天问我，我就看过了。"

安倩抿着嘴笑了："你越来越不像理工男了。"

马汀说："我可不是一般的理工男。"

安倩说："我突然有个想法呢！你看，因为那部电影，很多人知道了巴厘岛这个地方，知道了我们见过的那位叫Ketut Liyer的算命老头，那么T-days网是不是也可以做一些微电影呢？"

马汀说："当然可以，现在做视频，完全没有技术难度。"

还好，印度尼西亚对于很多中国人来说，是一个拎包就走的国家，尤其是巴厘岛，为了吸引中国的游客，已经将各种签证和护照简约到了极致。要说离愁别绪，安倩还真的没有。

接下来的几天，安倩倒计时地与朋友道别、整理行李。安倩向来不认同男总经理比女总经理有性别优势这个观念，而且越是有挑战的工作，越是想证明女性也可以做好，甚至做得更好。可是从收拾行李开始，她就感到这不是短途旅行那么简单了。凭借着入行当贴身管家的经验打理自己所有私人物件，光衣服就需要寄走50个纸箱，鞋也有30个纸箱。虽然在总经理的劳动合同里清楚地标明了酒店将承担80公斤的行李寄送，但就这分量也够人收拾的了。如果换作男总经理，就算平时再爱打扮，也最多只有女总经理的一半。就连早上起床后挑选衣服、洗头吹发、化妆修甲，哪样加起来都要比男总经理早起一个小时。

然而50个纸箱也是够吓人的，清理行装时，马汀发现安倩把一年四季的衣服全给塞进了纸箱。可是，巴厘岛靠近赤道，哪用得着羊毛衫和皮靴呀，一年四季都是夏天。于是又把衣服全部倒出来，把不需要的衣服和鞋子，甚至包包全部留下，寄过去的纸箱数量也就少了一半。

待在上海9年，好多东西可以扔，却不舍得扔，安倩只好把所有剩下的行头留在了马汀那五室两厅的大房子里，还被马汀打趣：“人还没嫁过来，就把自己整整三季的衣服、鞋子都给嫁过来了。”

安倩也跟着他开玩笑：“睹物思人，放在你那里，也是一个念想。”

马汀说：“要不，我也送点什么给你？”

安倩动情地说：“马汀，你给了我一种家的感觉，这已经很好了。”

马汀憨憨地笑了，第一次觉得自己这么重要。他跟陆遥请了几天假，没什么重要事不要找他，他要好好陪着安倩，亲自给她做几道拿手菜。

马汀的生活习惯与一般的人不太一样，无论忙到几点，早上5点就起床了，手脚麻利地把头一天发酵的面包放进面包机，而且要自制酸奶。然后在阁楼的健身房锻炼一小时，再下楼制作早餐。他的厨房几乎无油烟，抽屉里有一张热量配比表和小台秤，保证每天的餐品热量适中。他会做很多菜，而且品相艳丽，越南菜、法国菜、美式火腿，摆在桌上，一点不输专业厨师。

安倩笑着说：“你不做我们的行政总厨可惜了。”

可是行政总厨的餐品再丰富，也不如身边这位男人用心地为她做一顿美餐，不是吗？

马汀本来准备送安倩过去的，但安倩却坚持自己过去，原因有两个：第一，他们的恋爱关系还没有公开，酒店会派几位同事送她登机，假如马汀也过去，就相当于昭告天下了。她是把爱情看得很神圣的人，也不希望过早公开。第二呢，是因为这次赴任，新区的酒店人生地不熟，她也不知道下属好不好相处，还是低调为好。

虽然马汀是一个高调的网络平台创始人，但其本人却从来都是赞成低调做人的想法。这两个理由都成立，再说路途并不遥远，马汀也就接受了。

临行前的一个晚上，两人就这样品着1995年的拉菲，坐在马汀家的大阳台上一直喝到了凌晨两点。马汀让她有一种从未有过的安全感、归属感，有爱就有家。她多么想一直陪伴在他的身边，每天都这样靠着他吹吹海风，仰望星空。

## 4

留在上海的时间已进入倒计时，上海直飞巴厘岛的航班是下午6点，安倩很早就来到了虹桥机场。从前想象过无数次的背井离乡、奔赴前程的感觉，应该带着些许伤感，可是真的到了这一天，却更多的是对一个新地域的向往。或许这份勇气来自爱侣的鼓励与支持吧，即使一人独处异乡，安倩也不会觉得孤独。对了，在巴厘岛，还有那位可爱的老头，空余时可以再去拜访拜访，甚至，还可以到Komaneka Monkey Forest Ubud酒店喝个惬意的阳光下午茶，再次感受一下酒店的贴心服务，这该是多么美好的事情。

飞机到达巴厘岛时，已是当地时间零点过后了。没有了白天火辣辣的阳光，海风伴着夜晚的湿润空气吹拂着安倩的脸庞。安倩觉得那个扎着马尾的自己仿佛就在眼前，她在心里默默地想：时隔9年，巴厘岛，我又来了。

晚上很黑，在飞机上待了几个小时的安倩感觉有些乏力。巴厘岛看上去比9年前更热闹了，路灯很亮，随处可见中国游客的面孔。安倩下意识地问接车的司机，这里还有飞车党吗？司机笑着说，现在巴厘岛可是世界旅游热点，假如还有飞车党横行，旅客们都不敢来了，所以现在巴厘岛很安全。

车子很快就到了位于金巴兰海滩边的Le Challion酒店。

酒店是美国著名的设计师事务所Smith & Square的作品，据说这个事务所里的设计师一旦接到项目并组成小组，每个小组一年就只服务于一个设计项目。当项目完成了设计并交由审批后，设计团队就不会再接任何其他的单子了。相比国内很多设计公司，一年可以接很多项目，签订合同之后，却又转包给不知名的小公司来设计，其专业程度令人敬佩。

而这家巴厘岛的酒店是S&S八年前的设计方案。在来之前，安倩查了当年的首席设计师是创始人之一Robert Square的女儿Annie Square。Robert Square是Square家族最成功的设计师，受他的影响，三代以内的子孙有一半都在海外念各类建筑设计和装修设计专业。可这位“方块一世”最认可的是Annie，认为这个女儿承袭了他的霸气和大胆，特别是她出道初期首推的印度佛像头装饰、黄金游泳池还有水泥餐厅，成为业界争相效仿的典范。

自从成功地做完了这些项目后，“方块一世”实现了个人夙愿，在70岁前将自己的设计师事务所交给了被市场广泛认可的女儿Annie。一开始，Annie并不是十分乐意，市场在变化，她可不愿意走父亲的老路。她跟父亲进行了一番长谈，提出了自己接管S&S团队的第一条件就是要大胆革新，事务所的设计项目要从摩天大厦转为旅居项目或高端奢侈酒店。令人没想到的是，被尊为泰斗的“方块一世”竟然同意了，还大加赞赏女儿的经营思路顺应市场。

一向就热爱亚洲文化的Annie如鱼得水，很快就在接受“方块”家族事业的第一年接下了巴厘岛的这家酒店，也就是日后安倩为之奋斗的Le Challion酒店。巧的是，这位著名的“方块”传人在8年前住过EL Bench Shanghai，而且像这种有身份的设计师选择的也是套房，而安倩当年以首席贴身管家的身份曾经接待过Annie，并且留下了她的联系方式。正因为对安倩服务的认可，EL Bench Shanghai也成了Annie去上海唯一的酒店选择。后来安倩转到市场销售部门，有新同事继续为Annie服务，但她对安倩流畅的英语还是印象深刻。

这真是一种奇妙的缘分，安倩决定向Le Challion酒店的原首席设计师请教一二。

果然，Annie很快就回复了安倩的邮件邀请，让自己的助理找到了所有关于Le Challion Bali的设计图和理念，并将其总结成安倩这种“素人”能看得懂的PPT，发给了这位有心的新总经理。

Annie不愧为擅长打造大型旅居项目的设计师，她的理念“设计的奥秘在于旅行”活灵活现地体现在设计的灵魂中。

在巴厘岛的这家Le Challion国际酒店里，没有围墙栅栏，没有国王宫殿的院中院。Annie十分大胆地将原本寸土寸金的海滩打造成热带丛林景观，当客人进入酒店，就被各种绿树浓荫包围了。这里的植物长得很美，树叶长得像花瓣一样，显示出巧夺天工的迷人图案。猴子像待在自己家里一样，在树上穿梭，时不时还跟房客们互动。一些叫不出名字的彩色的鸟儿，时而停留在树上，时而又停留在歇息的椅子上，不时发出愉悦的鸣唱，与海边的海浪声相映成趣。

这片绿色的丛林，显然是按设计师的理念，重新规划而成。一开始，酒店的业主觉得占用了宝贵的海滩地，但每一个来体验过的业主，无不体会到Annie的独具匠心。

面对这位新来的总经理，Annie说：“亲爱的，我知道酒店最重要的是什么，所以我不会改变对你的承诺，无敌海景房一定不会少的。只不过我会把这家酒店打造成身处热带雨林的无敌海景景观酒店。谁都知道，海景房的价格往往是园景房的两倍。设计团队设计出越多的海景房，将来的酒店开业后就会拥有越多的高价客房，获得更高的平均房价。”

Annie果然做到了，她设计的是海景三层式。第一层是海平层，用热带最常见的植物园林景观打破普通的海边酒店千篇一律的简单风格；第二层被称为海天连接层，是用当地最出名但又最廉价的阿贡火山石铺就的30度蜿蜒斜坡进入大堂区域，两旁种上与火山石文化相关的经典树木鸡蛋花树，火山石的花瓣组成一朵一朵盛开的花。这个胜似人间天堂的岛屿，有一种巨大的磁性，每一个在此处停留的游客，都会被这宏大的美景震慑，忘记了这里是终点，还是起点。

这里当然绝不只有可观赏的美景，还有一个好处也不容小觑，所有喜欢入住酒店的客人都会被两件宝物所吸引，如果没有在酒店的SPA享受一下正宗的火山热石SPA和巴厘岛鸡蛋花精油LULU SPA，干脆不要说自己来过这里好了。

最后一层则是无敌大海景观层。Annie把酒店6层楼的楼体设计成了一个半圆形，所有的房间全都是海景房。在酒店设计史上，全海景房只在中国深圳大梅沙出现过，距海边直线距离1公里，却又能实现酒店所有房间无论1层还是6层都能看见海景的需求，但是仅此一家。

原因就是Annie设计的海天连接层，用斜坡将大堂和一楼自然地垫高到相当于三楼的高度，于是这个“半圆大球”也就实现海景无死角了。

安倩作为经营者，感觉自己实在是非常幸运，能接受设计界最大胆的Annie大神的熏陶，并经营管理她设计的酒店。第一天的工作，就是跟着设计师近距离观赏了酒店的一草一木，想着导师在自己临行前的嘱咐，安倩相信，经营现状的不理想，都是暂时的。

可是，发到安倩手上的试卷，总是比一般的人更难一点。

手机铃声响了起来，是马汀，睡眼惺忪的安倩赶紧爬了起来。

“怎么，马总，这么早，需要到机场接您吗？”明知道马汀肯定在国内，但这一对小情侣，已经习惯了用调侃的方式来交流了。

“安小姐，今天可是正常工作日，但一大早，我就看到一条脸书上的消息，跟你现在的酒店有关。你赶快看看。”听上去，马汀可不像是在开玩笑。

而能够让马汀关注的新闻估计也不是一条小新闻，否则他也不会一大早就打电话来。

安倩赶紧起床，打开脸书，才发现酒店已经上热搜了。

一位名为别尔夫什卡的俄罗斯男人在他的脸书上“哭诉”道：

亲爱的巴厘岛Le Challion酒店：

这可能看起来是个很不寻常的请求，但是我今天以书面形式请求你们能够原谅我。

我是一个来自北寒带的俄罗斯人，自己对冬天的夙愿就是在寒冷的时候能够到巴厘岛度假一个月。可是四年前发生的一系列不幸遭遇致使我被你们酒店拉黑，从此无法入住金巴兰海滩最美的酒店。

要知道，我是一名十足的吃货，我最爱的金巴兰海滩每天晚上都有无尽的海鲜烧烤和夕阳西下的美景，可没有了Le Challion酒店，我的假期变得不再完美。

我解释一下当时到底发生了什么……

在2012年，我刚刚跳槽加入现在的公司。我们公司是世界500强，在当年选定了Le Challion Bali作为亚洲客户答谢的指定下榻酒店。

当时我邀请了一些过去的老客户，他们因为对我的信任，把公司的一些生意合作转到了我现在的这家公司。为了感谢他们对我的极大支持，我问了其中一些人，他们中有人吃过俄罗斯卢布肠，便让我带些去巴厘岛开会。我买的是最正宗的，也买了很多，因为年会客户很多，保不准就会遇到一些熟人，所以我直接用一个旅行箱拖了一箱子香肠带了过去。

这些香肠有一大半被装在了塑料袋里，有些只是用食品纸临时性地包裹了一下，反正香肠店怎么卖我就怎么装，全塞进了我的箱子里。

由于时间紧，我把会议期间需要的随身行李全部带在了身边，反而是把那只大箱子进行了托运。结果到达巴厘岛后，发现行李箱竟然还留在莫斯科。箱子就这样又在莫斯科躺了24小时，坐了第二天相同一趟航班运到了巴厘岛。

4月的莫斯科气温并不高，唯一让我略感担心的是巴厘岛的温度，这个典型性热带雨林气候的地方会不会让几经波折的香肠最后全部"泡汤"。最后，我做了一个自以为很聪明却让我追悔莫及的决定。我的房间在二楼，与房间相连的是一个很美的大阳台，远处面对着大海，屋外种满了各种热带植物。

于是我把香肠全部拿出来放在阳台上，想着风吹一吹，明天就可以把这些香肠给朋友们了。于是，我将行李箱中的所有卢布肠拿出来摊在阳台上，并解开塑料袋和食品纸袋的包装。

然后，我出了房门。作为会议组织的工作人员，我这一去就是6个小时。

当我再次打开房间门时，房间里的景象令我惊呆了。

天啊，我的阳台和房间里大约有20只野猴子，还有一些鸟。我根本顾不上数清楚到底有多少只了，但是我敢肯定它们在我的房间里已经举行疯狂派对很长时间了。它们一边吃着我的香肠，一边肆无忌惮地在我的房间拉屎撒尿。

我敢断定，一个心理素质再好的人，都不会冷静下来。我直接蒙了，从阳台上原路赶走了不到三分之一的鸟，而其他剩下的大部分鸟和所有的猴子毫无离开的念头。

我越赶，猴儿和鸟儿就越是乱窜，房间里一片狼藉，床上、枕头上、迷你吧上、写字台上到处都是脚印。

赶了大约10分钟，我开始慌了。如果还不想办法让它们离开，我会崩溃的。于是，我做了另外一件人生中最不可饶恕的蠢事——我打开了房间门，让猴子们离开（鸟基本上飞走了，猴子们吃饱了不愿意跳到树上）。

接下来发生的事情，我一辈子都不会忘记，猴儿们四处逃窜，有的甚至直接跑到西餐厅和宴会厅里捣蛋。我知道是我带来了一片狼藉，不可收拾的残局直接打扰了客人的住店体验。

我的行李很快被全部挪到了礼宾部，会议还没结束，我就被迫退房，并赔偿了酒店1万美金的损失。

对于这种处理，我无话可说，以为这就是最终结局了，可是没过多久我的公司收到了一封信，告知公司及我本人，由于我的恶劣行为，我被Le Challion酒店永久性拉黑了。

在过去的四年里，虽然我每年都会在冬天时去巴厘岛，去金巴兰，但我一直都十分尊重酒店的拉黑决定。是自己的错，就应该勇于承认和面对。

因此，今天我想借全球最多人关注的社交平台，诚恳地向当事酒店道歉。同时，也请酒店再次考虑接受我，不要继续拉黑我了。

再次感谢，并期待您的回复！

真诚的，

别尔夫什卡

这篇文章的标题很有话题感，现在看社交媒体的人，谁不是标题党。这个内容，脸书上已经有超过1个亿的阅读量了。

有人说，已经把这篇文章读了五遍，每读一遍都会觉得增添好心情。还有人说，这故事太跌宕起伏，放在任何人身上，都不太可能拿出两全齐美的方案，所以酒店应该原谅别尔夫什卡，毕竟他也是一名受害者，而他的“愚蠢”行为，其初衷也是为了让事情变得不那么糟糕。更有人说，巴厘岛的猴子数量太多，应该把它们统一安置。总之，网络上什么评论都有，不到12个小时，这篇原文已被很多不同国籍的人转发了无数次。

安倩花时间看完了整个故事后，也忍不住笑了，这实在是一个不可思议的倒霉蛋，她决定赶在美国总部的社交媒体监督部门发邮件之前，高效地解决这次风波。

看看时间，不知不觉已经是早上7点了。安倩用最快的速度洗漱、化妆、换衣服，一定要给酒店员工留下一个好印象。

在到达酒店前，安倩所有的职业装早已都放到总经理公寓。Annie的作品真是令人钦佩，不仅酒店外观和内部设计融合当地文化，浑然天成，连她的总经理公寓都是如此精雕细琢。300平方米的公寓里最令安倩心仪的是主卧室后面有两个门，门后是一个衣帽间，长约9m，进深为6m。里面有各种见过的和没有见过的短衣柜、长衣柜、内衣屉、领带格屉、皮带格屉、鞋柜、靴柜、皮包架。这个房间除了一头一尾两扇门之外，三面是柜，一面是从头至脚的整面镜子。任何女人都会爱上这种公寓。

所有运过来的衣服、鞋子和各种物件都整整齐齐被客房部熨烫后，挂在衣帽间里。毕竟是第一天上班，安倩挑选了一套最中规中矩的黑色西装套裙，还有100%澳大利亚美丽奴、两粒扣羊毛西装、下摆到膝盖的合身后开衩中裙。为了视觉效果上更与众不同，安倩在西装里配了一根红黑色吉祥云隐纹吊带，系上西装的扣子后，吊带显现出的仅仅只是长约8cm的一字领。

这种西装吊带是安倩的自创，她别出心裁地请服装定制的设计师采用色织府绸、什色府绸或稍硬却更挺括的提花横贡缎裁剪成一字领吊带的前半页，为了使贡缎或府绸能全天透气，大胆地把穿在里面的后半页改成了黑色或纯色弹力蕾丝布料。这样一来，女性柔美的曲线便优雅地勾勒出来了。

穿戴好，用过早餐后，安倩来到每天给管理层开晨会的会议室。在椭圆会议桌前，她很自然地坐在了主持位上。9点差5分，所有部门总监纷纷到达会议室。在他们到达之前，新任总经理已经提前1小时走到前台对各岗位、厨房还有后区办公室，跟每位同事握手、打过招呼了。记名字，是安倩的基本功，一路下来，几十名员工，安倩也记得八九不离十了。

按惯例，每位行政委员会成员都将汇报两件事情：一是汇报分管部门今天要做的事情；二是汇报需要其他部门或总经理配合的事情。然后等着总经理的指示。

新上任的安倩第一次主持早会，自然是以鼓励为主，在做完自我介绍后，首先对团队进行了感谢："今天早上我无论去任何岗位，都看到员工很热情地与客人打招呼和微笑，工作态度认真，热情饱满。希望各位能一如既往，像支持以前的历任总经理一样支持我的工作。"

行政委员会成员们都报以微笑，用点头来回应他们这位客气的新"老板"，不过也有人还是有一点点腼腆，大概是酒店行业的总经理大多是四五十岁的中年人，第一次与这么年轻的女总经理一起工作，一时间被她那张青春而自信的脸庞震住了。有人猜测美女总经理表面上满面春风，实际上却可能是绵里藏针，不如男总经理那么通情达理。也有人表情上有那么点不情愿、不信任。安倩并不在乎，每个人都需要时间来证明自己。很多时候，女性如果突破了自己敏感狭隘的短板，配合女性独有和细腻和包容，在职场上一样是不输男性的。

会后，安倩将市场销售总监Kim Cheung留了下来。她问："今天早上的脸书事件你怎么看？"

安倩本人是市场销售背景，自然是对这种社交媒体突发事件的处理很关注，也自有主见，但作为总经理的她是不排斥任何一种有效解决方案的，考虑到Kim是香港人，而且有20年海外经验，所以她鼓励Kim先说出自己的想法。

Kim Cheung 是两年前调到这家酒店来的，因此他也没有亲历这位别尔夫什卡当年在酒店的风波，在总经理面前，他很谦逊，也很谨慎，他担心如果处理不好就会留下一个不好的印象，想来想去，想了一个最稳妥的回答："没有任何一种方式是最好的，都会有利有弊。"

这当然不是安倩所要的答案，当然，这并不是他的错。

Kim Cheung补充说："我觉得这个故事本身已经给人们带来了一丝娱乐色彩，原本只是酒店拉黑一位惹事的客人，被他自己这么一闹，倒变成一个热点事件了。安总，您理想的处理方向是什么呢？"

虽然被Kim打了一个“太极拳”，安倩觉得目前最重要的是要快速反应，所以她果断地拿出了自己的方案。

“我认为首先应该接受这位客人的道歉，并表示酒店相信正如客人在信中所述，他的道歉是真诚的。因为脸书上的读者大有同情的感情因素在，我们应该向外界表达，美国Benchmark旗下的Le Challion Bali是一家很有包容心的酒店。其次，为了让其他客人感受到我们的诚意，可以尽快展开与别尔夫什卡先生以及他们公司的对话。当我们从黑名单上解禁了他之后，我们希望再一次通过脸书看到他向酒店致谢，这也算是对所有关注这条消息的人一个交代。Kim，你认为这样如何？”

Kim听到这些，一下子也明白了安倩其实是一位很务实的老板，便开心地说：“老板，我觉得这些行动既主动高效又有礼有节，还能博取读者的好感。那么，我会先在酒店的官方脸书上转载这篇文章的内容，并用简单的语言回复别尔夫什卡先生，力求表现酒店的尊重、友好和诚心。另外，找到他本人后，与他交流解决问题。我建议酒店最后在事件发生后的48小时内，在热点还没消退之前，做一个全新的软文推广，将巴厘岛良好的生态环境及酒店最新的环境介绍出去，一来表示我们随时欢迎别尔夫什卡先生回‘家’，二来也向从来没有入住过酒店的客人发出邀请。”

“很好，Kim，借着余热，把客人的眼球再一次吸引到我们的官方脸书和官网订房上来。谢谢，请尽快实施。”安倩多次与新闻媒体打交道，很清楚一件事情晚几个小时处理和早几个小时处理，在本质上的不同，所以她依然强调新闻和热点的时效性，快速处理才是王道。

果然不出所料，在联络到了别尔夫什卡先生后，他不仅发脸书向酒店感谢他们的友善举动，激动之余，还给Benchmark的全球首席执行官写了一封正式的邮件道谢，感谢这家酒店重新接纳他成为客人。

## 5

突发事件处理得非常好，美国总部和亚太区总部发来邮件感谢安倩和团队的决策。次日，安倩在晨会中将总部发来的邮件和赞誉读给大家听，并表扬了Kim和他的市场销售部团队，特别是Kim处理危机的敏锐度，不仅帮助酒店度过了社交媒体事件的困扰，还令酒店获得了许多网络好评。Kim羞涩地笑了。整个团队也在安倩的鼓励下为之一振。要知道，自酒店开业之日起，由于经营业绩不理想，三任总经理被更换。大家已经习惯了在没有赞赏、无人肯定的环境下混日子。

不但自己随时肯定员工，安倩也要求员工之间相互鼓励。

她让每个部门采三片嫩叶，在每片叶子上分别写上：我爱你，我恨你，我忽略你。在她的带领下，每个员工都向那三片嫩绿的叶子分别发出与文字相应的诅咒或祝福，第二天清晨，奇迹发生了。

那片被祝福的绿叶，张大了叶片，看上去，比摘下来的时候更加娇艳；

那片被诅咒的绿叶，萎缩了身躯，看上去痛苦万分；

那片被忽略的绿叶，没有了光泽，看上去了无生气。

员工们明白了这位聪慧的总经理的良苦用心，自此，每个人的表情都写满了喜悦，因为他们知道，宇宙是全息的，能量是守恒的。

晚上，安倩没忘记把处理的结果告诉马汀，马汀听上去一点都不意外，好像一切都在他的意料之中。他说："安倩小姐的危机公关能力，一直是令人佩服的。"

虽然成功地处理了这次危机事件，但安倩很清楚，总部派自己到Le Challion Bali酒店的工作重心，是提高酒店营业收入和经营利润，换言之，就是通过开源节流实现业主对酒店的期待值。

节流，不是不重要，而是连收入都不够，就谈不上节流。安倩压根儿就没有把节流当成现阶段重要的工作来对待。由于酒店的特殊性质，业主对酒店的管理起着很大的监管作用，她知道，接下来，她需要会一会那位严厉的酒店业主了。

Sinta先生是一位受印度文化影响颇深的老先生。

虽然老先生不苟言笑，但交流起来却不像传说当中那么难以接近，大概是酒店变动太过频繁，让这位老先生感到很不安，所以难免有些抱怨。

对于别人认为棘手的事情，安倩从来不会直接处理问题，因为她清楚，在信任产生之前，所有的沟通都只是一厢情愿。因此，她是带着拜访的心情去雅加达看望老先生的。

看望的同时，安倩也不忘记带上伴手礼——西湖的龙井。

别忘了，安倩可是喜欢做功课的，出发到巴厘岛之前，她已经了解到老先生在20世纪70年代去过中国杭州，并且在西湖旁边的一个酒店住下。她想，西湖的龙井，一定是一份最好的礼物。

果然，老先生拿到礼物时非常惊喜，西湖的龙井在市场上有不少冒牌货，但老先生一闻便知真假。接受了安倩的礼物，老先生话匣子也就打开了。老先生年轻的时候经过打拼，已经成了印度排名前10位的富人，他的主要实业在雅加达，年龄大了不想再东奔西跑，于是，他跑到金巴兰海滩边，花重金买了这块地建了这个酒店。

“安小姐，跟你聊几句天就感觉你一定是一位好总经理。”

几句话就能得到这么高的肯定，安倩有些不安，更有些好奇：“Sinta先生，谢谢您对我的信任，但这份总经理的工作毕竟是我的第一次尝试，我一定会尽全力做好。所以，真心希望能得到您的支持。不过，我们刚刚才认识，您是怎么确信我一定是一位好总经理呢？”

她想了想，怕表达得不够清晰，又补充说：“通常您是怎么在短时间内看出一个人的能力和态度的？”

"世人由于贪、嗔、痴、慢、疑，都生活在无边无际的恐惧之中，但我从你的眼睛里，看到了一种无邪、无惧，很纯粹却又很坚定的眼神。在这婆娑世界，能保留内心的纯净相当不易，我猜，你一定经历了不少的磨难，才会有现在的豁达和智慧。我小的时候，父母把我送到印度的神庙里学习佛法，即使是身穿长袍的光头僧，假如佛缘不够，也难改慎心，难改贪心啊。因此，安倩小姐是一个慧根深厚的人啊。"

如此玄妙的解读，安倩似懂非懂，也不敢多问，但初来乍到，便得到这样的肯定，还是令她非常感激。

从雅加达回到巴厘岛后，安倩很快将行政委员会团队带到了位于努沙杜瓦的姊妹酒店，她最熟悉的EL Bench酒店，向他们的总经理借了一间未出租的会议室进行了一天的Off-site ExCom Meeting（脱产行政委员会会议）。

同在巴厘岛，只是所处地段不同，努沙杜瓦EL Bench的全年出租率和平均房价却是安倩所在的Le Challion酒店的一倍。

努沙杜瓦有一个沙质细腻、海水净蓝的海滩，是一个非常成熟的富人度假区，也是高端酒店区。这条黄金海滩上的酒店没有一家生意不好，这里的每一处景点，每一家酒店，都可以在OTA网站，以及猫图旅游杂志上寻到它们的身影。而金巴兰也很有名，是受欢迎程度第二的海滩，可是定位却与酒店完全相反，那里给人记忆深刻的还是晚餐烧烤，游客们经常在金巴兰玩了一天之后，还是选择回到巴厘岛入住。

然而，客人更喜欢努沙杜瓦的海滩。这个连路人都懂的道理，不应该是高管团队给出的生意不如努沙杜瓦EL Bench的理由。

高管团队继而又说出诸如政府规划力度不够，或商业街区较少等原因。安倩显然是不想听这些借口的，她的枕边有一本书，叫《罗伯特议事规则》，她知道，只要大家都是朝着一个目标讨论，就是高效的，开会之前，她就明确了中心议题：如何让今年的酒店创收超过去年的10%？唯一的会议要求就是不找借口，只找方法。

安倩画出两家酒店的思维导图，在这张图上，Le Challion酒店和EL Bench酒店的态势分析一览无余，涉及餐饮部分的，客房部分的，以及市场营销部分的，安倩会先听听部门总监的建议，然后让大家轮流发言，从单个的切入点找出提高生意潜力的方法。只要高管们从实际出发，谈对酒店有益的创新和改革，尽可以头脑风暴，想到哪儿就说到哪儿。

餐饮总监德国人Sebastian只比安倩加入酒店早一年，25年的行业经验中有五分之四都在做厨师。因为最近的十几年都在中东地区工作，认识的人都改不了口，即便升职成了餐饮总监，身边的人还是习惯性地称他Chef。他希望在亚太区有个好名声，于是找了个机会申请调转来巴厘岛，他感觉金巴兰这个新区比以前机会更多，也想混个职场资本。

Sebastian的个性很张扬，甚至让人感觉有点目中无人。其他ExCom都是性格温和低调的亚洲人，所以大家都让着他。安倩觉得可以先鼓励这种发言大胆却对本地市场了解又不算深的人来发言。说得对呢，大家可以沿着他启发的思路继续往下延展；说得不对呢，就算是引起一些争论也是好的。

“嗯，我是一个吃货，大家知道的，正因为喜欢美食，才喜欢自己动手做。我研究出了很多菜品，甚至会说不少国家的口语，让不少游客都觉得我代表了他们国家的一部分，这可能源于我周游过不少国家，而且性格比较豪爽。我也很喜欢这里的大海和沙滩，海浪不是那么汹涌，让人感觉自己的心跳都慢了下来。这比较符合我现在的心境，假如我再年轻十岁，我会嫌这里太安静。但我现在更胖了，所以我会让自己慢一点。

“来到巴厘岛以后，我发现每次客人在前台问到酒店的美食，我们这些部门经理不是推荐努沙杜瓦的酒店户外餐厅，就是我们金巴兰海滩上的烧烤餐厅。所以，我有理由相信，当住店的客人向礼宾部或销售部的员工咨询巴厘岛最好的美食在哪里时，我们的员工也绝不会向客人推荐自己的酒店、自家的餐厅。”

“噢，这个推论很有趣。”其实安倩心里是很认可这种推测的，事实上她经常会站在大堂里观察员工的工作状态，这种现象就经常会出现，“好，我们暂且把这一条放在‘挑战’部分。”于是，安倩站起来先在“挑战”格里写下了“鼓励员工向住店客人推荐酒店餐饮”。

“事实上，”Sebastian补充说，“只有更多的顾客来享受美食，我们才更清楚他们究竟需要什么。”

安倩一边听，一边观察其他行政委员会成员的表情。房务总监王林的表情显得不怎么自然。作为一个中国海归，王林其实一直都没怎么在国内工作过。在美国的康奈尔大学酒店管理专业硕士毕业后，他满腔热情想回国任职管理培训生，哪知道当时中国的国际品牌酒店圈都只要老外管理培训生。在别人看来，像他这种说英文不够正宗的酒店管理硕士生，一抓一大把，客人从脸看不出来区别，还不如找个洋人来，又便宜又讨中国客人喜欢。于是，在国内无法实现个人目标的王林，最后还是被挤回了美国。其实，回到美国也还是要从服务员干起，他就真的从客房服务员、前台这些岗位一直干到客房部副经理，然后又跑去迪拜和阿布扎比一直做到前厅部经理、房务副总监，最后觉得离家近的印度尼西亚也是不错的，便又回到了亚洲。现在中国经济飞速发展，以前是海外经历很吃香，而现在，懂得怎么跟中国顾客打交道却成了一个软实力。

王林听到Sebastian当着新来的总经理的面，“投诉”他的员工没有积极向客人推荐酒店的餐厅，就有点着急了。

“向客人推荐酒店的餐厅确实是我们的职责，可是有时候客人希望去海边吃烧烤，可是我们的餐厅是园林景观，且菜式大多是法国菜。不要以为客人来巴厘岛是为了浪漫，就一定会选择法国菜，法国菜在上海深圳都能吃到，既然大老远跑到巴厘岛来，为什么不去吃个地地道道的当地菜呢？再说，很多时候根本轮不到我们介绍，现在的客人都是自由行，机票网上订，酒店网上订，就连吃个饭也是先在网上做好了攻略，顶多只是在前台咨询具体步行线路而已。再说，我们金巴兰海滩上的小餐厅选择众多，哪家餐厅不是拍得美轮美奂，挂在OTA网站向顾客抛媚眼呢？特别是很多中国的客人本来就是冲着金巴兰海滩的用餐氛围选我们酒店的，假如客人问我们时，我们三缄其口，或者无论房客如何向往海滩的美食，我们都极力推荐他们在酒店内消费，那反而是把房客往外推了。”

王林的话不无道理，今天生意的状况是有多方面原因的，王林的表述，也只是不想让新来的同事小看了他们这些酒店的元老罢了。

安倩在劣势部分写下了“没有海滩晚餐”，优势部分写下了“偏爱法国美食的散客倾向选择我们酒店”。

“王林，你提的这些都非常好。我最喜欢的是你刚刚提到的一个新观点，金巴兰本身是很出名的，很多中国的散客会因为这点而选择入住酒店。那么，换句话说，金巴兰海滩的晚餐就是绝大部分住店客人的必选项目。”安倩很赞赏王林的观点，“Sebastian，我们回去做一个调查，分析一下客人如果不选择酒店餐厅用餐而去海滩的小餐厅用餐，一般会出去几个晚上。”

“嗯，另外还可以看看他们喜欢的食材有哪些。”Sebastian补充道。

一旁的财务总监也说：“还有不少人会在用餐时点当地的歌舞。如果我们的客人群体真的喜欢当地豪迈的歌舞，我们也可以将之借鉴，稍加艺术气质，把节目移植到酒店里来。”

“同意同意。不过歌舞太吵了，也许我们可以邀请当地土著居民来酒店大堂，每天弹奏巴厘岛特有的古代乐器。这样，住店的客人既可以看个新鲜，也可以感受当地文化。Le Challion这个度假村品牌的初衷本来就是帮助客人领略当地文化之美，这不是正好契合吗？也许，在旁边一个角落，放置免费饮料，这些可以用当地的水果汁为原料，调制出不同味道和颜色的无酒精类鸡尾酒。”人力资源总监也在积极地响应。

一时间，破冰很成功，会议室里的每一个人都很热情，白纸上已经写满了行动计划。看来，无论是老同事，还是新同事，大家都认同几个重要的逻辑和线索——金巴兰海滩上的餐饮生意很好，但我们应该尽快把这些转化成酒店的餐饮生意；加大游客特别是中国游客选择酒店的力度，精准目标客户群体；酒店独特的设计风格和品牌精神宣传不够；他们需要创造更好的客户体验。

这些问题一旦捋清，安倩很快和市场销售总监Kim坐下来商量方案的实施细则，包括菜品的设计、人员的调配等。每当一个方案做出，安倩就会请部门经理脱稿阐述，当下面有异议时，就及时调整成更优方案。一个月时间，大家都忙得昏天暗地，不可开交。但大家都相信，新总经理安倩，一定是有两把刷子的。

## 6

像巴厘岛这种有风情又有宗教特点的地方，他们的民间文化也是很有特点的。安倩还记得当年在乌布看到过一种乐器，叫木琴（xylophone），远看有点像中国的扬琴，却没有扬琴的琴弦，它由长短不一但同样宽的木条按照一定的次序排列而成，有些地方也会用竹子来制作。演奏时，两个小木槌在木块上敲击，木琴的底座，增加了声音的浑厚，清脆而不刺耳，像中国的编钟。这是巴厘岛最古老的乐器，那么在巴厘岛一定有一批玩木琴的民间艺人，假如让他们成为酒店餐饮文化的一部分，不是很好吗？

安倩决定亲自走访当地的乐器师，她找到了一位七旬老人，个头不高，世代都以制作木琴为生。他的后院摆着大大小小的各种木琴，都是预付了定金的顾客定制的木琴。

当安倩看到这位老人布满老茧的双手时，她仿佛看到每天傍晚时分，老人穿着当地的布衣，坐在酒店大堂里敲击乐器的情景，古老与现代，传统与文明，就这样穿越而来。她请老人当场演奏了几首曲子，老人腼腆地笑着，熟练地弹了几首印尼的歌曲。在这个被绿叶环抱的酒店里，朴素的老人，比起身着西装的安倩，更像是原本属于这里的一个生灵，这个发现让安倩激动不已。她诚恳地邀请老人到酒店演出，并特别提醒这是有偿演出。老人做了几十年的琴，从未受到过如此礼遇，他激动地表示，只要能让更多的人了解木琴、喜欢木琴，他不需要任何报酬。

安倩好奇地问："那么老人家，您希望我们为您做些什么？"

老艺人说："假如酒店可以帮我每年卖掉100架木琴，我觉得就很棒了！"

Kim当即阻止安倩："安，我们是卖客房和餐饮的，到哪里去卖这些琴啊？这又不是现代乐器，游客想买也拿不回去呀。万一买了邮寄回去，路上散架连装都不知道怎么装回去了。这个条件可会让我们自讨苦吃的，巴厘岛做琴的又不止他这一家，我们再找些年轻艺人也行啊。"

安倩笑着回答："Kim，你放心，我们一定能做好这件事情的。老艺人带给我们的是当地原汁原味的巴厘岛风情演出，他本色出演的效果会更打动人心。不就是100架琴嘛，我来搞定。你只管负责签约，让老爷爷安心弹琴，卖琴的事情我心里有谱。"

安倩转头又问老人家："我可不可以提一个要求？"

老艺人咧着他那掉了一颗门牙的嘴说："当然可以。"

"您每年把家里的祖传手工木琴和新创作的创意木琴借给我30天，我拿去做展览。"

就这么个要求？老艺人觉得这倒是新奇："这个要求太简单了，肯定没问题，我这就答应你。"

安倩回去做了一个巴厘木琴巡回展览的计划，她打算通过美国总部把老艺人手里的新老木琴组织一场巡回展览，宣传巴厘岛当地文化。但是，她所在的酒店管理集团并没有合法资质能进行展会，需要上报美国总部的Michelle S. Tuning，再由美国总部出面委托第三方慈善组织举办。她现在除了全球数据信息副总裁这个职位之外，还兼任了Benchmark集团的慈善大使。作为一家全球500强的公司，Benchmark除了良好的财务表现外，也在努力地让所有股民看到他们在公益事业上的态度。

Michelle很快就回复了安倩的邮件："安，首先恭喜你荣升总经理一职，同时也感谢你的慈善提议。树莓慈善两个月后将在一年一度的巴黎旅游展期间举办一个慈善晚会，我们一起好好策划。"

有了Michelle的支持，安倩安心地投入到了更繁忙的工作中。她相信，不但慈善晚会可以做得很成功，那100架木琴也一定能花落其主。

上次的头脑风暴，反响十分好，大家形成了一个共识：金巴兰海滩是巴厘岛的地标之一，一定要好好利用。可是很久以来，金巴兰海滩的饮食文化已自成一派，怎么样才能与高端奢侈酒店相融合呢?

为了寻找这个答案，安倩经常在傍晚客人用餐的高峰期，换上一条美丽的裙子，从酒店直奔沙滩。

她戴着墨镜，点上一杯椰汁和一份烧烤，傍晚6点多，客人开始陆陆续续增多，她观察每个餐厅的户外座位，客人怎么用餐、会不会点酒水，客人是情侣用餐居多，还是家庭用餐居多，平均用餐时间有多长。有时不过瘾，还把Sebastian和Kim也拖到海滩上，一边喝酒一边讨论餐饮产品改革的方案。

随着交流的深入，安倩发现理想当中的酒店餐饮产品并不是那么容易打造，而Le Challion属于度假型酒店，它的经营特色与安倩在上海的EL Bench商务酒店也有很大区别。要做当地特色餐饮，并不是在沙滩边摆上比别人更豪华的桌椅，再请上两个烧烤厨师就能把客人吸引来的，高端酒店也不可能直接复制这种低端产品模式，必须要从客户体验上下功夫。

通过多番讨论，安倩的团队推出了一个名为“在金巴兰邂逅LC”的高端户外餐饮定制产品。他们将100人以内的婚宴团队、蜜月旅行浪漫晚餐、周年纪念日晚餐作为定位的新主流客群。以前酒店在海滩上只有晚上营业的沙滩吧也被布置成了多功能餐厅，承接任何营业时间段的私人订制餐吧。

销售渠道也从传统的店内推荐延展到在主要客源国中国、俄罗斯做市场推广，Kim把“在金巴兰邂逅LC”的各类定制产品包价介绍推给了客源国的高端旅行社和批发商，还有亚洲区销售办公室。

马汀非常支持安倩的工作，他对女朋友的经营逻辑十分认可，便直接把酒店客房餐饮包价和上海飞巴厘岛的机票作为旅游优惠产品，在T-days上挂了个首推，收效不错，上线一周时间就大大超过了东南亚其他地区的包价产量。同时，他还接受了安倩的建议，在T-days网推出了三分钟微电影，每月推出流量最高的微电影作品，由商家联盟的旅游景点提供免费旅游的名额，从而提高顾客的参与度。

站在巴厘岛的土地上，安倩终于明白把中国作为主要客源地市场不是一两家酒店的决定，而是中国游客有了钱，有了时间以后，主动选择了巴厘岛。这里不需要像去欧洲、美国，必须安排一周以上的时间，而且消费也很亲民，适合有点小资又不至于非得拿奢侈品牌装点门面的旅行者。有了这个前提，再加上安倩是中国人，并且是有着市场销售背景的中国人，自然是很轻松地就摸清了中国市场的门道，比其他国籍总经理开拓市场要容易很多。甚至可以说，很多时候，总经理才是这家酒店最大的业务员，许多中国客户和渠道商可都是安倩推荐给市场销售总监Kim的呢。

到了安倩认为自己对中国市场游客和会议团的“产出”成熟到一定程度时，她向Kim提出了一个更高的要求——原本100%卖给中国批发商或渠道商的直采酒店包价，要留20%出来卖给当地旅行社，而且还要给他们低于境外批发商5%~10%的报价。

Kim愣住了，相处了好几个月，他以为自己摸清了这位年轻女老板的习惯，如风云莫测，不按常理出牌，做惯了高端品牌，为了争取高价客户可以剑走偏锋，甚至不惜代价抢到大单。可是，他实在是不明白，明明可以通过直采就把散客包价卖到愿意出高价的市场，为什么她还要踩价，把同样的产品卖给本地市场的小客户呢？说他们小，不是规模真的就小，而是他们对高端酒店的海外市场贡献率远远不如中国和俄罗斯。

“老板，本地的旅行社我倒是很熟，可是你能告诉我这样做的原因吗？我们有必要这么做吗？”Kim知道安倩的每一个举动都不是心血来潮，但是按照他的习惯思维，却怎么也想不出里面的玄机，终于忍不住提问了。

作为一名市场销售总监，Kim遇事喜欢多问几个为什么，这证明他思维缜密，行事严谨。但由于他讲究平稳，所以难免少了些大胆的探索，这有点像摩羯座的特征，喜欢在模块化的工作状态里找到安全感。安倩想，直接公布答案，一定会让Kim惊喜万分，但却会挫伤他探索的精神。她决定让Kim自己去发现答案。

“你那么想知道答案，就安排我去见巴厘岛排名前五的旅行社。一周之内，能不能做到？”

“当然，别说前五，前十都行。我倒要看看你为什么要给本地旅行社这5%~10%的折扣。”

Kim两天之内为总经理约好了印尼排名前五的旅行社，除了一家的老板去美国度假之外，其他四家都约好了具体见面时间。

他们拜访的第一家是巴厘岛最大的旅行社，创始人Mr.Ng，在华人圈都叫他吴先生。吴先生是一位移民三代的华人，在印尼的旅游界摸爬滚打30多年，对全国的旅游资源相当熟悉。但过了60岁以后，他渐渐感觉力不从心，前一任妻子10年前离开了，子女都已在国外的大公司工作、定居，不愿意接手家族旅游企业。

吴先生也不愿意跟子女常居国外，只好守着过去最擅长的地接生意，他最熟悉的就是雅加达和巴厘岛的旅游资源。即使他开发海外高端系列团，但酒店能签给他的客房价格却并不占优势，甚至还经常把到手的生意给弄丢了。他也曾经向酒店建议，能不能让他的价格与海外包价至少同价，要不然他就无法推荐Le Challion酒店给他多年的中国小组团社。但很显然，商端酒店的想法，都和Kim一样，把精力都花在境外业务的采购上，对旅行社这种小体量的业务并不在意。加上巴厘岛的民宿价格实惠，由于竞争激烈，在这家当地最大的旅行社面前，每家民宿都会拿出十二分的诚意，分出利润可观的渠道费给旅行社。久而久之，除非客人有需求，否则吴先生不再帮客人推荐零利润的高端酒店了。

吴先生絮絮叨叨地讲了他的困扰，他认为高端酒店其实市场小众，但运营成本很高，若不跟当地的旅行社合作，利润率可能还不如民宿。他说："我非常希望能跟贵酒店合作。可是安小姐，我们都是生意人，你们酒店如果不能给我与中国市场同等的价格，我也没法给您输送客人呀。"

"可是吴先生您也应该是听说过的，目前您的旅行社一年给我们酒店的产量不超过200间夜，而中国的四大组团社平均一年给我们包房4000间夜。"数据最有说服力，安倩故意"刺激"一下吴先生。

果然，吴先生终于忍不住兜底了，他甚至激动地站了起来，说："我在中国市场虽然不能跟四大组团社去PK拼客实力，可是据我所知，他们也只是擅长北京、上海、广州、深圳这些大城市的客人。可我今年盯准的是二线城市的客源，他们很少能搭乘到直飞的航班，所以反而不挑剔旅行途中的时间成本。我在国内的合作伙伴主要就是擅长收二线城市的有钱客人来巴厘岛，他们对住宿的要求也还是蛮高的，所以我有理由相信我们旅行社今年能增加1500名高端中国游客。"

安倩善解人意地点了点头，对吴老先生说："我今天过来，其实就是向您表达一个意思，Le Challion酒店从今天开始，将与您签订客房预订合同，您的订房价一律比内地少收5%。"

听上去，不但和中国市场价格同级，甚至还可以少收5%，经验丰富的吴先生敏锐地问道："有什么条件吗？"

"就是签个回避条款，这个价格不能向中国和俄罗斯的四大批发商提供。还有，就是您的对外价格不能低于正常的包价价格。5%的空间是让您赚钱的。"安倩解释。

"没问题，我们会按承诺向二线、三线市场收团队和直客，绝不影响酒店的价格体系。这个可以体现在我们的合同里。"吴先生曾经跟Le Challion酒店三任总经理打过交道，又熟悉生意市场规则，他认为安倩提出的这个方案合理而巧妙，很爽快地答应了。

接下来的三天里，安倩用同样的方式、同样的价格策略签订了四家本地旅行社。自此，二级、三级市场的收客虽然只有一线大旅行社产量的四分之一，但他们的价格却超出了所有人的期待值，高过大产量的旅行社平均房价10%。

就这样，3个月过后，由于中国总经理的加入，原有的客源群体和客户质量提升了一倍，酒店已经开始完成预算了。

# 7

第一次当总经理的安倩，虽难免因为缺乏大局管理经验，或陷入一些琐事里，时常会表现得不够自信，但几个月下来，她与团队并肩作战，也对未来的工作制订了较为周密的行动计划，一切都慢慢走上了正轨。

不得不说，每个人在不同的职场阶段，自信的呈现是不一样的。比如一个新岗位会让人无比兴奋，但经验的不足却会导致处理事情不够果决或过于草率。很多职业经理人认为花时间跟团队成员打交道，让他们服从并且认可自己的管理，花去的时间和精力成本太大了，有时候还达不到预期，还不如直接把现有的高管团队替换掉。连Lucy这种安倩曾经的偶像级高管都善意提醒，团队里至少要保证有两位高管成员是自己人，或者至少是知根知底的老同事，毕竟是第一次做总经理，还是在国外，没有自己人多少会有一些不安全。

也曾有过来人提议，不换部门总监和部门经理也没问题，但可以适当制造一些部门与部门间的工作矛盾和私人矛盾。当大家互相“掐架”时，总经理各打五十大板，奖惩各半，这些人迟早会懂得一个道理，总经理的权威永远都是凌驾于众人之上的。

从小到大，安倩就很爱读历史书和人物传记。虽然从大学时候起，身边各种年龄段的朋友都在向她推荐《明朝那些事儿》，她也很喜欢当年明月那种轻松的记叙方式，但她始终不欣赏从朱元璋时代就盛行的官风和历届首辅的弄权，她更喜欢清朝康熙、雍正这些皇帝的帝王之气。

所以在安倩看来，完全没有必要花心思、用技巧让部门总监间有矛盾。万一真的是有矛盾，总经理也应该帮他们去调解。

安倩到酒店后，除了使用邮件这种官方正式沟通渠道之外，还使用中国的微信软件与大家聊天。走到哪个公共区域发现了什么问题，她就直接发送到群里，请部门总监及时处理。比如，会议客人要求下午5点半散会，45分钟之内从1000人的剧院式会场翻台变成100桌晚宴，以前餐饮总监总是要去求人力资源总监去各部门找人搬椅子，现在不一样了，只要在微信里喊一声，大家都会积极去响应。又比如，房务总监在巡查过程中，发现大堂洗手间的门闩坏了，也在微信里喊一声，工程总监就会去查明并督促自己的员工尽快把门闩修好。

安倩认为这种沟通方式简单快捷，不官僚，且很实用。

不过这种方式有时候也会放大一些负面情绪。一天上午，王林发出了一条微信问Sebastian：今天你的秘书送洗了36件衣服。这些都是你的吗？

Sebastian：是我的。有什么问题吗？

王林：我们只收了19件，还有7条内裤和10双袜子退回去了。

Sebastian：为什么？

王林：说实话，你的内裤和袜子臭气熏天，洗衣房的员工都要哭了。

Sebastian：可是所有衣物都是免费洗的，你们洗衣房的员工有义务帮我洗，这已经注明在我的劳动合同里了。

越往下聊，火药味越浓。

王林：请你学会尊重亚洲员工，不要以为你是德国人就优人一等。不会洗内裤，就找个人帮你洗。

安倩看到这种对话，想尽快结束两人的争吵。毕竟是工作群，大家都跑来围观就影响工作了。她立刻在群里发了话：请停止对话，有时间来找我。

果然，两个人停止了争吵。过了10分钟，Sebastian沉不住气了，先发了一条私信：安，可以给我5分钟时间吗？

安倩：当然可以。10分钟后大堂见吧。

Sebastian几乎是哭丧着脸过来找安倩，平常一直飞扬跋扈的他今天看起来满脸郁闷："说实话，我是一个很懒的人。自从我够级别住在酒店自用房以来，就有了免费洗衣的福利，而我的合同里并没有注明衣服的种类。所以我认为这里的‘衣服’是可以包括内裤、袜子和一切可以洗的东西的。我的理解对吗？”

安倩回答：“你的理解没错。可是王林的观点也有道理，他觉得你没有很好地尊重他的员工。”

Sebastian以为自己听错了：“安，你说什么？让洗衣房给高职洗衣服，就是不尊重王林的员工？这是什么逻辑？”

洗内裤和袜子原本是小事，说到尊重问题，其实都是文化差异造成的误会，现在轮到她一个女总经理来跟两个高管解释这些看上去很简单的事情，安倩真是哭笑不得。但如果不把这个结解开，他们之间的不和谐会越来越严重。她忍住笑，尽量让自己冷静一点，让Sebastian先把情绪平静下来。

还没来得及开口，Sebastian就说：“王林这种同事值得我尊重吗？他的部门员工的工作能力实在是不敢恭维。我们这个品牌的客房标准是无操作车运作，他竟然连品牌标准都不懂，也不去学习，竟然还在用操作车，真是太丢脸了。”

Sebastian没有说错，Le Challion虽然是个度假品牌，但集团曾经在前年修改过品牌标准。而这其中最根本的变化就是，加大了奢华品牌的服务流程。比如，客房部的服务员做房间卫生时，以前都会在走廊放上一个活动操作车，车上放着所有的客用品，如牙具、洗发水、沐浴露、梳子、香皂、卷纸，等等。而现在，为了让客人感受到服务的提质，以前那种最标配的服务流程改成了所有员工进脏房打扫前，领取一个专用的精致提篮，并将所有一次性用品装到提篮里。

Sebastian是集团的老员工，虽然从姊妹酒店调转到Le Challion时间不长，专业还是很过硬的。员工他倒不想点名批评了，但一想到王林在总经理刚来就告状，还拒收他的内裤，就一股脑也把王林投诉了一把。

“他算什么房务总监，连品牌标准都做不到。难道看不到高职人员福利标准吗？”Sebastian说完冷笑一声，看得出来他对亚洲人一贯都挺不屑，但碍于总经理也是个亚洲人，不想直接得罪上司，只好把这种态度表现得更像只是在专业上的不满。

安倩当然看出了他的心思，但指望以柔克刚也许是行不通了，她端正了一下坐姿，正色道：“Sebastian，你今天来如果是让我解决问题，我就跟你谈。如果只是为了投诉、抱怨你的同事，那我就不发表意见了。”

之前Sebastian来势汹汹，一副非得一比高下的架势，但经总经理这么一说，瞬间就画上了休止符。总经理这话像是一把看似柔软实质却无比锋利的小刀，精准地插到了他的死穴上。这下他又觉得有点不好意思了，因为这么点事情明明可以私下跟王林好好沟通，只是一气之下，觉得王林有点过分，越想越气，才一时冲动找总经理“投诉的”。

安倩这么一说，Sebastian感觉自己的确缺少风度，他赶紧解释：“安，你做得对，如果我是总经理，也会像你这么说的。平时参加集团那么多的培训，我白上了，情商太低，让你见笑了。你也知道，我是个单身汉，都快50岁了，也不打算再结婚了。”

说到这里，Sebastian这个“性情中人”又有点不好意思：“我以前还想交个女朋友，现在每天下了班回到房间，就只想喝点酒、看电视、上床睡觉，内裤、袜子之类的我不想洗。”

安倩实在是有点忍不住了，笑着问：“现在酒店帮你做这些，确实是你的标准福利。可是10年后，你退休了，谁帮你做呢？”

“我不需要有这种自理能力，可以请用人啊。我这些年一直在存钱，跟朋友在菲律宾买了一个很小的岛，几年后等当地政府把居民移到岛上，我们就在那里建小酒店和餐厅。将来我退休之后的生活可以一半时间住在酒店，一半时间住在我买的小游艇上了。”说到这里，Sebastian的兴致越来越高，把话题一下就聊开了。

只是，年轻的总经理安倩现在还没法体会，很多酒店人把自己一辈子的青春都放在这个行业里，从厨师、服务员这种基层岗位一步步达到职业的辉煌，然后又因年龄老去而选择退休后的生活方式。Sebastian的选择听起来似乎非常不错，但是，当下的问题，还得帮他解决才行。

“Sebastian，我很欣赏你的直率，但不是每一个人都会把它直接理解为优点，譬如王林和他的团队觉得这可能不合时宜，而且你也应该学习当地的文化习俗。亚洲人认为私人贴身衣物是有关个人隐私的物件，如果你一次拿很多过去，他们的确会认为这是对他们的鄙视。这个事情并没有绝对的对与错，好好找王林聊聊也就过去了。你觉得呢？”

这之后，再也没有人为这些小事情来烦总经理了。

Chapter 6

# / 情定海岛：爱情还是与职场邂逅啦 /

# 1

蔷薇消失了一段时间后，并没有很快去找工作。作为一个很有主见的销售，她给自己做了一个很中肯的评估。评估的结果是，她从事酒店行业9年，认识的客户、建立的人脉圈子都是在酒店里产生的，而她出了那么大的新闻，整个行业都传得沸沸扬扬。这样想来，她也就没有心情再从事酒店行业，至少得过了这个风头才行。

除了原来在总部带过的一个实习生小方还与她保持着联系，蔷薇几乎在酒店行业销声匿迹了。她换了一个新的手机号，这个号码只有家人知道。她搬离了原来的公寓，在一个很老的机关大院租了一个单间。当然，这个房子原本是两室一厅的，但房东是两位大学老师，他们在另一个房间堆了很多的书，而大多数时间他们都住在美国，一年只有两个月的时间会待在中国的家中。这个机关的新址已经搬到一个较繁华的地段，所以小区里住着的大多是面容和善的退休老人和在附近上班的外地人。

老式的阳台，还有几盆花，墙上还蔓延着一些蔷薇，这也是蔷薇选择这间房的理由。正是开花的季节，虽然没有人来浇灌它们，但它们仅凭着自然的阳光雨露傲然地生长，让这个老式的房间多了一些生气。

基于与Anthony的特殊关系，她也不想藕断丝连，一切都只是一场游戏，结束了就结束了。她给自己换了一个发型，买了些以前想买却因为职业关系不能买的衣服。她戴着墨镜，一个人走在热闹的街头，以前她一直巴不得全世界都关注自己，现在第一次感受到不被人关注的愉悦。半年后，蔷薇的心情平静了一些，也开始托以前的朋友给她找工作。她面试了两三次，可一旦被问到离职原因时，她都会很敏感地搪塞过去。

上海对蔷薇来说，也算是第二故乡了，这里何尝没有她的辛酸和泪水，但一切都难以天遂人愿。小方打电话来，告诉她印度尼西亚当地最大的旅行社想在国内找一位有国际酒店销售经验的中国女性做业务，不知道她愿不愿意。蔷薇带了小方一年，完全是把他从一张白纸带到顺利过了试用期，他内心对蔷薇还是很感谢的。他打电话时，并不抱太大的希望，像蔷薇这种有几分傲气的女孩，从高端国际酒店，到天天接单跟团的旅行社，实在有点贬落凡尘的感觉。更何况从职位上来说，一个区区的业务员，实在与高高在上的国际酒店市场营销部的部门主管没法比。

也许是在家里待了太长时间，又或许是觉得去一个无人认识的环境重新开始实在不是一个坏主意，蔷薇打起精神，为自己做了一份漂亮的中英文简历，并把她的中文简历做成了简体与繁体两个版本。

很快，蔷薇就拿到了印尼这家叫作Java的旅行社发来的offer。二话没说，蔷薇接受了这份让她看到希望的入职通知书。

由于蔷薇在大公司的总部待过，很自然地就被分配到了旅行社设在雅加达的总部，负责酒店事业部。公司里各种国籍的同事都有，因为工作种类不一样，有些人会经常坐班，有些人却长年在国外出差采购房源或考察新的旅游线路。上了好几个月的班，公司从来都没有满座过。来到公司，蔷薇也很低调，经常会为了一个团的酒店预订和特殊要求确认而加班苦干。

在公司里，有一位特别的高管，大家几乎天天都能见到他，他很少出差，而且90%的时间都坐镇总部办公室。

这个人就是董事长吴先生。这位吴先生20岁时创建自己的旅行社王国，到现在已经有35年的时间了。他不仅事业有成，儿女也培养得很好。他将他的企业做到了印度尼西亚旅游行业中的第一名，在整个亚洲地区影响力很大。近15年来，印度尼西亚因其岛屿众多，海岛游的各项业务都进展顺利，公司的业务蒸蒸日上，在亚洲很多大城市都设置了销售办公室。

可是，儿子和女儿却没有回来接手家族生意的意愿。老爷子有点伤心，自己也很孤独，太太去世10年了，他的生活里只剩下了工作。连当年跟他一起打拼的公司元老都一个个退休，回家颐养天年了。全世界的人都在忙着他们自己的事情，只有工作不会抛下他。

吴先生有个习惯，早上7点进办公室，晚上9点离开。以前从来没有人能做到既比自己来得早，又比自己走得晚，最近他竟然发现一位女员工天天如此。吴先生便很快关注了这位勤快的年轻人——蔷薇。

吴先生发现这个叫蔷薇的女孩子，不仅工作努力，而且工作之余还把公司近五年的酒店订单和销量，以及每条旅游线路的受众游客比例等资料归纳总结。一有空余时间，她就拿出来看。她不懂，就去请教身边的老同事，落落大方，完全没有任职于国际知名品牌酒店的傲慢。她年纪轻轻，却如此之好学，不禁让人高看一眼。

蔷薇也觉得吴先生人非常好，每天都笑眯眯的，一看就是那种特别面善的。吴先生个子不高，连一米七都不到，人并不算胖，脸圆圆的，戴副眼镜，鼻梁有点矮，典型的福建华侨长相。

有一天，吴先生下了夜班，开着他的丰田车经过街区时，看到蔷薇一个人往回家的路上赶。

吴先生想起了自己的小女儿，刚把小女儿送到国外的时候，他经常跟小女儿视频，生怕她在国外不安全。于是，他赶紧停下车叫住了蔷薇。

从此之后，吴先生干脆跟蔷薇约好下班时间，即使是手上的活儿没有做完，也不允许她加班。有时遇到重要的客单，吴先生也会帮助她一起完成。

久而久之，蔷薇竟然也习惯了每天有吴先生的接送，对公司的业务也像是自己的事业一样，不但做好分内的事情，偶尔也会跟吴先生聊聊自己在中国的工作经历和见闻，这不禁让吴先生更加深了对中国市场的了解，深感上天给自己送来了一位聪明美丽的好拍档。

蔷薇也终于在这里找到了久违的踏实感。虽然吴先生比她父亲还大，而且结过两次婚，但毕竟儿女都不在身边，家里有用人伺候，出入都有司机。于是蔷薇在自己31岁的时候，为自己做出了重大决定，接受了吴先生的求婚。

婚后的蔷薇过得很满意，吴先生当然是如获至宝，百般宠爱。蔷薇重新拾起了对美好生活的憧憬，工作上吴先生鼓励蔷薇大胆创新，无须拘于一格，凡事有老公为她扛着。

有了如此强大的后盾，蔷薇又恢复了往日的工作热情。一年下来旅行社的生意因为蔷薇对中国市场的开发增长了不少。蔷薇发现，中国人对巴厘岛依然情有独钟，虽然这不是一条最新的旅游线路，但却一直热度不减。于是，她打算去巴厘岛拜访一下为自家旅行社赚取了不少好评的Le Challion酒店，见见这家酒店的高管，看看总经理对他们还有什么进一步的要求，以维持与大客户的良好合作关系。

约好了下午5点半，蔷薇到了大堂。巴厘岛当地特色木琴表演和歌舞表演，带动了大堂里轻松活跃的气氛。蔷薇对身边的助理说："这酒店不错，很有特色，难怪中国游客的推荐度非常高。"

"是呀，现在成为中国游客来巴厘岛的网红酒店，听说主要是因为酒店近半年来接了很多中国内地和香港明星的婚礼，引来了越来越多的中国客人关注。现在这家酒店的平均房价已经涨到200美金了，中国农历新年的时候天天都满房，平均房价还到了300美金。不过，这家酒店很讲信用，不管生意有多么好，每天都给我们留了10间散客保留房，而且价格还是董事长在一年前签订的那样，没有变过。虽然我们旅行社是提前向他们付钱包房，可是我们从这家酒店赚的差价已经相当于5家酒店的总和了。"

"哦？听你这样说，那我今天一定要好好谢谢这位总经理了。他是什么国籍？"蔷薇听汇报的时候很认真。

"这位总经理是一位特别年轻的女士，而且跟您一样也是中国人。还别说，你们两位有很多相似之处，都是美女加才女。"

"是吗？"蔷薇希望能快点见到这位能干的同胞。

远远地，一位酒店的部门经理带着一位身穿正装的女士向他们走来。虽然安倩换了一个发尾反转的古典发型，但蔷薇还是很快认出了安倩，因为彼此都太熟悉，哪怕是余光都能感受到对方的存在。

安倩就是今天她要见的那位中国籍女总经理？她调到了巴厘岛工作？这是命运在跟自己作对吗？

与此同时，安倩也认出了这是自己一直在寻找的蔷薇。

“您好，是Java旅行社的蔷薇总经理吗？”部门经理向蔷薇伸出了友好的手。

不可能装得若无其事，员工都在一边看着，但要好好说话却那么难。倒是安倩在愣住3秒后，先伸出手来礼节性握手：“蔷薇女士，很高兴认识您。我是这家酒店的总经理，安倩。”

安倩，这个名字曾经经常出现在她的噩梦里。蔷薇原以为现在的丈夫和事业可以让自己远离过去的伤痛，但万万没想到，最不想遇见的人又出现了。合作的想法瞬间被记忆摧毁，此时，她只想逃离。

蔷薇礼节性地跟安倩轻轻地握了握手，转身跟助理说：“今天我不太舒服，要不我们下次再来拜访这位安小姐？”

助理一脸错愕：“可是……”

话没说完，蔷薇已经拎包向酒店门口走去。

聪明的安倩赶紧跟助理说：“看起来蔷薇小姐今天气色不太好，我一般情况下都在酒店，我们另外再约好了，不用介意。”

助理想着赶紧去追自己的老板，又觉得太不礼貌，正左右为难，安倩善解人意地拍了拍小伙的肩说：“女人总有几天身体不太舒服，你们不懂的啦。”

助理恍然大悟，赶紧道声歉后离开。

回到巴厘岛的家，蔷薇久久不能平静，离开她心爱的酒店行业，是她记忆中又一道新的伤口。她原以为自己那么努力，一步步离开农村，离开家乡，跻身到大城市，进入国际品牌酒店，就已经是山雀变凤凰了，没想到却变成了一只落汤鸡。她跑到巴厘岛，原以为可以过几天安生日子，可为什么老天就是不放过她呢？

她也明白，丈夫虽然信任她，在自己的企业里无限抬高她的地位，但还不至于将公司完全交给她打理。目前为止，她仅仅只是太太，丈夫退休后的接班人。

接班人，不是掌舵人。

如果没有充足的理由，突然打压或停止与Le Challion酒店的合作，丈夫是一定不会同意的。毕竟，这可是他们这一年来的摇钱树，丈夫对他自己的这一选择可是有几分得意的。

于是，她决定先隐忍，以后一定要找个机会，让安倩身败名裂，痛不欲生，永远离开她钟爱的酒店行业。

## 2

机会很快就来了，销售部的同事接到了中国香港男明星洪希和内地当红女花旦库蓓蓓的婚礼询价。洪希是星二代，父亲是香港20世纪80年代的大明星，母亲因选美走红而拍电影，最后因为选择在家相夫教子而息影，夫妇俩在香港影视圈的人缘非常不错。而库蓓蓓虽然出道时间不长，却因为长相甜美，被众多媒体看好，而且为人低调，除了与洪希谈恋爱，之前几乎没有任何负面的绯闻。

他们还没登记结婚，很多商家就已经挤破了头要为他们赞助婚礼的各项开支了。现在还是第一轮报方案给新人的阶段，但是商家和新人都基本已经确定Java了，原因是他们承接过内地很多艺人的活动，包括大型奢华婚礼。

蔷薇当然是很重视这个机会的，婚礼当天会有很多来自香港和内地的一线明星、导演来巴厘岛参加这场盛大的婚礼。听说伴郎、伴娘各四位，都是新郎和新娘多年在影视圈的好朋友和老搭档。伴娘中有一位和蓓蓓一样是童星出身，目前是香港某影业当红花旦之一，名叫阿茵。

“Peter，你是我们公司的销售总监，这个婚礼必须由你亲自跟进才让人放心。可是，根据以往的经验和教训，我想要配个女孩子做你的助手，一起跟进这个项目。”

Peter很感激蔷薇，几个月前他还是一个在公司里待了5年的高级销售经理，想升职却又永远提不起勇气去跟老板提自己的愿景，是蔷薇给了他机会，跟他谈心，帮他实现了愿望。现在总经理又安排他跟进公司最有影响力的一次活动，他除了表示感谢，其他都想听总经理的指示。

“我打算给Susan一个机会，让她当你的助手，同时也是负责这场婚礼的现场婚礼管家。你同意吗？”

Susan是蔷薇的秘书，家里穷，老爸还抽烟酗酒打老婆，家里的收入全靠妈妈在别人家里做用人，所以她初中毕业就跟着吴先生跑旅行社了。自从蔷薇到了旅行社，就把她当妹妹一样看待，所以她也一心一意地跟着蔷薇，任何事情都不会过问太多。

Peter明白，蔷薇这么安排，肯定有她的原因，毕竟这么大的一笔单，不安排几个靠谱的人怎么放心呢？总之把事情做好做漂亮才是重点。

“当然好，总经理。”Peter连忙点头。

“那好，我们接下来看看对方的要求和工作清单，先选择一下承接酒店。我提议这次方案以Le Challion酒店作为第一选择制订方案。而对方提出的另外两家酒店，方案可以做得粗一点，尽量让对方选择Le Challion。”

“明白了，您放心，我们也认为Le Challion是奢华品牌，还曾经承接过明星婚礼团，有相关工作经验，另外这个酒店的餐饮部和客房部服务水平确实很不错，应该可以满足各类高端婚礼需求。这个方案并不难做。我先让Le Challion酒店把那天的场地留下来，方案通过了，就立即通知酒店签合同，做准备工作。”

Peter的策划能力的确不错，方案也考虑得很细致周到，他的方案很快就被酒店和明星通过了。

婚礼的前一天，明星嘉宾们陆续赶到酒店，参加彩排。由于新人需要化妆，Le Challion酒店给两位新人准备了酒店自制的帕尼尼三明治（素食三明治），结果蓓蓓嫌帕尼尼太素，让经纪人再去点一份吃的。阿茵赶完通告，下了飞机就参加彩排，因为很饿，就把蓓蓓没吃的帕尼尼给吃掉了。没想到吃完后导致她上吐下泻，直接被送往医院，无法参加彩排。但事情远远没有想象的那么简单，毕竟明星婚礼一直被媒体追踪，她一到医院就被国内蹲守在酒店门口的狗仔拍到，并迅速在社交媒体上传遍了。虽然蓓蓓临时安排了另一位伴娘，但所有明星和嘉宾都因此而躁动起来了。有的直接找到餐饮部的Sebastian，冲到厨房看食材；有的直接找到安倩，指着她的鼻子威胁要告她；有的明星的经纪人差点跟酒店的保安打起来，场面一度非常混乱。

毕竟明天就要举行婚礼了，明星们都是见过世面的人，渐渐地，有人开始冷静下来，要求酒店立即安排外卖，总之坚决不吃酒店的食品了。

安倩找到新郎新娘，当面表达了歉意，并承诺24小时内查出原因，给现场来宾一个答复，也给新闻媒体一个答复。

虽然事件暂时平息了，但经验丰富的安倩仍然感觉中间有蹊跷。她一方面单独找到Sebastian，询问食材供货商的情况，但供货商那边并未查出问题。另一方面，她代表酒店派专人去医院陪同阿茵，了解食物中毒的原因。

医院给出的结果是，三明治的奶油里含了巴豆粉。由于巴豆是泻药，显然不是帕尼尼三明治的食材，但服用后却会导致肠胃不适，严重者还会造成短暂休克。

这不仅应了安倩的猜想——不是一招致死的毒药，却会导致上吐下泻，场面失控。这是什么人干的呢？他的动机又是什么呢？

这时，她听到总经理房间的门被叩响了，餐饮部的一位印尼员工赛姆怯怯地走了进来。

“安小姐，有一件事情，也许和今天的事情有关，但我也不确定。”

安倩示意他坐下。赛姆说：“今天下午，我把帕尼尼三明治准备好以后，正准备送到彩排的现场，但在一楼的时候，有个女孩自称是蓓蓓小姐的助理，说蓓蓓小姐等会回房休息，让我交给她就好了。”

“哦，然后呢？”安倩问。

“那女孩看上去挺面善的，她手上还拿着蓓蓓小姐的一件衣服，我相信了她的话，就把三明治交给她了。”说完，赛姆露出很沮丧的样子。

安倩问：“可为什么后来阿茵却吃了三明治呢？”

赛姆努力地回忆说：“其实蓓蓓小姐一直在彩排，并没有马上回房休息，后来她的伴娘阿茵来了……哦，对了，她们是住在一个房间，会不会……”

安倩想了想，对赛姆说：“你提供的信息很有价值，现在我们去看一看酒店的监控，假如你说的那个女孩在，你还认得吗？”

赛姆连连点头说：“那个女孩下巴有颗痣，我记得的。”

视频里，Susan的镜头并不多。蓓蓓彩排时穿着婚纱，经纪人帮她托着裙，蓓蓓抱怨阿茵彩排时还迟到，Susan赶紧过去帮她拿着外套，一切都很自然，没有任何可疑之处。

一楼的视频，没有看到Susan和赛姆。安倩注意了一下，在赛姆提到的那个位置，恰好是监控的死角。后来，经纪人跑到餐饮部点了一份芝士汉堡。这证明蓓蓓并不喜欢吃帕尼尼三明治。

那个三明治什么时候到的房间，不得而知。但剩下那半截帕尼尼三明治，的确就是在蓓蓓的房间里找到的。

安倩把Susan的照片截屏，发到工作群里，问大家谁知识这个姑娘。

市场部有员工认出来了，是Java旅行社的老板娘蔷薇的助理，这不禁让安倩大为震惊。由于前一次的诽谤事件和Andy的提醒，安倩也学会了保护自己。为了让事件水落石出，也尽快给客人一个交代，安倩打电话报警，请求支援。

警察局根据指纹，确定Susan是赛姆、阿茵之外唯一一个碰过帕尼尼三明治的人。

面对警察局的审讯，Susan一直咬紧牙关。当警察局把她妈妈带过来的时候，她终于承认这一切都是受蔷薇指使。

# 3

蔷薇入狱后不久，几次呕吐和晕倒。医生检查发现，她怀孕了。

蔷薇已经是高龄产妇了，按她的体质，假如不生下来可能会失去生育能力。吴先生经过此事感觉元气大伤，旅行社的口碑经蔷薇这么一折腾，也遭受了重创。业界纷纷在传，幸亏没出人命，万一哪天把旅行团交给Java，遭殃的可不是一两个人了。

此时，安倩与蔷薇，只有一墙之隔。

看着这张从小时候起就很熟悉的脸，安倩百感交集。

“蔷薇，为什么？”坚强的安倩忍不住掉下眼泪。

蔷薇看上去脸色苍白，入狱后的封闭环境和孕激素的反应，让她已经失去往日的光彩。

“还记得卓芳吗？”蔷薇突然提到卓芳，这是那一届所有同学的痛。

“记得。她已经离开我们11年了。”安倩说。

“你知道她为什么死的吗？”蔷薇盯着安倩说。

“不知道。”安倩怔住了。

“她跟我们教务处主任好了。”蔷薇缓缓地说。

“你知道吗？那个教务处主任不是个人！大一的时候，有一天晚上，他叫我到他办公室，跟我说了很多话，当时天已经很晚了，我很害怕，他就这样捂着我的嘴，在他的办公室里强奸了我。”

“啊？”安倩不敢相信自己的耳朵。

蔷薇继续说道：“我不敢说，因为我没有靠山，没有背景。若不是我继父，我连大学都读不起。所以，他后来又来找过我几次，还威胁我若声张出去，会让我毕不了业。每次我都在想，假如我哪天出人头地，我一定要亲手杀了他。”

世界安静得都能听到灰尘飞扬的声音。

“后来，我们学校办了一届五四青年节的活动，我后来的男朋友，当时作为市共青团的代表给我们作了一次演讲。于是，我慢慢地认识了他们那个圈子。他人很好，但你不知道的是，他当时已经是有家室的人了，所以根本不可能娶我。但是，每当我坐着他的车返校的时候，我得到了从未得到过的虚荣，同学们都羡慕我找到了一个金主。由于那个车牌号是连号，当时只有市委少数领导才能弄到，陈主任可能有点担心了，开始有意识地疏远我，这让我第一次感觉到权力的杀伤力。尽管我知道，那都是虚幻而短暂的。”

蔷薇喝了一口水，继续说：“有一天，他的好朋友薛剑请客吃饭，在饭桌上，谈到自己读初中的妹妹因体育总是不及格，在学校遭到了老师的嘲讽。薛剑的老爸在省里也算是二把手了，他老爸一气之下打了电话给市教委主任，结果不到一周时间，那位老师就被开除了。你可以想象权力有多么大的魔力吗？就一个电话，那位老师就只能灰溜溜地跑路了。可是卓芳，她遇到这种事情，却只能跳楼！用年轻的生命向这个世界做最后的抗争！因为她没有背景，她只能忍着。她家是知识分子家庭，他们要面子，不敢声张。从此以后，我就告诉自己，无论如何，我都要成为人群中的佼佼者，而且，我必须找到一棵大树做我的靠山，否则我就只能任人鱼肉。”

“可是蔷薇，你付出的代价太大了。”安倩的心在滴血。

“我不在乎！”蔷薇突然愤怒地说。

“当年为了治我爸的病，我辍学了，把上学的机会让给了弟弟，因为家里没钱。后来我在广州遇到一个好心人，他让我重新拥有了读书的机会。我的继父又凭自己的双手，送我读了大学。假如没有钱，我根本不知道外面是什么样，说不定早已经是几个孩子的妈了。”

“每个人都有自己的苦，但你这样做，杀敌一万，自损三千啊！”安倩感慨地说。

蔷薇冷笑了一下，说：“像你们这种从好家庭出来的人，有什么资格说苦呢？当年为了给我爸治病，我们跟亲戚借钱，没有一个人愿意借，因为他们觉得我们没有偿还能力。后来我弟弟高中毕业去当兵，体检都过了，硬是被乡长的亲戚挤掉了名额。你知道没有钱、没有权的苦吗？”

安倩叹了一口气，说：“我也有苦，只是跟你不一样，不能因为我可以支付学费就认为我不知道苦的滋味。”

蔷薇沉默了一会儿，继续说：“每个人，都有自己奋斗的原动力。有时候，越是缺什么，什么就是他的原动力。”

安倩仍然不明白，问：“可是，蔷薇，你认为我阻止了你获得权力或金钱吗？”

蔷薇喃喃地说：“这个世上谁会记得第二名，只会记得第一名。像我们这样的人，不拿第一，谁又能记住呢？我也是优秀的管理培训生，我也很努力，但是就因为你抢先回答了一个问题，人家记住了你，却没有记住我。我也很努力，但一个圣诞节，就全输给了你。你城府好深，我们都以为你傻，因为你总是选了别人不看好的事情在做，但偏偏老天就这么垂爱你，处处给你开绿灯。连男朋友都可以找到上海本地人。”

安倩明白了，虽然在她看来，自己所有的努力最初只是为了生存下去，而在蔷薇看来，却是一次次切断了她得到权力和金钱的通道，甚至毁了她的梦想。

安倩说：“蔷薇，你知道吗？其实在上海，我也很孤独，男朋友的妈妈不接受我，我们只能在外面租房。他公司出事，我也提心吊胆，虽然工作很辛苦，也只能硬着头皮帮他想办法。除了努力工作，我还有别的退路吗？”

一直以为安倩生活在幸福里的蔷薇终于沉默下来。

半晌，安倩轻轻地说：“蔷薇，把你的手伸出来。”

蔷薇先是敌意地看着她，两个人默默地注视了十几秒，蔷薇把手伸了过去。

安倩握着她的手，那双手有点抗拒，有点游离，却已经不再愤怒。

“蔷薇，我们回家吧，我带你回家。”安倩说。

“我现在还有什么家？我没有家了，我连自己的孩子都保不住了！”一直面无表情的蔷薇，突然抽泣起来。

“不，回你的家。蔷薇，我跟吴先生商量好了，他正在想办法帮你减刑，我们也问过了，孩子你可以好好生下来。其他的，你不用担心，我会像对自己的孩子一样对待他，一直等到你出来。”

## 4

马汀联系上了自己的生父，拍了很多照片，直接开心地飞到了巴厘岛。当他出现在安倩面前时，身边还带着一个跟他差不多高的小伙。

安倩想起来了，那小伙就是10年前在巴厘岛Komaneka Monkey Forest Ubud酒店看到的印尼男孩，现在却已经是大二的学生了。正值假期，又是巴厘岛的旅游旺季，马汀希望他能到安倩的酒店来锻炼锻炼。

安倩安排了印尼男孩做酒店服务生。她在酒店大堂的咖啡吧给马汀点了一杯拿铁，说："你猜，今天还有谁会来？"

马汀一惊："今天是什么特别的日子吗？"

"Lucy今天和程先生一起到巴厘岛旅游来了，她从酒店辞职了！"安倩说。

马汀说："哦，这可真是新闻呢，她那么热爱自己的酒店事业。"

安倩说："酒店行业做到40岁以上，尤其是女性，可不是香饽饽了。她现在做了一个'全职新妈'的国际平台，虽然是公益事业，但背后却有电子商务平台的资金支持，这个电子商务平台包括全球奶粉、护肤品等产品的采购。股东由100位30岁以上的妇女组成。对了，现在大肚子的若芸也成了她的合伙人。

马汀说："哇哦，很不错的一个选择。不过，Lucy不是丁克家族吗？"

安倩说："她和先生原本是不要孩子的，后来想要了却总是怀不上，他们也找了医生，用了一些方法，惊心动魄却未能如愿。她关注到有这么一个曾经在职场上打拼多年的女性群体，她们愿意回归家庭生活，却错过了最佳生育年龄，所以就组织大家一起，跟全国数十家医疗机构合作，帮助更多中国职场大龄女性实现妈妈梦。”

马汀说：“安倩小姐在酒店行业已经打拼10年了，什么时候回归家庭呢？”

安倩说：“你养我？”

马汀说：“是啊，安倩小姐第一次到巴厘岛，钱包丢了，但书却一直带在身上，证明安倩小姐并不在乎金钱，而且也花不了什么钱。”

安倩：“你看你，光记得别人狼狈的样子。”

马汀说：“不过，要养也是你养我才对，我这棵参天大树，假如没有一位贤妻的陪伴，我可是会枯萎的。”

安倩抿着嘴，笑而不语。

正说着，Lucy和程劲松拉着大背包从酒店门口走进来了。Lucy穿了一身粉绿花色的真丝裙，戴着一副精致的墨镜，那抹西瓜红色的口红，给整个人增加了几分妩媚。

一年没见，安倩看到Lucy开心得不行，飞跑向前，给了Lucy一个大大的拥抱，并到前台帮他们办理入住手续。马汀也走上前，帮他们提行李。

中午，安倩考虑到Lucy和程先生都是纯素食主义者，便叫Sebastian安排了几个拿手的菜式。吃饭时，Lucy神秘地对安倩说：“安倩，知道我为什么今天来吗？”

安倩迷惑地看着Lucy。

Lucy说：“还记得吗？10年前的今天，你到我办公室面试。那天，你还扎着马尾，穿着一双旅游鞋。”

安倩的嘴巴张得像可以塞进一颗核桃：“Lucy！我都忘记了，你竟然都记得？”

Lucy感慨地说：“也是凑巧，今年正好也是我们结婚15周年。”

马汀像突然想起什么来似的，拍了一下桌子，叫道：“安倩，你忘了吗？那个叫Ketut Liyer的老头，可是巴厘岛最值得一看的人物了。我们要不要今天带Lucy一起去看看他？”

安倩一听，觉得很不错，Lucy看过那部电影，也觉得这个提议很棒。

一行人来到Ketut Liyer的住所，看上去，Ketut Liyer比上一次见到时老了不少，牙齿也不太好使了。那个胖女人还像原来一样告诉他们营业时间，由于比上次更胖了，她总是坐在房外的藤椅上摇着蒲扇。Ketut Liyer微笑着对Lucy说："你会在这里收获两个孩子，他们是印尼人。你会很幸福。"

安倩说："这太神奇了，昨天我们在NGO组织的最新消息里看到，他们推荐了一对4岁的双胞胎兄弟。这对双胞胎兄弟的父母在西苏门答腊省明打威群岛附近海域的一次海啸中丧失了生命。你们看，这里还有他们兄弟俩的照片。"

照片上，两个大眼男孩在沙滩上咧着嘴笑着，他们的脚边，是刚刚建好的一座"城堡"。"城堡"的外围，是他们从树上折下的树枝围成的栅栏，好温馨的一个"家"。

果然，Lucy和程先生非常喜欢这两个孩子。安倩联系好NGO组织，他们从孤儿院领出这两个孩子的时候，Lucy已经表现得母爱泛滥了。两个孩子像是训练好了一样，一个拉着Lucy的手，一个拉着程先生的手，尽可能地表现得懂事乖巧。

马汀对安倩说："我想起了我小时候。"

安倩站起身，柔柔地从后面揽住马汀，任长发倾泻在马汀的肩上。这么久以来，她从未感到内心如此幸福和宁静，她仿佛跟自己的哥哥在一起，内心有千言万语，却不曾吐出只字片语，似乎说什么，都会破坏两人相偎相依的感觉。

马汀轻轻地抚摸着她的手，那双能干的手，十指灵巧，指根处浑圆有肉，越到指尖，却越来越纤细绵长。这么一个傻丫头，竟然与自己有这么深的缘分，并且凭借自己的努力，做到了中国第一位国际酒店的总经理，真是不可思议啊！

安倩说："还记得我们原来住过的那个Komaneka Monkey Forest Ubud酒店吗？"

马汀说："记得。"

安倩说："我要你帮我订一个总统套房，这一次，可是专门为我们两个订的。"

马汀说："小事，我这次准备了一周的假期，除了跟这边的签约商家见见面外，最重要的事，就是跟你在一起。"

安倩满足地笑了，温润的嘴唇轻轻地亲了一下马汀的脸颊，说："这是我奖励给你的，可以抵你们T-days网十万积分了。"

# 5

Komaneka Monkey Forest Ubud酒店其实大多是三层楼的洋别墅，现在已经是T-days网在巴厘岛的重要合作伙伴。

清晨，天刚蒙蒙亮，安倩感觉脚痒痒的。

一睁眼，马汀正拿着酒店的毛刷刷她的脚丫。

“上市公司老板，感觉跟小孩没什么两样啊！”安倩一边打着哈欠，一边懒懒地坐了起来。

马汀说：“要起来锻炼了！”

安倩看着身穿运动服的马汀，撇了撇嘴巴：“起这么早，好痛苦啊！”

“想不想看理工男鲜为人知的一面？”马汀神秘地笑着，把安倩的一套裙子放到床前。

安倩有点醒了：“你会变魔术，还是会翻跟头？”

马汀笑了，觉得安倩睡眼惺忪的样子好美，忍不住把安倩的嘴巴一夹，两片嘴唇瞬间成了“愤怒的小鸟”。看着安倩一脸无辜的样子，马汀又禁不住上去咬了一口。

就这样，安倩被极不情愿地拖了起来，洗脸漱口。

马汀一个侧翻，直接倒立贴到了墙上，还调皮地跟安倩抛了一个媚眼。

难得的周末，4月恰好是巴厘岛最凉快的季节，马汀提议，去巴厘岛旁边的海底红树林看看。

提起巴厘岛，去过的游客马上会想到库塔海滩、乌布街市，以及金巴兰的烧烤，因为那里不但是旅行社热衷推荐的景点，也是明星们追捧的热点。然而对于马汀来说，他并不想把他和安倩的假期浪费在人山人海之中。

为了这一天，他做了很久的准备。

巴厘岛除了旅行社介绍的景点，还有一些地方适合自由行，蓝梦岛就是其中一个。蓝梦岛位于巴厘岛的东南边，这里的海水清澈无比、色彩斑斓，在阳光的照射下，呈现出黛青色、深紫色、碧绿色和金黄色。水下的生物和热带鱼触手可及。岛上居民多以种植海藻为生，因此这里也是巴厘岛的海藻养殖基地。蓝梦岛面积不大，与繁华喧嚣的巴厘岛相比，这里简直就是世外桃源。小情侣们无论是徒步还是骑自行车，或者去农家小院体验生活，都是不错的选择。

前往蓝梦岛需要坐游船，小舢板、香蕉船都是当地常用的交通工具。

当马汀和安倩坐上小舢板的时候，安倩想起了武侠片里浪迹天涯的情景，两位持剑少年，只需简单的盘缠，便可行侠天下，何等潇洒！

船夫是个30岁左右的小伙，因巴厘岛日晒时间长，皮肤都晒成了深棕色，他们一家三代同堂，从来没有离开过巴厘岛。

“你们是不是中国来的？”小伙问道。

“是啊，这里的中国游客多吗？”安倩问。

“有个中国游客，有一次无意中发现了我们这里，做了一个小视频，传到网上了，现在我每天都要接待两三批客人呢！”小伙说。

“那你们的收入可就比原来多多了。”马汀说。

“嘻嘻，收入是好些了，就怕人太多了，我们这里可没那么多住的地方。”小伙说。

马汀说：“还是不要搞那么多酒店旅馆，景好人少，才是好地方呢！”

聊着聊着，船已到岸。小伙热情地邀请他们先到家里拿两个刨好的椰子再走。蓝梦岛的游客不多，但远远地看到一家国内著名电视台正在这里踩点。他们即将在这里制作一档节目——《甜蜜的小日子》。

蓝梦岛山路蜿蜒，看上去并没有清晰的地标。2215公顷的红树林，生长着红树、海榄雌、海桑、红茄冬等亚热带乔木、灌木和草本植物，生活着几十种叫不出名字的鸟类，还有从澳大利亚飞来在此栖息的候鸟，还可以看到墨鱼、海兔、小丑鱼、红珊瑚等海洋生物。

马汀在T-days网开了一个视频直播频道，已经有3万多的粉丝了。他一边走，一边全景拍摄自然风光，一边“采访”安倩，同步发给国内的好朋友。

身穿潜水服的马汀在蓝梦岛玩了一把浮潜，安倩则在厚厚的棕榈叶的遮挡下，睡了一个午觉。蓝梦岛虽然没有巴厘岛那么多世界各地的美食，但当地的农家菜却是难得的原生态风味，最重要的是可以自己动手。T-days网总裁美滋滋地玩直播，网站的流量迅速上升，有送花的，有打赏的。

傍晚，马汀和安倩骑了两辆自行车，来到一片安静的树林。奇怪的是，这里的树木茂盛，阴凉无比，却没有多少游客的足迹。马汀关了手机，安倩问：“这个地方，你怎么找到的？”

马汀神秘地笑了笑：“我可是做旅游的，哪里有我找不到的地方？”

安倩说：“这可是绿野仙踪啊，迷路了怎么办？”

马汀说：“听我的，闭上眼睛。”

安倩说：“干吗呀？”

马汀又说：“闭上。”

安倩只好闭上了。

清脆的风铃声响起，安倩想睁开眼睛，却被高大的马汀用胸膛挡住了，她听到马汀的心跳得很快。

“安倩，你看。”马汀松开手。

不知道什么时候，每一棵树上，都挂着一个用玻璃框夹固住的树叶，由于每棵树上都连着小小的灯，可以看到，在树叶的微观世界里，有一幅小小的图案。第一幅图，一个小姑娘扎着小辫，两个大人站在身后，身后是一个20世纪80年代的公交车，很有年代感的样子。

安倩好奇地问：“这是怎么做出来的？”

马汀说：“叫我爸爸的印尼小伙，他可是一个绘画天才，是他手绘的。现在他在我们网站开了一个小专栏，别说，他的绘画给巴厘岛带来了不少的生意呢！”

安倩说：“那怎么弄到树叶上了呢？这总不会是自己刻上去的。”

马汀说：“理工男也有浪漫的，绘画只是第一步，第二步是在电脑上做成3D效果，然后用3D打印的方式，做到树叶上，并且要保证树叶的茎骨还在。这样看上去，会呈现出一种剪纸的效果。”

安倩惊奇地说：“还可以这样？”

马汀补充说：“为了防止树叶腐烂、氧化及损坏，我还需要给它穿上一件透明的衣服。于是，我需要用两层牢固而轻薄的亚克力玻璃，把它保护起来。”

突然，安倩有一个发现，玻璃上写着黄桷树，产地是重庆。

她走到第二棵树旁，第二幅图上，一个大眼睛小男孩，被他爸爸背在肩上，妈妈温柔地站在旁边。树叶上的产地，仍然是重庆。

第三棵树，产地海南，品种是黄花梨。一个萌少女和几位同学一起，在海南大学参加演讲。

第四棵树，产地美国马达加斯加，品种是猴面包树。一位华人少年和他的美国父母打篮球。

第五棵树，产地上海，品种是法国梧桐树。扎着马尾的少女背着背包站在上海火车站前。

…………

最后一棵树，产地印尼，品种是大叶杜英。一对成年男女，牵手站在一个美丽的海岛上。远景的一轮明月，将这一切都变成了剪影。

安倩似乎明白了什么，原来，今天蓝梦岛之行，不是巧合，而是“蓄谋已久。”

马汀说：“知道我要跟你说什么吗？”

安倩说：“知道。”

马汀吻了一下安倩的额头，说：“敢不敢直播？”

安倩说：“直播了是不是就不能后悔了？”

马汀说：“是的，不能后悔。”

安倩说：“那就不后悔。”

马汀说：“还可以考虑3分钟。”

安倩说：“不考虑了。”

马汀打开手机，一大堆吃瓜群众早已在手机屏幕前等候多时。

只见在一片黑色的天空上，突然出现了100架无人机，像一支火箭一样，在天空中划出一道彩色的亮光，接着又变成无数的亮光。伴随着轻柔的音乐，它们又变化成各种图案。最后，马汀的英文名（Matin）和安倩（Andin）的英文名同时出现在天空上。

有趣的是，马汀名字上的那一个点，变成了一只多情的眼睛，正扑闪扑闪地向安倩的那个点抛着媚眼。

马汀拿出一个按钮，说："现在，你按下这个键。"

天空中，英文字母像烟花一样变成星星点点，又聚合成无数朵鲜红的玫瑰。音乐换成了《卡萨布兰卡》的那首主题曲，而演唱者，换成了马汀。

歌曲的过门，是马汀的旁白：

"There are so many towns in the world, there are so many pubs in the town, she goes in mine.（世上有那么多的城镇，城镇有那么多的酒馆，她却走进了我的心。）"

那天晚上，全中国10万的用户见证了马汀跟安倩的表白，并转发了无人机在天空中的绚烂景象。

第二天，无数签约旅行社都开始在巴厘岛的景点中加上了蓝梦岛。

那一年，某电视台的真人秀节目《甜蜜的小日子》大火。

假期完毕，安倩在整理马汀的行李时，看到一张照片，照片上，在鹅岭公园的白塔下面，一个顽皮的小男孩骑在父亲的肩上，看着一边的母亲咯咯直笑，顿时诧异。

"是你？"

"是啊，是我。不过，现在该是我们了。"马汀说。

**图书在版编目（CIP）数据**

黑裙 / 李倩著. — 北京 : 北京燕山出版社,
2020.4
ISBN 978-7-5402-5280-9

Ⅰ. ①黑… Ⅱ. ①李… Ⅲ. ①长篇小说—中国—当代
Ⅳ. ①I247.5

中国版本图书馆CIP数据核字(2018)第282660号

**黑裙**

---

著　　者：李　倩
责任编辑：刘朝霞　李瑞芳
封面设计：VIOLET
出版发行：北京燕山出版社有限公司
社　　址：北京市丰台区东铁匠营苇子坑138号
邮　　编：100079
电话传真：86-10-65240430（总编室）
印　　刷：三河市冀华印务有限公司
开　　本：700 × 980　1/16
字　　数：290千字
印　　张：18.5
版　　别：2020 年4月第1 版
印　　次：2020 年4月第1 次印刷
I S B N：978-7-5402-5280-9
定　　价：46.00 元